AF139046

Dein Pferd sei ein zuverlässiger Freund,
nicht Dein Sklave

Xenophon

Winston

Nichts ist unmöglich

Ein Roman von
Antonia Katharina Tessnow

Bibliografische Information der Deutschen Nationalbibliothek:
Die Deutsche Nationalbibliothek verzeichnet diese Publikation
in der Deutschen Nationalbibliografie; detaillierte
bibliografische Daten sind im Internet über http://dnb.dnb.de
abrufbar.

TWENTYSIX – Der Self-Publishing-Verlag
Eine Kooperation zwischen der Verlagsgruppe Random House
und BoD – Books on Demand

© *2019 Antonia Katharina Tessnow*

Herstellung und Verlag:
BoD – Books on Demand, Norderstedt

ISBN: 978-3-740-74889-0

Autor: Antonia Katharina Tessnow
Fotos: Antonia Katharina Tessnow

Gewidmet
dem alten Rittmeister
und Richter internationaler Turniere
Alfred Furch
der mich in jungen Jahren sehr inspirierte und förderte
und dessen einmalige Ausstrahlung
in der Person des alten Rittmeisters
in diesem Roman weiterlebt.

Und
Winston.

Über die Autorin:

Antonia Katharina Tessnow begann mit 8 Jahren zu reiten und wurde früh gefördert. Mit 13 Jahren übernahm sie ihre ersten Berittpferde und mit 15 zeitweilig den Großpferdeunterricht an einem renommierten Reitstall in Berlin, ihrer Geburtsstadt. Nach einem einjährigen USA-Aufenthalt arbeitete sie mehrere Jahre in einem Privatstall außerhalb Berlins. Mit 22 wechselte sie in einen Sportstall nach Schleswig-Holstein, in dem sie sich auf die Dressur spezialisierte und Pferde aller Klassen trainierte und ausbildete.

Nach einer anschließenden 6-jährigen Tätigkeit im Berliner Olympiastadion als Landesverbandstrainerin des Modernen Fünfkampfes in der Disziplin Springreiten, verließ sie den Sport und widmete sich ihrer künstlerischen, heiltherapeutischen und schriftstellerischen Arbeit.

Sämtliche Trainerscheine erwarb sie am Brandenburgischen Haupt- und Landesgestüt Neustadt an der Dosse. *An dem Aufbau dieses Gestütes orientiert sich der Ort, an dem der Hauptteil der Winston Trilogie stattfindet.*

Winston war Antonias erstes Berittpferd an der Landesreitschule Berlin. Der Charakter und der Lebenslauf von Winston im Buch wurde von diesem wunderbaren Tier inspiriert.

Heute lebt sie in einem kleinen Dorf am Rande der Mecklenburgischen Schweiz, schreibt Bücher, musiziert und führt eine Hundezucht der russischen Zarenhunderasse Bolonka Zwetna aus dem Alten Jagdhaus.

Webseite der Autorin:
www.antonia-katharina.de

Webseite der Bolonka Zwetna Hundezucht:
www.bolonka-zucht.de

***

Ein Stallgebäude
auf dem Haupt- und Landgestüt Neustadt an der Dosse

***

„Juna, sei bitte vorsichtig, wenn Du jetzt aufsteigst. Du machst das heute mit ihm zum ersten Mal. Der kennt das alles noch nicht."

„Keine Sorge, ich kenne ihn in- und auswendig."

Langsam stelle ich mich in den Steigbügel, hangle mich an der rechten Seite hoch und lege mich über seinen Rücken.

„Täusch' Dich da mal nicht. Du weißt doch: Die meisten Unfälle passieren mit den Pferden, die man glaubt, gut zu kennen."

„Meinen Winston kenne ich mehr als gut. Außerdem ist er nicht das erste Pferd, das wir gemeinsam einreiten."

Ein leichtes Lächeln huscht über Dirks Gesicht, von Entspannung kann allerdings nicht die Rede sein.

Wie erwartet bleibt Winston ruhig. Ich steige gar nicht erst ab, sondern schwinge mein Bein gleich auf die andere Seite und sitze auf. Vorsichtig lasse ich mich in den Sattel gleiten. Winston schnaubt. Ich streichle über seinen Mähnenkamm:

„Wenn Dirk nur halb so entspannt wäre wie Du!" Ich klopfe Winston am Hals.

Dirk seufzt:

„Ich habe schließlich ..."

„... die Verantwortung, ja, ja. Wie lange willst Du mir das eigentlich noch erzählen? Wenn hier jemand die Verantwortung hat, dann sind es die Barnstedts und ich selbst. Sie haben mich schließlich damit beauftragt, Dir dabei zu helfen, die Pferde einzureiten", ich reite im Schritt an, und Winston ist so cool, als würde er das schon seit hundert Jahren machen. Nicht einmal das Rascheln der Blätter im Wind, der noch nicht weiß, ob er sich zu einem Sturm entwickeln soll, bringt ihn aus der

Ruhe. „Ich bin seit über einem Jahr auf der Akademie und reite seit letztem Sommer unter Deiner Anweisung. Hast Du denn immer noch kein Vertrauen in mich?"

Dirk lässt die Longe, an der er mich hält, länger und länger, bis er in der Mitte steht und ich die Bande vom Roundpen erreicht habe.

„In Dich schon", sagt er leise, guckt dann Winston an und deutet auf ihn, „aber in ihn nicht. Er steht jetzt seit zwei Tagen bei mir im Stall und giftet ständig rum. Er lässt sich nicht ordentlich putzen, ist zickig beim Hufeauskratzen und ein Halfter lässt er sich auch nicht anlegen. Er legt die Ohren an, schnappt nach jedem und einmal hat er sogar geschlagen. Ein Mistvieh ist das!"

Ich klopfe Winston. Er schnaubt erneut.

„So entspannt wie jetzt war er in den letzten 48 Stunden nicht eine Sekunde lang."

„Was also schlägst Du vor?"

„Am besten, *Du* kümmerst Dich um ihn. Schaffst Du das? Neben Schule und Aufzucht? Meinst Du, Du bekommst das zeitlich hin?"

Natürlich habe ich gehofft, dass er das sagt, lasse mir aber nichts anmerken.

„Werd' ich schon einrichten", sage ich so beiläufig wie möglich.

Ich schaue zu Dirk. Sein Blick verrät Erleichterung. Er muss sich nicht mit Winston befassen!

Mein Liebling hat sich wunderbar entwickelt. Mittlerweile ist er knapp drei Jahre alt und mit Abstand der schönste Hengst des gesamten Jungpferdeberitts. Er gilt als Nachwuchstalent. Sylvia und Michael sind regelmäßig beeindruckt, wenn sie ihn auf der Koppel beobachten, ihn freispringen sehen oder ihn sich vorführen lassen. Trotzdem wollte ihn bisher niemand haben. Es waren genügend Kunden da, haben ihn angesehen und waren begeistert.

Auf Grund seines Bildes auf der Titelseite der Zeitung, nach der ersten Präsentationsshow, kamen noch drei Wochen lang Interessenten. Doch am Ende hat ihn keiner gekauft. Nicht einmal nach der zweiten großen Show, die diesen Sommer stattgefunden hat und die noch spektakulärer aufgezogen war, als die erste und ganze zwei, statt nur einen Tag dauerte. Denn neben seinem nahezu perfekten Exterieur und seiner beeindruckenden Ausstrahlung, die durch sein glänzendes, kastanienbraunes Fell, sein schwarzes Langhaar, seine vier gleichmäßig weißen Füße und seine weiße Blesse noch unterstrichen wird, hat er ein Manko: Er *hasst* Menschen. Und zwar ausnahmslos alle. Außer mich. Sehr zum Leidwesen der anderen. Sehr zur Freude von mir.

„Antraben?", frage ich, gebe die Zügel nach, verlagere mein Gewicht nach vorn, gebe leichte Hilfen mit den Schenkeln und bevor Dirk etwas sagt, fällt Winston auch schon in seinen leichtfüßigen, schwebenden Trab. Dirk traut dem Frieden nicht und beäugt uns wie eine Katze, die jeden Moment zum Sprung bereit ist. Er wartet förmlich darauf, dass Winston durchdreht.

Wir traben einige Runden. Winston schwebt mit gleichmäßigen Tritten dahin. Es könnte nicht besser funktionieren. Vorsichtig setze ich mich in den Sattel, lasse meine Hand stehen, höre auf zu treiben und schon pariert er durch zum Schritt. Der Übergang ist so weich und flüssig, er hätte aus einem Lehrfilm sein können. Dirk sagt nichts.

Auch Winstons Schritt ist entspannt, seine Tritte raumgreifend. Er schwankt nicht hin und her, wie die meisten Jungtiere es tun, sondern gleicht mein Gewicht auf seinem Rücken instinktiv aus. Normalerweise müssen junge Pferde erst mühsam lernen, das Gleichgewicht zu halten, doch Winston hat keine Probleme. Ich trabe wieder an, trabe leicht.

„Komm mal von hinten ganz sachte nach", sage ich zu Dirk.

Er hebt seine freie Hand, als würde er Winston von hinten antreiben wollen. Ich gebe die entsprechenden Hilfen und er fällt von einem gleichmäßigen Trab in einen ebenso gleichmäßigen Galopp. Ich gehe in den leichten Sitz. Wieder schnaubt Winston. Entspannter kann ein Pferd nicht sein.

Ich gebe meine Hand nach und versuche, mit Kreuz und Schenkeln seine Bewegungen zu unterstützen und nicht zu stören. Als ich meine Hand wieder stehen lasse, einsitze und aufhöre zu treiben, fällt er fast umgehend vom Galopp in den Schritt. Ich klopfe ihn. Dirk traut seinen Augen nicht.

„Galopp-Schritt-Übergänge übe ich mit Meinen manchmal ein halbes Jahr, bevor sie die richtig verstanden haben und meine Hilfen annehmen. Und *Du*? Sitzt da heute zum ersten Mal drauf und es funktioniert? Hast Du ihm vorher was ins Futter gemischt?"

Ich muss laut loslachen. Ich bin sehr glücklich und erleichtert, dass es mit Winston so gut läuft. Das erste Mal, dass er leicht zuckt und mit dem Ohr wackelt.

Ich gebe vorsichtig Hilfen nach innen und Winston geht in die Mitte. Vor Dirk halten wir an. Ich beuge mich vor, ziehe mein Bein über seinen Rücken, ohne ihn zu berühren, und lasse mich sanft zu Boden gleiten. Dann lobe ich ihn, streiche ihm übers Gesicht und lasse meine Hand bis zu seinen Nüstern gleiten:

„Mein Schatz", flüstere ich leise.

Er schließt seine Augen und lässt seinen Kopf in meine Arme sinken. Ich drücke ihn fest an mich.

Dirk reißt uns aus der Umarmung mit der Frage:

„Wollen wir diese Woche noch einmal?" Dabei klopft er mir auf die Schulter. Das hätte er nicht tun sollen.

Winston hebt abrupt den Kopf und geht, mit seinen Ohren auf Anschlag angelegt und gefletschten Zähnen, auf Dirk los. Ich halte ihn gerade noch zurück. Dirk macht einen Satz rückwärts, lässt die Longe los und stolpert. Ein Griff an die Bande bewahrt ihn gerade noch davor, hinzufallen.

„DEINEN BEKNACKTEN MISTBOCK KANNST DU IN ZUKUNFT ALLEINE MACHEN!", schreit er vor lauter Schreck.

Winston beeindruckt das wenig und ich weiß, Dirk meint das nicht so. Jedenfalls hoffe ich es.

Er verlässt den Longierzirkel und knallt die Tür hinter sich zu. Winston und ich starren ein paar Augenblicke lang auf die gerade zugeworfene Tür, als würden wir darauf warten, dass noch irgendetwas folgt; vielleicht, dass die Scharniere nachlassen und die Tür umfällt, das Holz aus dem Rahmen bricht oder der Roundpen in sich zusammen kracht? Aber nichts dergleichen. Wir gucken uns an und atmen beide erleichtert auf. Ich schüttle meinen Kopf und mache ein Gesicht, das ihm sagen soll: 'Das war nicht das Brillanteste, was Du heute getan hast.' Er senkt seinen Blick und sieht für ein paar Momente so aus, als würde er sich schämen, doch kaum hebe ich meine Hand und berühre ihn leicht, drückt er sich an mich und reibt so vehement seinen Kopf an mir, dass ich aufpassen muss, nicht umgeschubst zu werden. Ich lache und kitzle ihn hinter dem Ohr. Er quiekt und hüpft einmal mit allen Vieren in die Luft, trappelt ein bisschen auf der Stelle, stampft dann auf. Als ich zum Ausgang gehe, folgt er mir auf dem Fuß. Es hat sich nichts geändert. Solange wir zusammen sind, ist die Welt in Ordnung.

Der Wind nimmt zu. Ich nehme mein Fahrrad und schiebe es über das kleine Stück Hof vor den Stallungen des Jungpferdeberitts. Winston wiehert, als er das Klappern meiner zerbeulten Schutzbleche hört und allem anderen, was da noch so quietscht und rattert. Ich gucke mich um, doch mein Blick fällt nur auf das Dunkel der Stallgasse. Ich schaue nach oben. Große Wolken sind aufgezogen, die wärmenden Sonnenstrahlen sind verschwunden.

Mir scheint, als wäre der Sommer zu Ende, dabei sind nur die großen Ferien vorbei. Es ist Anfang August. Morgen fängt die Schule wieder an und keine Worte dieser Welt können meine Stimmung besser beschreiben, als der kühle Wind um mich herum, der mich leicht frieren lässt und der graue Himmel über mir, ohne Sonne.

Seit ich letztes Jahr auf die Schule gekommen bin, hat sich mein Leben verändert. Das Reiten ist nach wie vor mein Lichtblick. Doch die Klassenkameraden kann ich nicht besonders leiden, und sie mich auch nicht. Am schlimmsten ist Dominik. Er schaut auf mich herab und straft mich mit Verachtung, wo immer er nur kann. Er denkt, etwas Besseres zu sein, unterstellt mir aber, *ich* wäre diejenige, die sich als etwas Besseres fühlt. Weil ich bei den Barnstedts wohne, denen die Akademie gehört. Weil ich ihre 'Tochter' bin. Dabei versuche ich nur, am Leben zu bleiben, die Schule hinter mich zu bringen und mich auf das Reiten zu konzentrieren. Von Winston weiß er zum Glück nichts.

Dazu kommt, dass die Barnstedts alle meine Arbeiten kontrollieren und ich sie unterschrieben bei den Lehrern sämtlicher Fächer einreichen muss. Auflage vom

Jugendamt. Außerdem sind die Barnstedts ganz schön hinterher, dass ich meine Leistungen bringe. Jeden Montag sitzen wir abends zusammen beim Essen und ich muss alles von der Schule berichten. Sogar den Inhalt einzelner Fächer. Sobald ich mal was nicht weiß, werde ich von Michael vehement ignoriert. Er toleriert kein 'Versagen', wie er sich ausdrückt. Er sagt dann nichts mehr, guckt einfach weg und redet mit seiner Frau, als wäre ich nicht anwesend. Genau so bei Klassenarbeiten, die schlechter als drei ausfallen. Das ist mir am Anfang ein paar Mal passiert. Ich bin schwer mit dem Lernstoff zurechtgekommen und konnte den Lehrern oft nicht folgen. Mittlerweile habe ich allerdings ganz gut den Anschluss gekriegt.

Im Heim war das anders. Da wurden keine Leistungen dieser Größenordnung erwartet. Maria und Katrin waren froh, wenn wir keine Fünfer und Sechser mitbrachten. Doch selbst, wenn es so war, war das kein Beinbruch. Sie hatten so viel zu tun, was konnten sie schon ausrichten gegen eine Horde wild gewordener Jugendlicher, die alle machten, was sie wollten?

Sylvia sagt kein Wort dazu. Sie steht fest an der Seite ihres Mannes. Einerseits ist das eine gute Sache, doch manchmal wünschte ich mir schon, sie würde mir sagen, dass Michael das alles nicht so meint.

Die einzige, die mir immer wieder gut zuredet, ist Frieda. Bei ihr esse ich normalerweise zu Mittag und zu Abend. Und Hanna natürlich. Hanna ist immer auf meiner Seite. Sie hilft mir sogar bei meinen Hausaufgaben, wenn ich nicht weiter weiß. Einmal hat sie meine Matheaufgaben für mich erledigt, als ich so furchtbar müde war und gleich nach dem Abendbrot ins Bett fiel. Den Barnstedts haben wir davon nichts verraten. Das ist bis heute unser Geheimnis.

Meine Klasse ist ziemlich klein. Wir sind gerade mal 12 Schüler und von diesen 12 haben sich nur drei für das Wahlpflichtfach Reiten entschieden. Die anderen spielen Fußball oder Turnen. Rhythmische Sportgymnastik. Unsere Schule soll wohl einen guten Namen haben in dieser Branche und hat angeblich schon einige große Turnerinnen und Turner hervorgebracht. Für mich ist das nichts. Ich bin froh, dass ich Reiten kann und dass Reiten ein Schulfach ist. Da ist die Schule sogar an besonders langweiligen Tagen zum Aushalten.

Wir Reiten jeden Tag. Der Unterricht ist mittags vorbei. Dann flitze ich zu Frieda, esse und bin den Rest des Nachmittags in der Akademie. Meine Verbündete dort: Manja, die Stute aus dem Jungpferdeberitt. Sie wurde nie verkauft.

Letzten Sommer habe ich dann angefangen, sie unter Dirks Anweisung zu reiten, und als ich auf die Akademie kam, entschlossen sich die Barnstedts, Manja in den Schulbetrieb zu geben. Ob Dirk da seine Hand im Spiel hatte, kann ich nur ahnen. Er hat bis heute jedes Mal, wenn ich ihn darauf angesprochen habe, gegrinst und das Thema gewechselt. Jetzt ist sie mein Lehrpferd und wir kommen gut miteinander zurecht. Unsere Leistungen sind ordentlich; unspektakulär und unauffällig, aber sauber und ordentlich. So, wie Manja nun einmal ist.

Die dritte in unserer Reiterklasse ist Sonja. Über sie kann ich nicht viel sagen, denn sie ist so still und spricht so wenig, dass ich sogar nach einem kompletten Schuljahr das Gefühl habe, sie sei eine Fremde.

Die ersten Regentropfen fallen mir auf den Kopf und ins Gesicht. Ich schwinge mich auf mein Rad und fahre so schnell ich kann nach Hause, in den Stutenstall zu Hanna. Die Abendfütterung steht an und damit will ich sie auf keinen Fall alleine lassen.

Hanna verschließt gerade das große Tor zum Stall, als ich auf den Hof fahre.

„Du schließt aber heute früh ab", bemerke ich, während ich vom Rad steige.

„Ich dachte, wir fahren vielleicht zu Frieda. Morgen geht's doch wieder mit der Schule los. Da sollten wir uns noch einmal etwas anderes zum Abendessen gönnen, als den Inhalt unseres Kühlschrankes. Meinst Du nicht?"

Recht hat sie. Bevor ich antworte, hat sie schon ihr Fahrrad geschnappt und saust an mir vorbei.

Wir beeilen uns. Der Regen kündigt sich noch immer mit einem sanften Nieseln an, doch es ist zu spüren, dass da noch richtig was runter kommen wird.

Ich bin ganz außer Atem, als wir durch den Hintereingang die Küche betreten:

„Hat sie denn überhaupt was für uns da?"

Frieda rührt wie wild in ihren Töpfen herum:

„Da seid ihr ja schon!"

Es duftet herrlich nach frischem Brot und süßer Marmelade.

Der Kakao steht schon fertig vorgewärmt auf dem Stöfchen in der Mitte des Tisches. Drum herum sind ein paar bunt zusammengewürfelte Tassen verteilt, die im Laufe der Jahre aus verschiedenen Töpfereien ihren Weg in Friedas Küche fanden. Die große Kanne hat in ihrem ganzen Leben nichts anderes gesehen als Kakao, die Tassen nichts anderes als Frieda.

„Wenn die Pflaumen reif sind, komme ich mit dem Marmeladekochen kaum hinterher. Allein die Bäume am kleinen Wäldchen schmeißen jedes Jahr eine Tonne ab. Ganz zu schweigen von denen in meinem Vorgarten", mit einem Schwung greift sie in die Zuckerdose und gibt einen großen Löffel braunen Rohrzucker in das ohnehin schon süß duftende Mus.

„Also, der Topf ist fertig. Kompott habe ich auch da. Ist sogar noch warm", sie zeigt auf den zweiten von drei Töpfen, die alle so groß sind, dass man in jungen Jahren wunderbar darin hätte Verstecken spielen können.

Die Ofenklappe wird geöffnet und ein herrlich duftender, frisch gebackener Laib Brot wird auf das bereit liegende Schneidebrett auf den Tisch gelegt.

„Butter ist da", Frieda zeigt auf die Butterdose, die vor lauter Duft unsichtbar geworden ist. Dabei steht sie mitten auf dem Tisch. „Der Milchbauer aus dem Dorf hat sie vorbeigebracht. Ist von heute morgen."

Hanna hebt den Deckel hoch und hält ihre Nase über das Stück:

„Hhmmm!", macht sie.

„Lass mich auch mal", ich beuge mich zu ihr rüber. Jetzt läuft mir das Wasser so dermaßen im Mund zusammen, dass ich am liebsten alles, was in der Küche am Duften ist, auf einmal in den Mund stecken würde. Hanna, die natürlich Gedanken lesen kann, reicht mir augenblicklich ein Brettchen und ein Messer. Frieda schneidet das Brot an:

„Käse hat er auch gebracht."

Wir brauchen gar nichts zu sagen. Unsere Augen leuchten hell wie Straßenlaternen und Frieda nimmt die Käseglocke und stellt sie unvermittelt vor uns. Dann hauen wir rein.

„Wer soll denn das alles essen?", frage ich mit vollem Mund. „Kommt noch jemand?"

Frieda zuckt mit den Schultern:

„Keine Ahnung. Bei uns weiß man ja nie."

Die Tür wird aufgerissen. Herein stürmt ein patschnasser René, der sich mit lauten yeah-yeah Geräuschen und einem undefinierbaren Gehüpfe, mal auf einem, mal auf zwei Beinen, in Szene setzt. Hinter ihm Peer. Ebenso nass, allerdings ohne Gehüpfe, dafür mit schüttelndem Kopf.

„Lass mich raten: Du hast die Aufnahmeprüfung bestanden", nuschel ich zwischen Brot und Käse hindurch.

„Yeah, yeah!", er steht mitten im Raum, die Beine breit, beide Hände hoch erhoben, die Finger zum V für Victory gespreizt, den Kopf im Takt seiner Geräusche wippend. Hanna und ich gucken uns verstört an.

„Können wir froh sein, dass wir keine Prüfung bestanden haben. Wenn man danach zu so einem Volldeppen mutiert, fall ich lieber durch", meint Hanna trocken.

Frieda klatscht in die Hände, allerdings nur für ein paar Millisekunden, und rührt sofort weiter in dem nächsten Topf Mus.

„Eine sehr rührende Angelegenheit", bemerkt sie in einem Ton, dem nicht zu entnehmen ist, ob sie René oder ihren Mus meint.

„Ihr zieht Euch erst mal eure Nassen Plünnen aus und hängt sie hier an den Ofen", ordnet sie an. „Ihr holt euch ja noch den Tod. Dort liegen ein paar Decken und dicke Pullover. Nehmen könnt Ihr euch das selbst. Wer Prüfungen besteht, kann sich auch alleine anziehen."

Peer und René folgen artig Friedas Anweisungen.

„Erzähl!", sage ich, kaum, dass sie sitzen.

Wieder geht die Tür auf. Henrik:

„Ich habe tatsächlich geglaubt, dass um diese Zeit noch jemand im Stutenstall anzutreffen ist. Doch wo sind die Herrschaften?"

„Setz' Dich, bevor das Brot und der Mus kalt werden", Frieda zeigt mit ihrem Kochlöffel auf die Holzbank neben Hanna.

„Die haben heute angerufen", fängt René zu erzählen an.

„Wer?", fragt Henrik.

„Ach so", macht Hanna.

„Sonntag?", fragt Frieda erstaunt.

„Der Schulleiter war wohl heute im Büro. Ihm sind meine Unterlagen in die Hände gefallen und dabei hat er gemerkt, dass uns noch gar keiner benachrichtigt hat. Hielt wohl keiner für nötig."

„Hält es irgendjemand für nötig, *mir* zu erklären, worum es geht?", Henrik guckt in die Runde. Frieda legt ihm ein Brettchen und ein Messer hin. Hanna schneidet ihm eine Scheibe Brot ab. Peer schiebt ihm die Butter zu.

„Und, was haben Maria und Katrin gesagt?", will ich wissen.

„Die sind um ein Haar vor Stolz geplatzt. Wollten sie nicht so zeigen, aber man hat's trotzdem gesehen", Peer lächelt mir zu.

Henrik sagt nichts, doch sein ganzes Gesicht ist zu einem großen Fragezeichen verzogen.

„Ich hab's geschafft, Mann", René guckt ihn an, als wenn alle Welt durch Gottes Gnaden Erkenntnis erlangt hat und nun von ganz alleine weiß, worum es geht. „He?", hängt er dran und zieht seine Augenbrauen hoch.

Henrik dreht in Zeitlupe seinen Kopf zu Hanna. Die drückt ihm schnell einen Kuss auf die Wange, bevor das Gespräch weiter geht.

„Iss", Frieda deutet auf seinen Teller.

„René hat den Sprung von der Hauptschule auf die Realschule geschafft", kläre ich ihn auf. „Er hat Blut geleckt, bei der Polizei. Kommissar Gratzki hat ihm doch letzten Sommer diesen Floh ins Ohr gesetzt."

„Was heißt hier Floh ins Ohr?", empört sich René. „Ich werde selbst mal Kommissar. Ihr werdet schon sehen! Dieses Jahr zwei Wochen Praktikum bei Draeger und Kollegen und nächstes Jahr dann den Sprung aufs Gymnasium."

„AH!", macht Frieda. Ihr ist der Löffel in den Mus gefallen. Das war zu viel des Guten.

Peer ist rot vom Husten. Ihm ist der Bissen im Hals stecken geblieben. Henrik nickt anerkennend, schaut erst René dann seine Hanna an.

Frieda nimmt den letzten Topf vom Herd und setzt sich zu uns an den Tisch. Für eine Weile herrscht gefräßiges Schweigen.

„Wie es einen Menschen doch verändern kann, wenn er plötzlich ein Ziel vor Augen und eine Zukunftsperspektive hat, und nicht mehr so haltlos durch die Welt geweht wird, ohne Richtung und ohne Aufgabe", Henriks Stimme ist ruhig und bestimmt. Er weiß, wovon er spricht. Genau wie Hanna, genau wie ich. Und genau wie Peer, der plötzlich still wird.

Er legt sein Brot unbemerkt auf den Teller, legt die Hände in den Schoß, sein Blick in die Flamme der Kerze auf dem Tisch gerichtet. Im schummrigen Licht des Feuers wirken seine traurigen Augen und sein sehnsuchtsvoller Gesichtsausdruck geradezu herzerweichend.

4

„Alles verloren?", Sylvia sinkt in den Bürostuhl vor dem Schreibtisch ihres Mannes und ist weiß wie die Wand.

„Annähernd alles", flüstert Michael mit heiserer Stimme.

„Genug, um eine Insolvenz anzumelden?"

Michael nickt. Beide gucken sich schweigend an.

„Die Insolvenz läuft bereits."

Sylvia kann ihre Tränen kaum unterdrücken:

„Ist Dein Teil wenigstens abgesichert? Das Geld für das Gestüt, falls ...", Sylvias Worte versiegen mitten im Satz.

Michaels Blick verrät ihr, dass sie ab jetzt ohne Rückhalt

dastehen werden, mit allen finanziellen Sorgen und Engpässen, die eine Zeit schwerer wirtschaftlicher Belastung und großer Unsicherheiten mit sich bringt. „Aber Dein Vater hat doch immer gut gewirtschaftet. Das Bauunternehmen hat Millionen abgeworfen. Es war in zweiter Generation etabliert. Es war ja förmlich ein Skandal, dass Du Dich, als studierter Wirtschaftler, für dieses Gestüt entschieden hast und nicht für das Familienunternehmen. Als hoch angesehene Mitglieder des Münchener Geschäftsadels haben sie es extrem gefasst getragen, dass Du den traditionellen Weg verlassen hast. Jedenfalls haben sie so getan, als würden sie es mit Fassung tragen.

Wenigstens hast Du alle Deine Rücklagen und Deinen Anteil zurück ins Unternehmen fließen lassen und in Eure eigenen Aktien investiert. Ansonsten hätten sie Dich wahrscheinlich enterbt. Außerdem haben sie ja in den letzten Jahren gute Gewinne geschrieben. Die gesamte Sanierung der Akademie konnten wir davon bezahlen und die des großen Wohnhauses, all die Instandhaltungskosten", Sylvia hebt ihre Arme in einer hilflosen Geste über den Kopf, greift sich in die Haare, ist fassungslos. „Dein Vater war es doch, der uns zu dieser Geschichte mit der Limousine überredet hat und darauf beharrte, dass es wichtig wäre, sich in Szene zu setzen, wenn man angesehen werden will. So ein Mist", sie winkt ab. „Immer war er darauf bedacht, seinen ganzen Reichtum zur Schau zu stellen, sichtbar für sich und alle anderen. Und jetzt? Wie konnte denn das passieren?"

Michael hat keine Miene verzogen, während seine Frau sprach. Er sitzt einfach nur stumm da, schaut sie an, ist in sich versunken.

„Er hat zu viel in den freien Markt investiert. Die groß angekündigte Energiewende versprach Gewinne in Millionenhöhe. Dass es aber einige Unternehmen dennoch in die Pleite führen wird, hat er in seine

Überlegungen nicht mit einbezogen. Er war sich seiner Sache sicher und meinte zu wissen, was das Beste ist. Du kennst ihn doch."

Jetzt ist es Sylvia, die schweigend dasitzt.

„Wir haben ihm alle davon abgeraten, das Gesamte Vermögen in ein einziges Unternehmen zu investieren. Das macht doch heute kein Mensch mehr!", Michael fasst sich an die Stirn. „Aber er wusste es ja besser. Er weiß es ja immer besser", er stützt seinen Kopf in die Hände und schließt die Augen.

„Immerhin kriegen wir das Kapital zurück, das im Bauunternehmen gesteckt hat", bemerkt Sylvia. „Als Investoren sind wir doch sozusagen Gläubiger, denen die Auszahlung ihres Anteils zusteht, oder?"

Schweigen.

„Dein Vater wird Dich doch abgesichert haben?", in ihrer Stimme schwingt Empörung mit.

Sylvia wartet auf eine Antwort, doch es kommt nichts.

„Was?", fragt sie entsetzt.

„Es gibt nichts mehr, was uns zurückgezahlt werden könnte." flüstert Michael mit leerem Blick, steht auf und beginnt, im Büro herumzulaufen.

„Das gesamte Vermögen meines Vaters wird von der Konkursmasse des Unternehmens absorbiert, in das er investiert hat. Das stand im Kleingedruckten des Vertrages, den er unterschrieben hat."

„Doch was ist mit *seinem* Unternehmen?"

„Das ist durch den stetigen Verlust seiner Anlagen und auf Grund des fehlendes Kapitals ebenfalls tief in die roten Zahlen gerutscht. Er hat schon lange alle seine Rechnungen mit Krediten bezahlt. Der Verkauf des Bauunternehmens wird im besten Fall seine Kredite decken. Im schlimmsten Fall bleibt er mit Schulden zurück." Michael lässt sich in einen seiner Bürosessel fallen. „Und wir sind Familie. Laut Gesetz steht uns nichts zu. Meine 1,5 Millionen, die sich aus meinem eigenen Geld, den Rückgewinnen und Dividenden über die Jahre angesammelt haben, gehen ersatzlos in die Konkursmasse des Bauunternehmens über. Das hat mir der Insolvenzberater meines Vaters eben gerade am Telefon ausführlich erläutert."

„Wir ...", Sylvia kämpft mit den Tränen „Wir haben also nichts mehr?"

Michael schaut ihr lange und tief in die Augen. Er empfindet Mitleid mit seiner Frau, wie sie dort vor ihm sitzt, zitternd und um Fassung ringend. Für ein paar Momente erinnert sie ihn an das junge Mädchen, das er vor vielen Jahren kennen- und liebengelernt hat.

In seinen Augen wirkt sie immer etwas hilflos und schutzlos der rauen Welt ausgeliefert; ein wenig naiv, was das knallharte Geschäftsleben betrifft, gutgläubig, wenn es um Finanzpolitik geht. 'Die werden das alles schon zu unserem Besten managen, Du wirst sehen', sagt sie immer. Egal, ob sie Nachrichten sehen oder über ihre eigenen Finanzen sprechen. In ihrem Leben ist immer alles gut gegangen. Irgendwer kam immer und hat alles geregelt. Zuerst war es ihr Vater, für kurze Zeit ein angestellter Wirtschafter und dann Michael selbst.

Jetzt öffnen sich ihre Augen und sie versteht, dass es Momente im Leben gibt, in denen alle schlauen Köpfe um sie herum das Fundament ihres Lebens nicht halten können, wenn es droht, im viel zu weichen Grund zu versinken. Die Realität schlägt mit voller Wucht zu und trifft sie mitten in ihre gutgläubige, kindliche Seele.

„Wir haben das Gestüt und müssen versuchen, ganz von vorne anzufangen, neues Kapital zu erwirtschaften und hoffen, dass uns die Bauern und Zulieferer für eine Weile wohlgesonnen sein werden. Denn wir werden vorerst ihre Rechnungen nicht mehr bezahlen können", Michael seufzt. „Auch auf die Gunst unserer Angestellten werden wir angewiesen sein, können aber auch dann nur noch hoffen und beten. Ansonsten wird auch uns eine

Insolvenz nicht erspart bleiben", seine Stimme wird so leise, dass er kaum noch zu verstehen ist.

„Wir können jetzt nur noch auf die diesjährige Winterauktion hoffen. Die erste Auktion, die letzten Winter hier stattgefunden hat, war ja ein voller Erfolg, verkaufstechnisch. Hoffen wir mal!" Er seufzt tief.

„Wenn wir wenigstens jemanden hätten, der sich mit Wirtschaftsrecht auskennt und uns nicht gleich wieder ein Vermögen kostet, würde ich mich ja selbst noch mal dahinter klemmen und mich beraten lassen. Ich kenne mich zwar in der Wirtschaft gut aus, aber wenn es in solche Details geht und ich nichts finde, wo ich ansetzen kann, habe ich immer das Gefühl, etwas übersehen zu haben. Ich bin eben kein Jurist."

„Das kann es doch nicht einfach gewesen sein! So etwas gibt es doch gar nicht", meint Sylvia verzweifelt.

In ihrer Welt gibt es soetwas tatsächlich nicht. Ihre Weigerung, sich mit der Realität auseinanderzusetzen, wenn sie allzu ungemütlich wird, legt Michael sogar jetzt ein Lächeln auf die Lippen. „Außerdem habe ich vielleicht genau den Mann, den Du suchst."

Michaels fragender Blick spricht Bände. Sylvia steht auf und geht zur Tür:

„Ich gebe mich erst geschlagen, wenn es soweit ist. Bis dahin ist noch nichts verloren." leise schließt sie die Tür hinter sich. Noch lange sitzt Michael in seinem Sessel, schaut aus dem Fenster. Er ist das erste mal in seinem Leben wirklich ratlos.

5

Mit Schwung ziehe ich an den eisernen Gitterstäben der Schiebetür von Manjas Box und höre, wie sie hinter mir mit einem Krach einrastet. Das Metall hallt in der Stallgasse. Der Stall ist neuer als alle anderen hier auf dem Gestüt. Die Boxen haben diese modernen Türen, die bis oben zu sind. Der untere Teil ist aus Holz und blickdicht, der obere aus Metallstangen. Wie Zellen im Gefängnis.

„Warum so eilig? Musst Du noch irgendwo hin? Kannst mir doch nicht erzählen, dass auf *Dich* jemand wartet!"

Der behämmerte Dominik. So ein Idiot! Immer muss der Stress machen, vom dem Moment, in dem er auftaucht, bis er wieder verschwindet. Keine Gelegenheit lässt er aus, die Stimmung so schlecht wie möglich zu machen und mich herunterzuziehen. Ich würdige ihn keines Blickes und verlasse den Stall. Der Unterricht ist für heute vorbei.

Die dicke Luft aus der Stallgasse ist augenblicklich verflogen, als mir vor der Tür die Sonnenstrahlen ins Gesicht fallen und eine leichte Brise mich umweht. Die Akademie ist mir im Laufe des letzten Jahres nicht zum ersehnten Anlaufpunkt und zur Heimat geworden. Eine wirkliche Beziehung konnte ich bisher nicht zu diesem Ort aufbauen, obwohl er mir so wundervoll, nahezu verwunschen erschien, als ich das erste Mal mit Manja hier vorbei ritt. Der Grund dafür ist mit Sicherheit nicht Manja. Manja und ich sind ein gutes Team und sie ist vom ersten Tag an mit der Akademie verbunden. Es liegt an ihm: An Dominik. Ich hasse ihn. Obwohl ich mich so auf die Akademie gefreut habe, sieht die Realität so aus, dass ich nicht schnell genug hier wegkommen kann, wenn der Unterricht vorbei ist. Ich kann diesen Menschen einfach nicht ertragen.

Das Rauschen der großen Weide vor dem Eingang ist längst zu einem Omen des Unheils geworden, oder besser gesagt: Der schlechten Stimmung. Wenn er nicht wäre, er und seine Angriffslustigkeit, dann, ja dann, könnte alles so schön sein!

Ich schwinge mich auf mein Rad und trete in die Pedale. Winston wartet. Und die Barnstedts auch. Heute, am ersten Montag nach den Ferien, ist wieder unser gemeinsames Abendessen angesagt. Ich rase am Gestütsfriedhof vorbei, die kleine Allee lang und biege, vollkommen außer Atem, in den Jungpferdeberitt ein.

Marek verschließt gerade die letzte Boxentür und winkt mir zu. Die Pferde müssen eben rein geholt worden sein. Ich betrete den Stall und der Geruch von frischem Heu schlägt mir entgegen. Die Türen der Boxen sind hier nur halb hoch, sodass die Pferde in die Gasse gucken können, wenn sie wollen. Doch im Augenblick interessiert sie die Stallgasse weitaus weniger, als ihre Abendmahlzeit, die sie genüsslich und laut kauend fressen.

Dirk kommt mir entgegen, ein Halfter und ein Strick in der Hand. Äußerlich sieht er verschwitzt aus, innerlich kocht er. Er knallt mir die Sachen vor die Füße:

„Dein dämliches Vieh kannst Du alleine holen!"

Dann verschwindet er, marschiert über den Hof, geht ins Wohnhaus und schmeißt die Tür hinter sich zu.

Tag der fliegenden Türen, wie es aussieht.

Ich gucke Marek an. Er erwidert meinen Blick für einen Moment, ohne sich zu regen und ohne eine Miene zu verziehen. Ich hebe Halfter und Strick auf, gehe hinten aus dem Stall um die Ecke zu den anliegenden vier Boxen und schau nach, ob Winston da ist. Die Box ist leer.

„Dem tust Du keinen Gefallen damit, dass Du ihn nicht langsam zur Raison rufst", Marek ist mir nachgelaufen. Jetzt schaue *ich* ihn an, ohne eine Miene zu verziehen: „Wieso?", frage ich nach einer Weile.

„Pass einfach ein bisschen besser auf ihn auf, wenn er Dir lieb ist. Es gibt Menschen, die verstehen keinen Spaß, wenn es darum geht, Pferden ihre Unarten auszutreiben."

„Du meinst Dirk?"

Marek lacht und winkt ab:

„Nein, *den* doch nicht. Der tut zwar so, als wenn er wütend werden würde, doch der tut keinem was zu leide. Das höchste der Gefühle ist mal eine fliegende Tür."

Unweigerlich muss ich lächeln, doch er merkt, dass ich nicht verstehe.

„Lass gut sein", sagt er und will sich gerade umdrehen, „doch überdenke mal meinen Rat. Um Eurer beider willen." Damit lässt er mich stehen und macht sich wieder an seine Arbeit.

Ich dagegen mache mich auf den Weg zur Koppel. Die Wiesen sind weit. Winston muss den beiden so lange weggerannt sein, dass sie es aufgegeben haben, ihn einzufangen. Als ich hinter der Halle bin und einen großen Teil der Weiden überschauen kann, ist nur Gras und Himmel zu sehen, aber kein Winston. Der muss sich tatsächlich in die letzte Ecke verkrochen haben.

Es dauert ewig, bis ich die erste Anhöhe erreicht habe, von der aus man den nächsten Teil der Weiden überblicken kann. Da steht er! Weit draußen in der letzten Ecke, wie erwartet.

„WINSTON!"

Er hebt den Kopf, sieht mich und wundert sich, welch eine Erscheinung gerade die Weiten seiner Prärie betreten hat. Doch als er realisiert, dass ich es bin, wiehert laut und rast im gestreckten Galopp auf mich zu.

Kurz vor mir versucht er eine Vollbremsung, rutscht jedoch auf dem Rasen aus. Ich springe zur Seite, Winston schlittert an mir vorbei, hüpft, dreht sich und quietscht. Es fehlte nicht viel und er hätte mich umgeschmissen. Ich kann mich nur auf den Beinen halten, weil ich in seine Mähne fasse und mich mit aller Kraft festhalte. Er findet das toll, reibt seinen Kopf an mir, knabbert an meinem Pullover, bläst mir ins Gesicht und scharrt mit den Vorderbeinen.

„Du Racker sorgst hier ganz schön für Wirbel!"

Er quiekt. Als ich ihm das Halfter hinhalte, versenkt er sofort seine Nase darin. Von wegen einfangen! Aufpassen muss ich, dass ich nicht umgerannt und erdrückt werde.

„Das bleibt aber unser Geheimnis", flüstere ich leise. Er spitzt die Ohren und guckt mich an, als hätten wir gerade einen Pakt geschlossen.

„Jetzt haben wir so viel Zeit verloren, dass wir es gar nicht mehr schaffen werden, eine Reitstunde abzuhalten. Was sagst Du dazu?"

Er springt umher, dreht sich und wiehert hell dazu. Dann hopst er um mich rum.

„Dafür probieren wir jetzt allerdings was", ich befestige den Strick an seinem Halfter und stelle mich neben ihn, als würde ich aufsteigen.

„Halt mal still."

Gerade, als ich zum Sprung ansetzen will, hebt er sein linkes Bein wie zum Hufeauskratzen. Allerdings nicht, damit ich seine Füße sauber mache, sondern damit ich eine Hilfe zum Aufsteigen habe. Und obwohl ich meinen Winston nun schon knapp drei Jahre lang kenne, kann ich nicht fassen, dass er schon wieder so leicht versteht und so wunderbar reagiert.

Ich nehme sein Bein als Steigbügel und schwinge mich auf seinen Rücken. Winston bleibt still stehen.

„Zweite Reitstunde ohne Sattel und auf der Koppel. Wenn wir das jemandem erzählen, werden wir erschlagen, darauf kannst du wetten."

Winston schnaubt entspannt und trottet im Schritt los, als wäre es das Normalste der Welt, geritten zu werden und mich nach Hause zu tragen.

„Und? Wollen wir mal angaloppieren?"

Winston geht entspannt den seichten Hügel hinauf.

„Komm, Galopp", ich gebe die entsprechenden Hilfen. Und tatsächlich! Winston galoppiert aus dem Schritt heraus an, ganz sanft und gleichmäßig, und so galoppieren wir zurück zum Stall. Kurz vor der Halle parieren wir durch, auch das ohne Probleme. Ich springe ab, bevor uns jemand sieht. Dirk würde ausrasten. Marek dagegen kann ich schon lange nicht mehr einschätzen. Er hat mich in den letzten Monaten des öfteren mit seinen unerwartet sanften und verständnisvollen Reaktionen überrascht.

„Und?", Marek sieht, wie wir um die Ecke biegen, ich voran, Winston entspannt hinter mir her.

„Ging so", spiele ich die Situation herunter und verschwinde mit Winston in seiner Box.

Unsere Welt bleibt unsere Welt und unser Geheimnis unser Geheimnis. Damit hat niemand etwas zu tun. Darin wird niemand eingeweiht, das wird niemandem verraten. Nicht einmal Marek, selbst wäre er der netteste Mensch der Welt.

6

Wenn es einen nettesten Menschen der Welt gibt, dann ist es mit Sicherheit Hanna. Als ich abgehetzt im Stutenstall ankomme, ins Haus rase, meine Sachen auf mein Bett schmeiße und mich so schnell wie möglich umziehe, weil ich bei den Barnstedts nicht in Stallklamotten am Tisch sitzen soll, sehe ich im Vorbeifliegen eine Tasse Tee in der Küche stehen.

„'Ne halbe Stunde hast Du noch", ruft Hanna mir hinterher.

Im Nu bin ich umgezogen und sitze mit ihr am Tisch. Ein paar Kekse hat sie auch hin gestellt. Sie weiß, dass ich meist furchtbar ausgehungert bin, wenn ich Montag Abend rein komme, und es im großen Haus gar nicht gern gesehen ist, dass ich mir das Essen schaufelweise in den Mund schiebe.

Wir reden nicht. Schnell den Tee inhaliert, ein paar Stärkungskekse gegessen, raus, runter, aufs Rad, auf die große Allee und so schnell es geht durch den weichen Sand zum Haupthaus, Rad hingestellt, zum Hintereingang rein, durch Friedas Küche gerannt, die Treppe hoch ins Erdgeschoss und schon stehe ich vor der großen Tür zum Salon.

Ich erinnere mich noch gut, wie wir, die Heimkinder, zum allerersten Mal hier waren und in diesem Salon eine große Tafel mit Kaffee und Kuchen angerichtet war. Sophie zog alle Aufmerksamkeit auf sich, weil sie so süß war. Heute, zweieinhalb Jahre später, zieht sie alle Aufmerksamkeit auf sich, weil sie immer bockiger wird. Wenn einem alle Menschen jahrelang täglich sagen, wie süß und goldig man ist, trägt das nicht gerade zu einer gesunden Charakterentwicklung bei, oder zur Zurückhaltung oder zu Bescheidenheit. Katrin und Maria wissen manchmal schon gar nicht mehr, wie sie mit ihr umgehen sollen. Das haben sie jetzt davon.

Auch Michael fand sie toll und wollte *sie* adoptieren, nicht mich. Ich habe das zufällig mitbekommen; Worte, die nicht für meine Ohren bestimmt waren. Doch er weiß, dass ich sie gehört habe und bis heute liegt ein kühler Vorhang zwischen uns; eine Anspannung, ein gewisses Misstrauen, das nicht so recht weichen will.

„Sollen wir es ihr sagen?", Sylvias Stimme dringt im Flüsterton durch den Türspalt.

„Nein, wenn es dazu kommt, wird sie es früh genug erfahren."

Ich klopfe an. Ich will nicht, dass sie denken, ich würde sie belauschen. Dann gehe ich rein.

Der Tisch ist gedeckt, nicht prunkvoll, sondern ganz normal.

„Das gibt's doch nicht!", entfährt es mir.

Ein lautes Bellen, acht aufspringende Beine und zwei wedelnde Ruten kommen auf mich zugehastet. Die Bernhardiner!

Ich gehe unvermittelt auf die Knie und umarme sie. Sie schlecken mir mein Gesicht ab und sind außer sich vor Aufregung.

„Wo hattest Du *die* denn die ganze Zeit versteckt?" Ich gucke kurz zu Michael hoch. „Die habe ich ja seit unserem ersten Treffen nicht mehr gesehen!"

„Sie gehören meinen Eltern. Sie waren damals gerade hier und haben sie wieder mit nach Bayern genommen. Jetzt sind sie wieder da."

„Hier?", ich stehe auf.

„Ja, hier. Doch sie sind von der langen Fahrt so erschöpft, dass sie heute nicht mit uns zu Abend essen. Sie sind oben in ihrem Zimmer."

Die Bernhardiner weichen nicht von meiner Seite.

„Was gibt's Neues?", fragt Sylvia.

Ich setze mich auf meinen Platz. Sie beginnt aufzutun.

Ich zucke mit den Schultern:
„Nichts. Erster Schultag. Was soll es da schon geben. Dominik ist immer noch genauso blöd, wie vor den Ferien."
Sylvia grinst leicht.
„Du weißt aber, dass Du mit ihm klarzukommen hast? Wir haben darüber gesprochen, nicht?" Michael.
Ich nicke stumm:
„Hm-hm", ich stochere in meinen Kartoffeln herum. „Weil er der Sohn vom Hauptkommissar ist, oder warum?"
„Weil sein Vater zu unseren besten Kunden zählt und es wichtig ist, seine Kontakte zu pflegen und zu erhalten. Wir waren selbst zusammen auf der Schule, damals, in München."
„Das hast Du schon mindestens eine Million Mal erzählt. Aber ist das eine Entschuldigung dafür, ständig die Stimmung zu vergiften und alle anderen niederzumachen?"
Michael guckt mich entsetzt an.
„Dominik meine ich, nicht Dich. Der macht jeden nieder."
„Wie kommt denn Sonja mit ihm klar?", fragt Sylvia.
Wieder zucke ich mit den Schultern:
„Die macht alles mit sich selbst aus und frisst das in sich hinein, glaub ich. Außerdem hackt er auch nicht so doll auf ihr rum wie auf mir. Der hasst mich, nur, weil ihr ..", die letzten Worte bleiben mir im Hals stecken. Nein, meine Eltern sind sie nicht. Sie sind nett, sie kümmern sich um mich, das muss ich mittlerweile wirklich sagen, sie lassen mich hier wohnen und ich habe ein wunderbares Leben auf diesem Gestüt. Die Pferde sind und waren meine Rettung, das Beste, das mir in meinem Leben passiert ist. Dank ihnen. Doch meine Eltern sind sie deswegen noch lange nicht. Das werden sie nie sein.

„ ... weil wir Deine Pflegeeltern sind", vervollständigt Sylvia den Satz.

Ich zögere einen Moment:

„Ja, genau deswegen."

Kurzes Schweigen.

„Ich kann das doch nicht einfach so auf mir sitzen lassen. Der trampelt permanent auf mir rum und Ihr sagt mir, ich soll ihn gewähren lassen? Dann wird das nur noch schlimmer werden. Ihr werdet sehen."

„Was willst Du denn machen? Ihm eine reinhauen?", Michael sieht mich erwartungsvoll an.

„Am liebsten."

Er lächelt.

„Sei besser als er", sagt Sylvia mit beruhigender Stimme. „Werde gut und reite besser, als er jemals reiten können wird. Und kümmere Dich nicht um sein Geschwätz."

„Versuch es jedenfalls", fügt Michael hinzu. „Wie läuft's denn mit Winston? Ihr habt ihn angeritten, hat Sylvia erzählt?"

„Winston lief super. Ohne Probleme." Ich will, dass er stolz auf mich ist und sieht, dass ich gut bin. Je besser ich werde, umso geringer ist die Chance, jemals wieder hier weg zu müssen.

„Vielleicht ist Dominik ja auch einfach nur neidisch, hast Du darüber mal nachgedacht?", stellt Sylvia vielsagend in den Raum.

„Nein. Warum? Der hat's doch gut. Die haben viel Geld, oder nicht? Drei Pferde einzustellen und bereiten zu lassen ist ja schließlich nicht umsonst."

„Klar, aber Geld ist ja nicht alles." Es liegt eine Selbstverständlichkeit in Michaels Stimme, dass mir prompt die Gabel aus der Hand fällt.

„Verschluck' Dich nicht", Sylvia klopft mir auf den Rücken.

Michael beobachtet mich:

„So unglaublich diese Worte aus meinem Mund auch klingen mögen, doch Geld ist nicht alles. Der hat es nicht einfach, glaube mir."

„Warum? Was ist denn mit dem? Ein gutes Zuhause und viel Geld zu haben finde ich nicht gerade ein besonders schweres Schicksal. Also warum sollte der eifersüchtig sein?"

„Vielleicht, weil Du jetzt schon besser reitest als er?" Ein Lächeln zieht sich über Michaels Gesicht, das ich noch nicht kenne. Eine Mischung aus Überlegenheit und Anerkennung.

Sylvia wendet sich zu mir:

„Dominiks Mutter ist früh gestorben, genau wie Deine, wusstest Du das?"

Mein Teller ist zum Glück leer. Ich lege mein Besteck nieder:

„Nein."

„Es war ein Autounfall", erklärt Michael. „Herr Weißenberg ist gefahren. Sein Sohn und er haben überlebt, die Mutter starb noch an der Unfallstelle. Kurz danach wurde sein Vater gegen seinen Willen von München in die Uckermark versetzt. Ich glaube, das einsame Leben dieser beiden Männer ist zeitweilig ziemlich trostlos."

„Ich glaube, weder Vater noch Sohn haben diesen Vorfall je verwunden", spricht Sylvia weiter. „Herr Weißenberg hat sich an die Freundschaft mit meinem Mann geklammert und ist auf diesem Wege zu den Pferden und der Sohn sogar zum Reiten gekommen. Vielleicht ist das Verbreiten schlechter Stimmung Dominiks Art, seinen Gefühlen Ausdruck zu verleihen und mit seinem Schicksal klar zu kommen?" Sie reicht ein paar Schälchen für den Nachtisch herum. Schokoladenpudding. Der geht natürlich noch rein.

„Ich weiß, dass er sich ungerecht behandelt fühlt. Nicht von uns oder von Dir, sondern von seinem Leben und seinem Schicksal. Das hat uns Herr Weißenberg erzählt. Dominik war deswegen sogar schon mal in Therapie."

„Dominik in Therapie?", ich kann mir ein Grinsen nicht verkneifen.

Sylvia macht auf der Stelle eine beschwichtigende Geste und Michael raunt in strengem Ton:

„Verwende Dein Wissen nicht gegen ihn, hörst Du?", über den Tisch.

„Klar, kein Thema. Habe ich mit Sicherheit nicht vor."

„Wir trauen *Dir*, von allen Kindern in der Schule, am ehesten zu, damit umzugehen."

Wow, solche Worte von Michael! Was für ein Abend! Mein Kopf dreht sich. Als ich ihn angucke, glaube ich für ein paar Augenblicke, die anfängliche Wärme in seinen Augen wiederzuerkennen, die mir schon bei unserer ersten Begegnungen auffiel. Sie existiert also doch.

7

Ich stehe schon in der Tür, als die Barnstedts mich zurück halten:

„Kommendes Wochenende muss Dirk aufs Turnier. Marek wird nicht mitfahren können. Kannst Du das bitte übernehmen?" kaum steht Michael auf, springen auch die Bernhardiner hoch und als sie sehen, dass ich angesprochen werde, kommen sie sofort zu mir.

„Klar, kein Problem. Wo ist es denn?"

„In Nienhagen", sagt Sylvia.

Mir wird schlagartig kalt. Ich sage kein Wort. Wie vor den Kopf geschlagen stehe ich da. Bewegungslos.

„Also dann. Wenn Du irgendetwas brauchst, melde Dich, wie immer. Es wird sich schon alles einrenken, glaube mir."

Wie benommen schließe ich die Tür hinter mir, gehe langsam zum Haupteingang und drücke die schwere Klinke des großen Eingangsportals herunter. Ich möchte jetzt nicht durch Friedas Küche, sondern alleine sein.

Draußen regnet es. Der Wind weht mir ein paar Tropfen ins Gesicht. Mein Fahrrad steht um die Ecke. Ich beeile mich nicht. Dass ich nass werde, merke ich kaum.

Nienhagen. Das Dorf meiner Kindheit.

Ich war nie wieder dort, seit dem meine Eltern verstorben sind. Ich habe unser Haus nie wieder gesehen, unseren Hof nie wieder betreten. Ich wurde von der Schule abgeholt. Mein Onkel, meine Tante und zwei Polizisten haben auf mich gewartet. Sie haben mir gesagt, dass mein Vater verstorben sei, wollten aber nichts weiter erklären. War auch nicht nötig, denn ich wusste Bescheid. Er ist gegangen, weil er nicht mehr konnte. Es war sein eigener Entschluss. Das musste mir keiner erklären.

Mein unzurechnungsfähiger Onkel hatte von diesem Tag an alle Vollmachten, inklusive des Sorgerechts für mich, in seiner Hand. Er und seine habgierige Frau wollten mich vom ersten Augenblick an nicht bei sich haben. Meine Abschiebung ins Heim dauerte keine Woche. Seit dem habe ich nie wieder etwas von ihnen gesehen oder gehört.

Ich nehme mein Fahrrad und schiebe es langsam die Allee runter. Ob noch alles so ist, wie wir es verlassen haben? Oder ist der Hof verkauft? Und wenn ja, an wen? Oder ist alles noch da?

Mein Magen zieht sich zu einem Knoten zusammen. Ich bin mittlerweile bis auf die Knochen durchnässt. Die Kälte, die zeitgleich mit dem Regen unter meine Kleidung kriecht, ist eine willkommene Ablenkung.

Ich sehe meine Mutter vor mir, als wären wir uns gestern zum letzten Mal begegnet. Meine Mutter und ihr wundervolles Haar, ihr warmes Lächeln, ihre unverwechselbare Gestik - ein Bild, das ich mir durch die unzähligen Momenten des Alleinseins und der Dunkelheit bewahrt habe.

Das Bild meines Vater dagegen ist nicht so unberührt und klar. Die letzten Monate sah ich ihn nur noch trinkend, in seinem Sessel hängend, aller bewussten Sinne entrückt. Denke ich an ihn, sehe ich dieses trostlose Bild. Obwohl es meine Mutter war, die durch ihre schwere Krankheit entstellt wurde, ist doch ihre Schönheit in mir lebendig geblieben. Das Bild meines Vaters aus Zeiten, in denen er gesund und glücklich war, ist dagegen unter den vielen Eindrücken der letzten Monate verblasst und nur noch unklar.

Vielleicht ist es auch dieser Anblick, der mich bis jetzt nicht eine einzige Frage hat stellen lassen, nicht einen einzigen Gedanken daran hat aufkommen lassen, was es denn eigentlich mit dem Haus meiner Eltern auf sich hat und was daraus geworden ist. Und vielleicht ist es auch so, dass ich es nicht wissen wollte; nicht wissen will. Ich will meine Erinnerung unangetastet lassen. Ich will, dass alles so bleibt, wie es immer war. Das Haus, der Stall, die Zimmer, alles. Es soll so sein, wie ich es in meinen Erinnerungen aufgehoben habe, für alle Zeit. Diese Erinnerungen sollen meine Zuflucht bleiben, solange ich lebe. Denn wohin soll ich mich sonst flüchten, wenn es mal nicht mehr weitergeht?

Ohne, dass ich es bemerkt habe, bin ich am Stutenstall angekommen. Mein Rad lehne ich an die Mauer unter das kleine Vordach. Abschließen muss ich es nicht. Hier wird nichts geklaut. Jedenfalls keine Fahrräder.

Ich öffne und schließe unsere Haustür so leise wie möglich. Noch vor der Treppe ziehe ich mir meine Schuhe aus, damit Hanna mich nicht hört. In meinem

Zimmer angekommen, lasse ich ebenso leise das Schloss einrasten. Hanna hat mich nicht bemerkt. Sie ist nicht gekommen, um mich zu begrüßen. Ausnahmsweise bin ich darüber erleichtert.

8

Wie malerisch die Felder aussehen, wenn der kühle Nebel sich allmählich hebt, der morgendliche Reif auf den Gräsern liegt und die Sonne als roter Ball am Horizont erscheint. Heute ist es allerdings bedeckt. Das heraufziehende Morgenrot ist nur zu erahnen.

„Haben wir die weißen Bandagen dabei?", reißt Dirk mich aus meinen Gedanken.

„Seit wann brauchst Du für Springpferdeprüfungen weiße Bandagen?"

„Nicht für mich. Einer unserer Dressurer hat mich gerade angeschrieben. Bei dem überschneiden sich zwei Prüfungen und er hat nur ein Paar dabei."

„Müssten in der Turnierkiste sein. Ich guck gleich nach, wenn wir da sind."

Mein Blick ist nicht von den rauhreifbedeckten Wiesen gewichen. Wir passieren das alte Gehöft, das bis auf die äußeren Mauern komplett zerfallen ist und dasteht, wie eine verwunschene Ruine. Es hat sich in all den Jahren nichts verändert. Alles ist genau so, wie es war, als ich es zum letzten Mal sah. Gleich kommt das Waldstück mit der scharfen Kurve, die schon vereist sein kann, auch wenn die restliche Straße noch vollkommen trocken ist, dann eine Anlage der ehemaligen LPG und gleich dahinter das Ortsschild von Nienhagen.

Die Zeit scheint stehen geblieben zu sein. Die kleine Siedlung aus Einfamilienhäusern am Ortseingang ist unberührt. Sogar dieser seltsame Baum steht noch im Vorgarten des einen Hauses, dessen Bewohner ich nie persönlich kennen gelernt habe. Es sind ältere Leute, deren Kinder schon lange studierten, als ich eingeschult wurde. Mein Vater hielt einmal dort an, um zu fragen, was für ein seltsames Gewächs das denn sei, ein Zwischending aus Tanne und Gerippe. Er hat es mir und Mutter erzählt, doch den Namen habe ich vergessen. Den Baum gibt es noch.

„Wir müssen hier links."

Dirk ist irritiert:

„Die Turnierschilder weisen aber geradeaus."

„Wir müssen hier links. Geradeaus ist ein Umweg."

„Du kennst Dich ja hier aus", murrt er, setzt aber den Blinker und biegt ab.

Eine kleine Allee, rechts Häuser, links ein Bach, eine seichte Kurve, dann durchbricht eine Weide die Häuserreihen. Meine Freundin Marie hatte hier immer ihr Pony zu stehen. Meine Augen suchen im Vorbeifahren die Wiese ab. Sie ist leer.

„Hier rechts."

Wir fahren einen kleinen, holperigen Weg hinauf.

„Die großen Straßen sind aber besser für die Pferde im Hänger. Diese Holperwege machen denen leicht die Beine kaputt."

Ich hatte ganz vergessen, dass die Wege hier hinten nicht befestigt sind:

„Die Straßen unten sind auch nicht viel besser."

Das stimmt zwar nicht ganz, aber ich habe keine Lust auf Diskussionen.

Der Ablauf auf dem Turnierplatz ist Routine. Zuerst ein Gang zur Meldestelle, Startnummern für die Pferde, Teilnehmerbändchen für uns, Starterliste. Am besten gleich zwei Ausführungen. Eine, die Dirk verbummeln kann und eine, die ich außen an den Hänger klebe, damit ich weiß, wann welches Pferd fertig zu sein hat.

„Wir haben noch Zeit. Das L-Springen hat gerade erst begonnen", kläre ich ihn auf, als ich zurück am Hänger bin. „Dann ist 'ne viertel Stunde Pause. Das Springpferde-A wurde um eine Stunde verschoben."

Dirk rollt mit den Augen:

„Und dafür sind wir in aller Herrgottsfrühe aufgestanden? Wie spät ist es?"

„Gleich halb acht."

„Na los, auf zu den Dressurern. Und dann brauche ich erst mal einen Kaffee."

Natürlich sind die weißen Bandagen ganz unten in der großen Kiste, wo auch sonst. Ich packe die Extragebisse, Sporen, Gamaschen, Abschwitzdecken, Fliegendecken, Stollen, Schraubenschlüssel, die kleine Stallapotheke und das Extraset Transportgamaschen aus und wieder fein säuberlich zusammengefaltet zurück in die Kiste, was eine Ewigkeit dauert, greife die Bandagen und laufe in die Richtung, in die Dirk verschwunden ist.

Die Dressurprüfungen sind am anderen Ende des Geländes. Der Abreiteplatz liegt vor der großen Halle, die Prüfungen drinnen. Die Springer sind auf dem großen Springplatz, als Abreiteplatz dient eine große Wiese dahinter. Ich brauche gute 20 Minuten, um die Dressurer zu erreichen. Da ist Dirk! Ich zwänge mich an den Leuten, Pflegern und Trainern vorbei, die am Rand stehen, zuschauen oder letzte Tipps geben. Kaum erreiche ich Dirk, kommt eine Frau auf uns zugehastet:

„Habt ihr sie? Habt ihr sie?"

„Hier", ich halte ihr die Bandagen hin. Sie reißt sie mir aus der Hand und ehe ich mich versehe, ist sie auch schon wieder weg.

„Komm, wir werfen mal einen Blick in die Halle", Dirk weist mit dem Kopf in Richtung Stallungen. „Lass uns probieren, von hinten ranzukommen. Vorne wird's voll sein."

Ich folge ihm. Wir gehen durch die lange Stallgasse in den Vorraum zum Halleneingang. Dort steht eine große Traube Menschen. Keine Chance, auch nur einen Blick aufs Viereck zu erhaschen.

„Wir müssen andersrum", flüstert Dirk.

Zurück durch die endlose Stallgasse mit unzähligen Boxen, außen um die Halle herum, wieder am Abreiteplatz vorbei, über den Parkplatz, auf dem die Autos sich buchstäblich schon stapeln, durch die vordere Tür zur Tribüne. Wir kommen nicht weiter, als bis kurz hinter die Schwelle. An der kurzen Seite, an der die Bänke stehen, quetschen sich mindestens 200 Leute.

Dirk sagt nichts. Wir gucken uns nur kurz an, drehen um, holen uns einen Kaffee und trotten zurück zum Hänger.

„Unsere eigenen Leute starten und wir kriegen nicht eine Minute davon mit."

„Hier ist es immer besonders voll. Du warst noch nie in Nienhagen, nicht?"

Darauf antworte ich mit einem Blick ins Leere. Dirk geht nicht weiter darauf ein.

„Die Ausschreibung für die Dressurer ist bis in die hohen Klassen vorgesehen. Die S-Dressur läuft als erstes am Morgen. Die wollen natürlich alle sehen. Danach findet der Grand Prix statt. Gestern war schon die Quali."

„Und unsere Leute haben sich qualifiziert?"

„Ja, mit einem von drei Pferden. Die anderen starten die S-Dressur. Die wird auch noch 'ne Weile gehen."

Ich kenne die Anlage nur vom Vorbeifahren. Ich war damals noch zu klein, um hier zu reiten. Außerdem hatte ich mein eigenes Pony und meine Eltern selbst Pferde, und die auch nur zum Spaß an der Freude. Dieser Stall dagegen ist seit eh und je ein Ausbildungsbetrieb. Hier stehen gute Leute mit gut ausgebildeten Pferden. Darum auch die Halle, der Springplatz und das ganze Drumherum. Es ist ein Riesengelände und liegt am Rand der Ortschaft. Eigentlich schon außerhalb, doch der Ort ist so klein, dass viele der umliegenden Höfe eingemeindet wurden und jetzt offiziell ein Teil von Nienhagen sind.

„Woher kennst Du eigentlich dieses Kaff hier?", Dirk schlürft an seinem heißen Kaffee und beobachtet konzentriert das L-Springen von der Tribüne aus, die vor dem Springplatz aufgebaut wurde.

„Ich hab hier mal gewohnt", ich versuche meine Antwort so belanglos wie möglich klingen zu lassen.

„Ah-ha", macht er nur und klingt ebenso belanglos, wie ich. „Oh! Einer um! Mit einem Abwurf kommt der nicht mehr ins Stechen. Schade!" Er zeigt auf den Reiter, der gerade die Ziellinie durchreitet.

Dirk hat nicht registriert, was ich gesagt habe. Ist mir auch sehr recht. Ich bin nicht scharf auf weitere Fragen, sondern möchte meine Erinnerungen lieber für mich behalten. Sie sind zu wertvoll, alsdass ich sie mal schnell nebenbei, zwischen Kaffee und Parcours, in die Runde schmeißen möchte. Sie bedeuten mir zu viel, alsdass ich sie einfach achtlos weggeben will. Außerdem ist Dirk dafür einfach nicht der Richtige. Denn es ist egal, was ich sage. Er hört mich nicht.

9

„Du bist gleich dran", ich werfe den Lappen, mit dem ich ein letztes Mal über die Trense gewischt habe, im hohem Bogen in die große Turnierkiste. „Du hast noch 20

Minuten zum Abreiten. Ganz schön knapp, findest Du nicht?"

Dirk stellt seinen dritten leer getrunkenen Kaffeebecher weg und setzt seelenruhig seine Kappe auf:

„Der braucht nicht lange. Und auf die Stute kannst Du Dich schon mal rauf setzen und Schritt reiten."

Er nimmt mir den Wallach aus der Hand, steigt auf und reitet auf den Abreiteplatz.

„Mirabella", ich schau die Stute an. Die hebt sofort ihren Kopf.

Die beiden jungen Tiere kennen mich noch. Sie standen bei mir in der Fohlenaufzucht. Beide sind ein Jahr älter als Winston und werden seit dieser Saison regelmäßig von Dirk auf Turnieren vorgestellt.

Ich ziehe mir ebenfalls meine Kappe auf, die ich daheim nie trage, doch auf dem Turnier sind Kappen Pflicht, sogar auf dem Abreiteplatz. Die Richter sind da gnadenlos. Wer keine Kappe hat, fliegt vom Gelände.

Mira bin ich noch nie geritten. Ich habe sie zwar schon ein paar Mal für Dirk fertig gemacht, aber normalerweise soll ich die Pferde Schritt *führen*, nicht *reiten*. Wieder mal eine der Vorsichtsmaßnahmen von Dirk. Marek reitet die Pferde immer, bevor Dirk kommt. Der lässt sich nicht viel sagen, sondern macht einfach, was er für richtig hält. Er und Dirk sind ein eingespieltes Team und meistens ist Marek auf Turnieren dabei, und nicht ich.

Ich führe die Stute über den kleinen Weg zum Zaun der Anlage. Wir stehen mit unserem Hänger direkt am Abreiteplatz. Dirk hat einen der letzten Parkplätze ergattert. Viele der anderen müssen weit hinter dem Gelände parken und große Strecken mit den Pferden zurücklegen, bevor sie auf dem Platz anfangen können, zu arbeiten.

„Stehen geblieben, kleine Maus", Mira tänzelt auf der Stelle herum und findet alles extrem spannend. Ich gurte nach, stelle mich in den Steigbügel und steige auf. Kaum sitze ich, macht sie einen Satz nach vorn. Ich habe die Zügel noch gar nicht richtig in der Hand. Panik ergreift mich, ich bin sofort auf 180. Sie trabt am Zaun entlang. Ich tue so, als wäre ich ganz cool, trabe leicht und fasse die Zügel nach.

„Geh' Schritt mit ihr, bis ich sie Dir abnehme", ausgerechnet jetzt reitet Dirk an mir vorbei.

Ich pariere sie ohne Probleme durch. Dirks Stimme wirkt, wie so oft, beruhigend. Sie schnaubt und entspannt sich sofort. Ich gebe die Zügel vorsichtig nach.

„Wer baut Dir denn die Sprünge auf dem Abreiteplatz auf?", frage ich Dirk, als er kurz neben mir durchpariert.

„Stall Thimm ist hier. Der Pfleger baut für mich mit."

„Ah-ha", verstehe. Dirk trabt wieder an.

Thimms Pfleger gibt ein Zeichen. Er hat die Stangen vom Steilsprung tiefer gelegt. Dirk reitet an und springt.

Die Pferde müssen zu Beginn jeder Springstunde warm gemacht werden, das heißt, die Sprünge müssen klein anfangen und dann langsam höher gelegt werden. So erwärmen sich Bänder, Sehnen und die Muskulatur. Kaum ist Dirk über das Hindernis, werden in Windeseile die Einhänger an den Ständern hochgeschraubt und die Stange eingelegt. Zwei weitere Reiter haben sich angeschlossen und machen ihre Pferde, zusammen mit Dirk, bereit für die Prüfung. Alle 10 Sekunden geht ein Pferd über eines der beiden Hindernisse, entweder den Steil oder den Oxer. Dirk reitet wieder an, springt. Die anderen beiden gleich hinterher. Mit jeder Runde wird die Stange höher gezogen.

Ich werfe einen Blick in den Parcours, als ich vorbeireite. Es ist das Springpferde-A. Es sind nur junge Pferde hier, die alle zwischen 3 und 4 sind und bis auf die Höhe der Klasse A trainiert wurden. Maximale Höhe der Hindernisse ist ein Meter.

Die Wolkendecke hat sich unmerklich zugezogen und ich gucke erst nach oben, als ich die ersten Tropfen abkriege.

Mist! Schon wieder Regen! Ein verregneter Sommer ist das! Ich hoffe, dass er nicht zu stark wird. Es herrschen nämlich gleiche Bedingungen für alle. Auch wenn die ersten Reiter bei trockenem Boden und Sonnenschein und die letzten bei zertretenem Matsch und Platzregen starten.

Dirk springt gerade den Oxer. Als er nach dem Sprung durchpariert, wirft auch er einen skeptischen Blick nach oben. Es dauert keine 10 Minuten und es schüttet wie aus Eimern. Dirk wird durch die Lautsprecher in den Parcours gerufen.

Er reitet den ersten Sprung an und gleich die erste Stange fliegt runter. Dirk bleibt gelassen; jedenfalls tut er so.

Das nächste Hindernis bleibt liegen, auch das dritte und das vierte. Vorne die Ecke ist eng, doch er kriegt sie, reitet den großen Oxer an, der direkt vor der Richtertribüne steht und – reißt. Zweiter Abwurf. Damit ist die Prüfung gelaufen.

Er bringt den Parcours souverän hinter sich, kommt aus der Bahn und reitet zu mir. Ich springe augenblicklich vom Pferd, als er mich erblickt.

Ohne ein Wort zu wechseln, tauschen wir die Pferde. Er springt auf Miras Rücken. Ich steige auf den Wallach. Er muss noch Schritt gehen, bevor ich ihn zurück in den Hänger stellen kann, Regen hin oder her.

Langsam lässt der Guss etwas nach, der Regen hört jedoch nicht ganz auf.

Mira ist eine etwas zimperliche Stute. Und das betrifft nicht nur die Hand des Reiters, sondern auch das Wetter. Da ist sie ganz die feine Dame. Regen macht den Pferden normalerweise nicht viel aus. Manchmal, wenn der Regen zu stark ist, können die Pferde zwar schlecht gucken, aber davon abgesehen kann er ihnen nicht viel anhaben. Allerdings kann es mit Mira Probleme geben, wenn sie der Meinung ist, keine Lust zu haben und das

Wetter ihr nicht zu Pass kommt. An einem Tag wie diesem nicht ausgeschlossen.

Nach drei Runden Schritt gehe ich zum Hänger. Der kleine Wallach muss rein. Wir sind beide bis auf die Unterhose durchgeweicht.

Dort angekommen ziehe ich ihm den Sattel vom Rücken, reiße sein Halfter hinten aus dem Auto und lasse die Verladeklappe runter. Problemlos folgt er mir auf den Hänger. Trense runter, Halfter rauf, frischen Heusack aufgehängt und mit einem Handtuch schnell seinen Rücken abgerubbelt. Dann schwinge ich mich durch die minikleine, vordere Tür aus dem Hänger, lasse hinten die Rampe hoch, schmeiße alles zurück in die Kiste, verschließe das Auto und renne zurück zum Parcours. Dirk reitet gerade rein.

Die Glocke läutet: Das Zeichen, dass er anfangen kann. Ich kann wegen der vielen Regenschirme nichts sehen, renne also vorne zur Tribüne, um wenigstens noch ein bisschen von seinem Ritt zu erhaschen. Ich komme kaum vorwärts, denn der Boden ist verdammt rutschig. Grasnarben stehen neben tiefen Furchen und aufgerissenem Boden, die all die Traktoren und Lastwagen hinterlassen haben müssen, die in den letzten Tagen die Tribüne aufgebaut und die Hindernisse hier rausgefahren haben. Ganz zu schweigen von all den Pferdehufen, den Eisen und den Stollen, die ihr Übriges dazu getan haben, den Boden in ein Matschloch zu verwandeln.

Mit einem Satz springe ich auf die untersten Stufen der Tribüne und als ich meinen Blick in Richtung Springplatz erhebe, reitet Dirk gerade vom Steil in die scharfe Kurve vor dem Richterhäuschen. Der hat viel zu viel Tempo drauf! Dirk versucht zu parieren. Mira schlägt mit dem Kopf und legt die Ohren an. Schlechte Laune! Das war abzusehen.

Sie gehen mit viel zu viel Tempo in die Kurve, legen sich schräg und Mira rutscht in der Ecke weg. Es platscht, es poltert und die beiden liegen in voller Länge im Dreck. Das Publikum springt auf, Mira versucht sich wieder auf die Beine zu rappeln, Dirk guckt hoch und ist von oben bis unten mit dunklem, nassen, braunen Matsch besudelt. Ich springe ins Viereck, haste durch die Pfützen zu Mira, die neben Dirk steht und sich vor lauter Schreck nicht rührt. Wenigstens rast sie nicht wie verrückt auf dem Platz rum! Ich ergreife ihre Zügel, Dirk steht auf, hebt die Hand in Richtung der Richter, die Schranke hebt sich und wir verlassen mit hängenden Köpfen den Springplatz. Der Ansager spricht durch das Mikrofon laut und deutlich den Standardsatz:

„Der Reiter verzichtet zur Schonung des Pferdes", und wir machen uns auf zum Hänger.

„So was Dummes! Anstatt einfach mal nichts zu sagen, nein, egal, was passiert, ob der Reiter die ersten fünf Sprünge umbügelt, sich um die Bande wickelt, vom Pferd über den Platz geschliffen wird, immer kommen sie mit 'der Reiter verzichtet zur Schonung des Pferdes'. Warum sagen sie nicht einfach: Geh nach Hause, Du Idiot, Du hast verkackt? Oder: Mit dem, was Du hier ablieferst, kannst Du sowieso keinen Blumentopf gewinnen, also pack' ein, Du Versager! Nein! *Der Reiter verzichtet zur Schonung des Pferdes*", äfft er den Sprecher nach.

Dirk schimpft wie ein Rohrspatz. Die Schimpfkaskade hält sogar noch an, als wir Mira verladen haben, im Auto sitzen und auf dem Rückweg sind.

„Das hätten wir uns ja wohl sparen können", ist sein finales Resümee des Tages.

Ich versinke im Beifahrersitz und sage nichts. Dieser Moment ist wohl denkbar schlecht, um Dirk zu bitten, einen Abstecher zu unserem alten Hof zu machen. Außerdem schüttet es immernoch wie aus Kübeln. Es hat sich eingeregnet und der Himmel sieht nicht danach aus, als würden die Wolken heute noch viel Sonne durchlassen.

Das Ortsausgangsschild versetzt mir einen kleinen Stich. Ich drehe mich unwillkürlich um und schau dem Ort nach, wie er langsam hinter uns verschwindet.

Wie so vieles in meinem Leben lasse ich auch diesen Moment schweigend hinter mir, ohne, dass ich die Chance hatte, mich zu verabschieden.

10

„Und, wird da was gehen?", Michael guckt auf Marek herunter, der seit Stunden über einem Berg Papieren sitzt.

„Hm", seufzt er, „zufälliger Weise habe ich mich das letzte halbe Jahr praktisch ausschließlich mit Wirtschaftsrecht befasst. Wegen der Vorbereitung auf meine Zulassung. Wir hatten einen ähnlichen Fall als Schulungsmodell. Theoretisch müsste man da was machen können. Ganz einwandfrei ist der Investitionsvertrag nicht, der hier abgeschlossen wurde. Doch ob er deswegen nicht rechtskräftig ist, muss man prüfen. Ich werde mich da mal mit meinem Professor kurz schließen. Und alle notwendigen Bücher über die entsprechenden Rechte und Gesetze liegen gestapelt in meinem Zimmer."

Michaels Vater beäugt den jungen Mann, den er bisher nur als Pferdepfleger aus dem Stall kannte ohne jede Regung, dafür mit umso mehr Skepsis. Er sitzt in einem der beiden großen Ledersessel und hat sich nicht mehr bewegt, seitdem die Papiere ausgebreitet wurden und Marek begann, alles durchzugehen.

„Gibt es noch weitere Unterlagen?" Mareks Stimme verrät, dass er bisher nicht viel Hoffnungsvolles gefunden hat.

Michael und sein Vater wechseln einen ratlosen Blick.

Marek erhebt sich aus dem Bürostuhl:

„Natürlich kann das Unternehmen, in das Sie investiert haben, nicht einfach beschließen, ihre Anteile zu absorbieren. Sie sind als Betroffener durchaus berechtigt, ihre Investitionen zurück zu fordern."

Zum ersten Mal an diesem Tag hellt das Gesicht von Michaels Vater etwas auf.

„Wenn allerdings nichts mehr da ist, was den Investoren zurückgezahlt werden kann, sind Sie zwar theoretisch im Recht, praktisch werden Sie jedoch niemals einen Cent sehen."

Sofort friert seine Mine wieder zu derselben finsteren Starre, aus der sie kurzzeitig erwachte.

Die drei Männer schweigen. Michael bietet Marek den zweiten Sessel neben seinem Vater an. Er setzt sich.

Michael holt eine Flasche Whisky aus dem Schrank, gießt 3 Gläser voll, reicht Marek und seinem Vater eins, dann nimmt er sich das dritte und setzt sich an seinen Schreibtisch, an dem Marek den Tag verbracht hat.

„Und Sie haben also in Polen Jura studiert. Kann man das so einfach auf das Deutsche Recht übertragen oder muss man hier das Studium praktisch wiederholen?" Herr Stemmann nippt an seinem Glas.

„Es ist so viel zu lernen und ich muss so viele Scheine machen, Prüfungen bestehen, Klausuren schreiben und Bestätigungen einholen, dass es sich so anfühlt, als würde ich das komplette Studium wiederholen."

„Und das alles im Fernstudium, neben der Arbeit im Stall?"

Marek nickt. Herr Stemmann erwidert ebenfalls mit einem Nicken, aus dem Anerkennung spricht.

„In Anbetracht der Unterlagen, die Sie heute durchgegangen sind, wie hoch stehen unsere Chancen, eine Insolvenz abzuwenden?"

„Und den möglichen Ruin dieses Gestütes?", hängt Michael dran.

Marek schüttelt den Kopf:

„Wie gesagt. Theorie ist nicht Praxis. Ich tue, was ich kann."

„Können Sie denn offiziell als unser Anwalt agieren?"

„Bitte duzen Sie mich doch, Herr Stemmann." Marek steht höflich auf und reicht ihm die Hand. „Marek"

Herr Stemmann bleibt sitzen:

„Ich bevorzuge das 'Sie'", und macht eine abwehrende Geste.

„Du kannst es nicht lassen, die Leute um Dich herum zu beleidigen! In einer Minute anerkennend, in der nächsten verachtend. Marek ist vielleicht Deine einzige Hoffnung! Kannst Du Dich nicht wenigstens IHM GEGENÜBER BENEHMEN?" Michaels Geduld ist für heute am Ende.

„WER HAT UNS DENN DAS ALLES EINGEBROCKT?"

Marek steht immer noch neben Herrn Stemmann und beobachtet die Szene aufmerksam.

„Entschuldigen Sie meinen Vater. Der hat bis heute nicht gelernt, wie man sich Menschen gegenüber verhält."

„Ich sollte mich auf den Weg machen. Wir haben alles soweit besprochen." Marek wendet sich Michaels Vater zu. „Als Rechtsanwalt kann ich noch nicht fungieren, doch als offizieller Rechtsberater. Und das ist es, was Sie im Augenblick brauchen. In dieser Funktion kann ich Sie sogar vor Gericht vertreten, sollte es dazu kommen. Auf jeden Fall kann ich den anfallenden Schriftverkehr erledigen und damit anfangen, einen Brief an das Unternehmen aufzusetzen, das angeblich keine andere Wahl sieht, als ihr Vermögen einzubehalten."

Michael wirft seinem Vater einen scharfen Blick zu. Der steht auf und reicht Marek die Hand:

„Einverstanden, Herr Pawlak. Vielen Dank für Ihre Mühe."

Michaels Gesichtszüge entspannen sich ein bisschen. Dann wendet sich Marek an Michael:

„Dirk und Juna müssten schon seit Stunden vom Turnier zurück sein. Ich werde mal nach ihnen schauen."

„Juna kann doch, solange Sie hier sind, Ihren Job übernehmen", Herr Stemmann strahlt Marek an, als wäre das die Idee des Jahrhunderts.

„Juna ist schulpflichtig, Vater."

„Außerdem arbeitet sie von morgens bis abends und ist jede freie Minute im Stall", nutzt Marek die Gelegenheit, um für Juna einzustehen. „Sie hilft, wo sie kann. Und ein Händchen für Pferde hat sie ebenfalls. Mit ihr haben Sie einen echten Glücksgriff gemacht. Ein engagierteres Mädel hätten Sie nicht finden können."

„Du", sagt Michael und reicht Marek die Hand. Der schlägt ein. Michael klopft ihn auf die Schulter. Sein Vater verzieht pikiert das Gesicht.

„Danke, Marek. Du bist eine große Hilfe. Wenn wir das nicht hinkriegen, dann müssen wir mit den Mitarbeitern reden, das Gestüt ..."

„Mach Dir keine Sorgen. Sollte es zu weiteren Problemen kommen, werden wir uns damit auseinandersetzen und eine Lösung finden. Alle Sorgen darüber sind Zeitverschwendung", er lächelt. Mareks warmherzige Stimme und sein stets optimistischer Tonfall ringen sogar Michael ein Lächeln ab, der voller Sorge um das Fortbestehen der Anlage ist und eine Ahnung hat, dass die Zukunft dunkle Tage bereit hält. Und das nicht nur für ihn.

11

Den ganzen Tag habe ich mit Dirk im Jungpferdeberitt verbracht. Wir haben Pferde longiert, ein paar ist er geritten, einige sogar gesprungen.

Morgen ist frei. Für die Leute hier auf dem Gestüt jedenfalls. Montag ist Ruhetag. Da übers Wochenende während der Saison meistens Turniere stattfinden, ist hier Montag das, was bei anderen Leuten Sonntag ist.

„Der Hänger ist ausgefegt und das Auto ausgeräumt. Ich gehe dann rüber und helfe Hanna beim Füttern", ich schlurfe nachdenklich durch die Stallgasse.

Dirk erwidert irgendetwas, doch bei mir kommt nur ein unverständliches Brummen an.

Hinter dem Stall lehnt mein Fahrrad. Ich schiebe es langsam über den Hof. Der Himmel ist noch bedeckt, doch es regnet nicht mehr.

Gerade, als ich aufsteigen will, kommt Marek auf den Hof gefahren. Ich weiß nicht, warum, aber ich winke ihm nicht im vorbeifahren zu und mache mich nicht einfach auf den Weg, wie ich es normalerweise tue; ich bleibe stehen, gucke ihm zu, wie er den kleinen, roten Flitzer parkt, aussteigt und auf mich zukommt.

„Was ist denn mit Dir los? Du siehst ja ganz schön mitgenommen aus", er lächelt mich an. Mir wird gleich ein bisschen wärmer ums Herz.

„Und Du hast eine Fahne. Hast Du getrunken?"

Marek lacht:

„Der Chef hat mir einen Whisky angedreht und mir ein volles Glas in die Hand gedrückt. Ich war der Situation vollkommen hilflos ausgeliefert. Was hätte ich bloß tun sollen?"

Jetzt lache auch ich. Wie er da steht und seine Unschuld mit entsprechenden Gesten unterstreicht ist zu komisch.

„Und da fährst Du noch Auto?"

„So viel war es ja nicht. Ein kleines Gläschen."

„Eben war es noch ein volles."

„Ein volles Kleines", er guckt mich an. „Und, was ist mit Dir?"

„Wie kommst Du darauf, dass mit mir was sein sollte?"

„Weil Deine Augen weniger glänzen als sonst."

Mit diesem Satz fühle ich mich sofort entlarvt. Das erste Mal, seit der Name Nienhagen gefallen ist. Ich schlucke, sage keinen Ton.

Marek legt mir seinen Arm freundschaftlich um die Schultern:

„Komm, wir machen kurz mal Pause. Wie wäre es mit einem Tee in der Küche?"

„Und was ist mit Hanna und Dirk und dem Füttern und ..?"

Marek macht eine beschwichtigende Handbewegung:

„Die werden nicht tot umfallen, wenn sie mal ohne uns klar kommen müssen. Außerdem haben sie morgen frei, wir nicht."

„Du nicht?", frage ich erstaunt.

„Nein. Du weißt doch, ich sitze über meinen Büchern und versuche so gut es geht, die Aufgaben zu bewältigen, die die Uni mir schickt. Außerdem hab ich einiges für die Barnstedts zu tun."

„Gibt's Probleme?"

„Nicht der Rede wert", winkt Marek ab.

Wir gehen rein und setzen uns. Er stellt zwei Tassen Tee vor uns auf den Tisch. Ich greife die heiße Tasse und atme den Teeduft ein. Die Wärme und der Duft tun gut.

„Und, wie war's?"

„Auf dem Turnier?"

„Ja, wo denn sonst?"

Ich schlürfe ein wenig am heißen Tee.

„Ging so. Keine Platzierung. Der Regen hat uns entschärft. Nichts außer nasse Kleidung."

„So ist das Turnierleben nun mal. Eine Platzierung ist eben die Ausnahme, nicht die Regel. Bei den großen Starterfeldern heutzutage gehen 5 Prozent der Teilnehmer mit einer Schleife nach Hause, alle anderen gehen leer aus. Dirk kennt das. Dafür ist er lange genug im Geschäft."

Ich nicke abwesend und gucke aus dem Fenster.

„So, und jetzt erzähl, was los ist", Marek lässt nicht locker.

„Wir waren in Nienhagen", sage ich leise.

„Ich weiß, habe ich mitbekommen. Ich habe mit Dirk zusammen das Turnier vorbereitet. Ich arbeite nämlich hier", Marek grinst.

„Meine Eltern haben dort ihren Hof", ich nehme noch einen Schluck Tee. „Hatten", verbessere ich mich.

„Ist er noch da? Oder wohnen dort neue Leute?"

Ich zucke mit den Schultern.

„Wie? Du weißt nicht, ob euer Hof noch existiert oder verkauft ist und bewirtschaftet wird?"

Ich schüttle den Kopf.

„Ihr ward doch da? Warum seid ihr nicht vorbei gefahren?"

Am liebsten würde ich meinen Kopf in die Teetasse stecken, um nicht gesehen zu werden. Ich nippe ununterbrochen an dem heißen Tee und schiele dabei nach unten auf meine Füße.

„Du hast Dich nicht getraut, was zu sagen, nicht? Weil das Turnier so schlecht gelaufen ist."

Ich setze meine Tasse ab. Mir sitzt ein Kloß im Hals, der so groß ist wie der Grand Canyon.

Er stellt seine Tasse hin, greift die Autoschlüssel, steht auf und macht eine Kopfbewegung in Richtung Hof:

„Komm", sagt er und öffnet die Tür.

„Wie? Ich .."

Er nimmt meine Hand. Ich stehe automatisch auf.

„Nienhagen ist fast eine Stunde von hier entfernt."

„Ich weiß, wo Nienhagen ist", Marek lässt sich nicht beirren.

Ehe ich mich versehe sitzen wir im Auto und ich fahre heute zum zweiten Mal über die vertrauten Landstraßen, durch die kleinen Waldstücke, an den endlosen Feldern und Seen vorbei. Ich blicke nach oben. Die Wolken brechen auf. Zum ersten Mal an diesen Tag ist ein Stück Himmel zu sehen.

12

Wieder fällt mein Blick auf das Ortsschild meines Heimatortes, wieder biegen wir links ab. Diesmal fahren wir jedoch geradeaus.

„Gehörte der Hof Deinen Eltern, oder haben sie ihn gepachtet?"

„Es war der Grundbesitz meines Großvaters, den ich allerdings nie kennen gelernt habe. Er hat ihn meiner Mutter vererbt. Der Hof war Eigenbesitz."

„Hm", macht Marek.

Wir biegen um die Ecke. Hinter der kleinen Biegung, gleich am Waldrand, steht der Hof.

„Das ist er!"

Wie erstaunt ich bin! Alles fühlt sich so vertraut an. Als wäre niemals Zeit vergangen. Als wäre alles wie früher. Als wäre ich nie weg gewesen. Als würde jemand auf uns warten, gleich zur Tür herauskommen und mich empfangen. Wir steigen aus. Es bleibt still.

Das Grundstück sieht verwildert aus. Der Vorplatz ist komplett zugewachsen, das Gras neigt sich in hohen, dicken Büscheln zum Boden.

Die kleine Eingangspforte am Zaun quietscht, als ich sie aufmache. Die Fassade ist unberührt. Auch der Stall ist noch in dem Zustand, in dem er war, als wir ihn verlassen haben.

Ich trete langsam auf die kleine Stallgasse vor die 3 Boxen. Sie wurden nicht einmal ausgemistet. Bis heute nicht.

Ein paar Fenster sind gesprungen. Scherben liegen auf dem Boden. Überall sind Spinnenweben und es riecht vermodert. Ein trostloser Anblick.

Einige der Pflastersteine auf dem Hof sind von den wuchernden Pflanzen herausgedrückt worden. Auch sie liegen wie Überreste einer längst vergangenen Zeit auf dem Boden verstreut.

Die paar Stufen hoch zum Eingang dagegen scheinen unversehrt. Ich gehe hoch. Vor der Tür drehe ich mich um. Marek ist mir gefolgt, ohne mir ins Blickfeld geraten zu sein. Jetzt steht er da, mitten auf dem Hof, als hätte er gewusst, dass ich mich vor der Tür umdrehe und nach ihm sehe.

„Ist sie offen?", er zeigt auf den Eingang.

Ich drehe den Türknauf. Verschlossen.

Mit ein paar Sprüngen ist Marek bei mir:

„Willst Du rein?"

Jetzt, wo Marek diese Frage stellt, wird mir klar, dass ich natürlich ins Haus will. Ins Haus *muss*. Dass ich überhaupt nur deswegen hierher gekommen bin.

„Ja", antworte ich mit heiserer Stimme.

Marek dreht selbst noch einmal am Türknauf. Doch auch bei ihm geschieht kein Wunder.

Ich gucke ihn an. Ich weiß, dass er es mir ermöglichen wird, reinzukommen. Ich weiß nicht wie, doch ich weiß es einfach. Er kramt in den Taschen seiner stets luftig sitzenden Stoffhose, greift in die Brusttasche seines Hemdes, eine Geste, die auch typisch für ihn ist. Er macht immer einen gepflegten Eindruck, selbst dann, wenn er den ganzen Tag in größter Hitze im Stall gestanden und gearbeitet hat. Er hebt seinen Blick und sieht, dass ich ihn beobachte.

„Warte, ich geh kurz zum Auto."

Klar warte ich. Wo soll ich auch hin?

Mein Blick gleitet erneut an der Fassade hoch.

Marek kommt angerannt, einen Draht und einen Schraubenzieher in der Hand.

„Willst Du hier einbrechen?"

„Nein, nicht einbrechen. Nur der Dame die Tür öffnen, so, wie sich das gehört."

Ein paar Handgriffe später klickt es und ich stehe auf der Schwelle zu unserem alten Flur. Muffiger Geruch schlägt mir entgegen. Ich gehe ein paar Schritte ins Haus. Die Dielen knarren an derselben Stelle, an der sie schon geknarrt haben, als ich noch ein kleines Mädchen war. Marek drückt hinter mir auf den Lichtschalter, es knallt einmal laut und Scherben fliegen uns um die Ohren.

„Vorsicht!", schreit Marek noch, doch ich habe mich schon geduckt. „Was passiert?"

Seelenruhig winke ich ab und gehe unbeirrt durch die nächste Tür ins Wohnzimmer; dann in die Küche, die Treppe hoch, ins Schlafzimmer, ins Zimmer meines Vaters, sogar in die kleine Abstellkammer und das Bad werfe ich einen Blick und betrete – mein Zimmer. *Mein altes Kinderzimmer.*

Mein Bett, mein Nachttisch, ja sogar die Lampe und meine zwei Bücher, in denen ich zuletzt gelesen habe, liegen noch da. Unberührt. Ich setze mich aufs Bett und lasse mich auf mein Kopfkissen fallen. Sofort spüre ich etwas Hartes unter meinem Kopf. Ich greif unter das Kissen und ziehe einen Stein heraus. Natürlich! Mein roter Schutzstein. Den haben meine Eltern mir geschenkt, weil ich mich in der Dunkelheit immer so gefürchtet habe. Er hat das Dunkle vertrieben und mich beschützt.

Ich betrachte ihn eine Weile und stecke ihn mir in meine Tasche.

Draußen wird es mittlerweile dämmrig und als nichts mehr zu sehen ist, gehe ich langsam die Treppe wieder herunter. Wärme schlägt mir entgegen. Als ich ins Wohnzimmer komme, legt Marek gerade Holz nach. Er hat den Kamin angeheizt und lächelt mich schweigend an, als ich ins Zimmer komme. Dann zeigt er auf die Couch:

„Die habe ich abgestaubt. Und guck mal, was ich gefunden habe." Auf dem kniehohen Holztisch steht ein Glas Honig, zwei dampfende Tassen und daneben liegen zwei Tüten Gummibärchen.

„Schietwettertee stand auf der Packung. Ist doch genau das Richtige für heute."

„Ja, den hat meine Mutter immer gekauft. War unser Familientee. Und die Gummibärchen waren auch für mich."

Ich sinke auf die Couch. Es ist alles so, wie wir es verlassen haben. Sogar die Handtücher hängen noch auf den Haltern und die Zahnbürsten stehen noch vor dem Spiegel im Bad. Nur die Betten sind gemacht. Und so dreckig, wie im Stall, ist es auch nicht.

Marek schließt die Ofenklappe und setzt sich auf den Sessel, auf dem sonst mein Vater gesessen hat. Lange sitzen wir schweigend da und gucken ins Feuer. Er unterbricht mich nicht in meinen Gedanken und guckt mich auch nicht an. Er ist einfach nur da, wie eine Stütze, an die man sich lehnen kann, wenn die eigenen Beine nicht mehr tragen.

Ich bin unfähig, auch nur einen Gedanken zu fassen. Ich bin überwältigt; aufgewühlt, angerührt, fröhlich und sehr, sehr traurig zugleich, in unserem wundervollen, alten Haus zu sitzen, das Holz im Kamin knacken zu hören, die weiche Couch zu spüren, die letzten

Süßigkeiten zu essen und den letzten Tee zu trinken, der mich direkt mit meinen Eltern verbindet.

Sie haben diese Dinge für mich besorgt, ihre Verpackung berührt, sie auf die viel zu hohe Ablage in der Speisekammer gelegt, immer gerade so hoch, dass ich wusste, ich sollte sie nicht stibitzen und doch tief genug, um sie erhaschen zu können, wenn ich mich nur doll genug auf die Zehenspitzen gedrückt und gereckt habe.

Unwillkürlich nehme ich die Tüte in die Hand und rieche an ihr. Als ob noch etwas von meinen Eltern an ihr kleben würde. Doch ich rieche nichts weiter als abgelagerte Plastikverpackung.

Es klopft. Marek und ich gucken uns an, als wäre uns ein Geist erschienen. Dann dreht sich Marek vorsichtig um und blickt in Richtung Tür.

„Vielleicht solltest *Du* aufmachen. Wenn hier jemand klopft, ist es bestimmt für Dich."

„Für mich?", wer sollte *mich* denn bitte besuchen kommen? Vor allem, wer weiß denn schon, dass ich hier bin?

Marek folgt mir und guckt aus dem Fenster:

„Ich sehe nichts. Es ist zu dunkel draußen."

Ich öffne die Tür.

„Marie", stottere ich. Für Augenblicke stehen wir uns wortlos gegenüber. Dann fallen wir uns in die Arme. Hinter ihr folgt ihre Mutter, die ich aber erst sehe, als ich mir die Tränen aus dem Gesicht wische.

„Mein Kind", begrüßt sie mich und umarmt mich ebenfalls.

„Wie ... wie seid Ihr? ... Woher wusstet Ihr?"

„Der Bauer von nebenan hat mich angerufen. Er hat das Auto gesehen und Licht im Haus, einen jungen Mann und ein Mädchen, das nur Du sein konntest", Maries Mutter ist ebenfalls zu Tränen gerührt.

„Das Haus ... was ist ...?"

„Du weißt doch, dass Deine Eltern uns immer einen Zweitschlüssel dagelassen haben, nicht? Ich war regelmäßig hier, habe Staub gewischt und die Betten gemacht und viel an Dich gedacht."

„Außerdem haben wir alle Verkaufs-Schilder sämtlicher Makler abgerissen, kaum, dass sie aus dem Ort gefahren sind", ergänzt Marie.

„Und Bauer Bartz hat alle Interessen vergrault, indem er ihnen die schrecklichsten Geschichten über ständigen Lärm und Gestank und was nicht alles erzählt hat, die von seinem Hof täglich direkt hier rüber ziehen."

Wir müssen alle lachen. Sogar ich, obwohl ich so gerührt bin, dass mir eigentlich die Tränen in den Augen stehen.

„Wir wussten, dass Du eines Tages kommen und nach diesem Haus sehen würdest", die fürsorgliche Ader von Maries Mutter ist in all den Jahren nicht versiegt.

Wir sitzen an diesem Abend noch lange zusammen. Ich lasse mir alles erzählen, was in der Zwischenzeit hier vorgefallen ist und ich werde so detailliert über die Geschehnisse der letzten Jahre ausgefragt, dass jeder Kriminalkommissar, der sich an einem anständigen Verhör versucht, vor Neid erblassen würde.

Marek hört zu und lässt uns erzählen. Doch er wirkt nicht gelangweilt, ganz im Gegenteil. Es scheint ihm Freude zu machen, die Geschichte meines Lebens nun in Bildern und Farbe sehen zu können.

Als wir das Haus verlassen, ist es weit nach Mitternacht doch ich bin kein bisschen müde. Ganz im Gegenteil.

Vor der Eingangspforte verabschieden wir uns, versprechen, uns gegenseitig anzurufen und zu schreiben, bevor meine alte Kinderfreundin und ihre Mutter hinter der Wegbiegung verschwinden.

Marek schaut mich an und seufzt tief. Ich lächle und nicke ihm zu. Ich kann ihm nicht sagen, wie dankbar ich für diesen Abend bin. Ich wüsste nicht, wie. Ich kann meine augenblicklichen Gefühle nicht in Worten ausdrücken. Doch Marek verlangt auch nicht nach Worten. Er weiß, was er heute für mich getan hat und wie tief es mich berührte. Natürlich weiß er das, er hat es ja schließlich gesehen. Es braucht keine Worte mehr.

Am Zaun prangt ein verschmutztes, lieblos herabhängendes Schild mit der Aufschrift „zu verkaufen". Er reißt es ab. Dann setzt er sich ans Steuer und wir brausen die dunklen Landstraßen zurück auf das Gestüt Barnstedt.

Noch lange liege ich wach. Die Dämmerung setzt schon ein, als ich endlich einschlafe. Den roten Stein gebe ich dabei nicht aus der Hand.

13

Der Wecker klingelt kurz nachdem ich eingeschlafen bin. Ich hieve mich aus dem Bett. Einerseits bin ich totmüde, andererseits immer noch energetisiert vom Vorabend.

Die ersten drei Stunden in der Schule vergehen wie im Flug. Dann geht es in die Reittheorie, in den kleinen Lehrraum in der Akademie, wo sich der Tiefpunkt des Tages ankündigt. Ich kann mich kaum mehr auf den Beinen halten und bin froh, als ich mich in den Stuhl fallen lassen kann.

„Du siehst müde aus", bemerkt Herr Ritzerfeld schlau. Herr Ritzerfeld ist unser Reitlehrer. Ich kann ihn nicht allzu sehr leiden. Er hat natürlich von den Barnstedts die Anweisung bekommen, nett zu mir zu sein, was er auch im Rahmen seiner Möglichkeiten versucht, doch das verschleiert nicht die Tatsache, dass er mich eigentlich nicht mag. Ich bin nicht sein Typ. Und ich weiß auch nicht, was er will.

Ich versuche, im Theorieunterricht fleißig zu sein und mitzumachen, beim Reiten gebe ich mir Mühe und Manja läuft mittlerweile sehr gut, doch es kommt nicht so richtig bei ihm an. Er hat immer was auszusetzen und das schlimmste ist: Wenn Dominik anfängt, auf mir rumzuhacken, sagt er nichts, sondern hält seinen feigen Mund. Manchmal kommt es mir so vor, als genieße er es, dass ich fertig gemacht werde.

Den Barnstedts erzählt er dann ganz scheinheilig, er würde nichts von den Neckereien mitbekommen. Einmal meinte er sogar, ich bilde mir das alles nur ein. Dabei weiß er genau, was hier vorgeht und wie es hier läuft. All das trägt nicht gerade zu einer entspannten Stimmung zwischen uns bei.

„Ich war am Wochenende mit Dirk auf dem Turnier", erwidere ich.

„Oh, die feine Dame, fährt mit dem Bereiter aufs Turnier", stänkert Dominik. Ich überhöre seine Bemerkung, wie es die Barnstedts geraten haben.

„Bist Du gestartet?", fragt Herr Ritzerfeld.

„Nein, ich war nur als Turniertrottel dabei", versuche ich die Frage abzutun.

„Was ist Dirk geritten?"

„Das Springpferde-A mit zwei jungen Pferden."

„Und?", fragt Dominik provozierend.

„Nichts", sage ich abweisend.

„Dann wirst Du ja bestimmt den Unterschied zwischen Springpferde-A und A-Springen kennen. Erkläre ihn uns doch mal", der Lehrer grinst so, dass ich ihm am liebsten eine rein hauen würde.

„Springpferdeprüfungen sind ausschließlich für junge Pferde ausgeschrieben. Es gibt neben dem Springpferde-A auch noch ein Springpferde-L und ein Springpferde-M, was allerdings extrem selten ist."

„Danach habe ich nicht gefragt", antwortet Herr Ritzerfeld extraschlau. *Arschloch!* „Und woher weiß ich, welche Altersklasse der Pferde startberechtigt ist?"

„Das steht in der jeweiligen Ausschreibung."

„Du könntest mir gegenüber ruhig einen freundlicheren Ton anschlagen, junge Dame."

Dominik grinst selbstzufrieden. Ich schlucke wie gewohnt meine Wut herunter und bleibe still.

„Und was ist mit dem A-Springen? Wer ist da startberechtig?"

„Da können alle Pferde starten, egal wie alt."

„Und die Reiter?"

„Je nach Leistungsklasse."

„Und welche Leistungsklassen sind das?"

„Meistens 5 und 6, manchmal sogar 4."

„Erkläre mir doch mal ein bisschen mehr über die Leistungsklassen. Wie sind die gestaffelt und ...""

„Herr Ritzerfeld, kann ich Sie mal bitte einen Moment sprechen?", Sylvia steht in der Tür. Sie wirft mir einen kurzen Blick und ein verschmitztes Lächeln zu. Sie hat hinter der Tür gestanden und endlich mal mitangehört, wie der Ritzerfeld mit mir spricht. Halleluja! Der Blödmann kriegt jetzt erst mal 'ne Abreibung. Und wenn Sylvia ihre strenge Miene aufsetzt und einmal beginnt, zu schimpfen, kriecht einem die Eiseskälte, die sie ausstrahlt, durch Mark und Bein. *Fröhliches frieren wünsche ich!*

Nach ungefähr einer viertel Stunde kommt Herr Ritzerfeld wieder in die Klasse. Er ist offensichtlich durch den Wind und völlig aus dem Konzept. Er setzt sich an sein Pult und durchwühlt etwas ratlos seine Unterlagen:

„Befasst Euch zu Hause mit der Einteilung der Leistungsprüfungen in die Kategorien A, B und C und schreibt sie auf. Ich sammle sie dann Mittwoch ein." Er wirft einen Blick aus den Fenstern, nach unten in die Halle, die man von hier oben aus wunderbar überblicken kann. Der Raum befindet sich am oberen Ende der Tribüne, auf der ersten Hälfte der Langen Seite. Eine Seite der Fenster zeigt nach draußen, die andere Seite in die Halle. Bei Veranstaltungen und Prüfungen treffen sich hier die Richter, Veranstalter und Funktionäre. Hier werden Verkaufsgespräche geführt, wenn unten Pferde vorgestellt werden. Hier wird über Leistung und Bewertung diskutiert, hier werden Protokolle geschrieben und Besprechungen abgehalten. Und Theorieunterricht gemacht, Wahlpflichtfach Reiten.

Die Halle ist nicht so groß und prunkvoll, wie die große Halle vorne am Haupteingang. Aber sie ist groß genug, um einen vernünftigen Parcours aufzubauen und ein 20x40 Viereck abzustecken. Der Platz reicht sogar für ein Viereck 60x40, doch da wir keine Dressuren der hohen Klassen reiten, sondern unsere Ausbildung sich auf das Niveau der Klassen E und A beschränkt, wird das praktisch nie benötigt.

„Ach so, außerdem beschreibt bitte die Staffelung der Leistungsklassen", Herr Ritzerfeld nimmt seine Unterlagen, legt sie fein säuberlich zusammen und stopft sie in seine Tasche. „Das wär's für heute mit der Theorie. Ich sehe euch in 30 Minuten unten in der Halle auf euren Pferden. Bis dann." Ohne uns eines weiteren Blickes zu würdigen verlässt er den Klassenraum.

Wir drei sind zwar kurzzeitig etwas ratlos, doch es bleibt nicht viel Zeit, uns umzuziehen und die Pferde fertigzumachen, darum trödeln wir nicht lange, sondern schmeißen unsere Sachen in unsere Taschen und beeilen uns, in den Stall zu kommen.

Zum Glück hat der bescheuerte Ritzerfeld mich nicht weiter in die Mangel genommen! Seine Frage hätte ich ihm nämlich nicht beantworten können. Ich kenn' mich zwar so ungefähr mit der Materie aus, aber ganz genau weiß ich das auch nicht. Das mit den Kategorien und Leistungsklassen muss ich mir noch mal genauer anschauen, damit ich es verstehe. Oder noch besser: Ich frage jemanden, der alles weiß: Hanna.

14

Seitdem Sylvia mit Herrn Ritzerfeld geredet hat, hat er es vermieden, mich anzusprechen. Ich habe keine Ahnung, was Sylvia ihm gesagt hat, aber es muss gesessen haben. Netter ist er deswegen allerdings nicht geworden. Jetzt demonstriert er seine Abneigung mir gegenüber durch ein abweisendes Schweigen, hinter dem er eine unglaubliche Wut versteckt. Das fühle ich.
Ich habe den Eindruck, er würde explodieren, würde irgendwer ein falsches Wort sagen. Anscheinend kann er es nicht besonders gut leiden, wenn ihn jemand zurechtweist oder ihm mal die Meinung sagt. Austeilen kann er jedoch hervorragend.

***

„Hallo Juna. Du bist ja heute so früh", reißt Marek mich aus meinen Gedanken.
Ich bin am Jungpferdeberitt angekommen, steige vom Rad und lasse es mit einem lauten Krach an die Stallmauer fallen.
„Schlechte Laune? Oder ist Dir das Mittagessen auf den Magen geschlagen?"
„Nein", sage ich in einem Ton, der patziger rüber kommt, als ich es will. „Nein", sage ich erneut, diesmal etwas ruhiger, „der blöde Ritzerfeld kann mich nicht

leiden und Dominik hackt ständig auf mir rum. Nur Sonja ist nett zu mir. Wenn sie mal den Mund aufkriegt jedenfalls."

„Und ich bin auch noch da", grinst er. „Und Dirk und Hanna, die darfst Du natürlich nicht vergessen. Außerdem hast Du mittlerweile bei den Barnstedts einen Stein im Brett, so wie es aussieht."

„Und Winston", sage ich leise.

„Na, der sowieso. Der vergöttert Dich ja, kann man sagen. Der ist in Dich verliebt, glaube ich" Mareks Lächeln hellt meine Stimmung gleich etwas auf. Im Umdrehen nuschelt er noch: „Verständlicherweise".

Ich wundere mich zwar kurz, doch schenke ihm keine weitere Beachtung. Winston wartet. Ich gehe durch die Stallgasse und mein Sonnenschein steht heute schon in der Box. Allem Anschein nach war er gar nicht auf der Koppel.

„Na!" Er hebt sofort den Kopf, als er meine Stimme hört und beginnt, gegen die Boxentür zu schlagen. Hanna hat Recht gehabt, als sie mir prophezeite, dass ich es nie schaffen werde, ihm das abzugewöhnen.

Ich nehme sein Halfter, lege es ihm um, hole ihn aus der Box, putze ihn, bis sein Fell glänzt, sattle, trense auf, mach ihm noch schnell ein paar Gamaschen um die Vorderbeine und gehe in die Halle. Sie ist leer. Dirk denkt wahrscheinlich, dass ich später komme. Egal, dann reite ich heute eben mal ohne Dirks Hilfe.

Beim Nachgurten zappelt Winston wie immer rum, tänzelt auf der Stelle und läuft im Kreis. Dirk sagt, ich solle mich durchsetzen, denn er hat ruhig stehen zu bleiben. Aber mir ist es egal, ob Winston unruhig ist oder nicht. Ich ziehe die Steigbügel runter, stelle das linke Bein in den Bügel und sitze mit Schwung auf. Winston läuft schon im Schritt los, als ich mich in den Sattel gleiten lasse. Dirk würde gleich wieder schimpfen, doch heute bleibt es ruhig in der Halle.

Winston schnaubt gleich ab. Er ist entspannt. Wir gehen gut 10 Minuten Schritt, bevor ich mit der Lösungsarbeit beginne.

Ich habe letzte Woche gleich angefangen, Winston in der Halle alleine und ohne Longe zu reiten. Er geht so gut und ist so brav unter mir, dass wir keine Vorsichtsmaßnahmen brauchen.

Ich trabe an und trabe leicht. Routine. Winston folgt ohne Widerstand, mehr noch, er gibt sich meiner Führung bedingungslos hin, lässt seinen Hals nach unten fallen, sein Rücken schwingt, seine Tritte sind ausladend und raumgreifend, ohne hektisch zu sein.

Immer wieder reite ich Handwechsel in großen Bögen, aus dem Zirkel wechseln, durch die ganze Bahn, viele Trab-Schritt-Wechsel. Dann galoppiere ich an und gehe andeutungsweise in den leichten Sitz. Winstons Rückenmuskulatur entwickelt sich gut. Bald ist sie stark genug, dass ich auch im Galopp aussitzen kann.

Seine Gänge sind taktvoll, er ist losgelassen und nimmt von Anfang an das Gebiss an. Heute ist er besonders entspannt. Das muss an der Ruhe liegen, daran, dass kein Radio läuft und kein Dirk in der Halle ist, dessen Stimme lautstark die Halle durchdringt.

Meine anschließende Übung heute: Galopp-Schritt-Wechsel. Winston geht sie einwandfrei. Und wenn er mal ein paar Tritte Trab zwischen den beiden Gangarten einbaut, nimmt er sofort meine Korrekturen an und springt oder pariert umgehend. Mein Winston. Er ist einfach das tollste Pferd der Welt.

Er zuckt kurz. Schreck! Die Tür oben auf der Tribüne geht zu. Außerdem steht Marek am Eingang zur Halle und guckt uns heimlich zu. Ich pariere durch:

„Wer war das?", ich zeige auf die Tribüne.

„Keine Ahnung", Marek zuckt mit den Schultern. „Soll ich Euch mal ein paar Galoppstangen auf den Boden legen?", er zeigt auf die Bande, wo die Stangen liegen und macht sich schon auf den Weg, die erste herunterzunehmen und mir hinzulegen. Winston und ich gehen Schritt. Ich lasse die Zügel lang, um seine flüssigen, taktreinen Tritte nicht zu stören.

Marek legt drei Galoppstangen in die Bahn auf die Zirkellinie. Dann macht er eine Handbewegung, die mir andeutet, dass er die Stangen frei gibt. Ich nehme die Zügel vorsichtig auf, gebe eine Parade, galoppiere an. Sauber. Reite eine Runde auf dem Zirkel, außen an den Stangen vorbei und steuere in der zweiten Runde auf die Stangen zu. Winston guckt und zögert für eine Millisekunde. Ich verstärke den Druck meiner Schenkel ein wenig, Winston macht den letzten Galoppsprung vor den Stangen, und wir reiten perfekt passend in das Hindernis ein. Drei große Sprünge, danach galoppieren wir ruhig weiter, reiten eine halbe Runde rum und gleich noch einmal an. Wieder läuft alles flüssig und ohne Probleme. Diesmal hat er nicht mal mehr gezuckt.

Wir parieren durch zum Trab, ich wechsle die Hand durch die ganze Bahn, komme die lange Seite runter, gehe wieder auf den Zirkel, reite erneut einmal außen an den Stangen vorbei, galoppiere an, reite auf die Stangen zu und Winston springt ab, drei Sprünge, und galoppiert entspannt weiter. Dasselbe noch einmal. Dann galoppiere ich die lange Seite herunter. Winston bleibt gelassen und konzentriert. Er wartet auf meine Hilfengebung. Ich pariere durch zum Trab, trabe leicht, gehe oben zwei Runden auf den Zirkel, wechsle noch mal die Hand, pariere Mitte der Kurzen Seite durch zum Schritt, lasse die Zügel lang und klopfe ihn ab.

„Seine Ausstrahlung ist ja gewaltig!", schwärmt Marek. „Ich habe ihn noch nie laufen sehen, weißt Du das eigentlich?"

„Klar weiß ich das. Er ist allerdings auch erst ein paar Tage unter dem Sattel, das weißt Du, nicht?", sage ich stolz. „Aber ich weiß auch, dass Du ihn schon immer schick fandest."

„Dass er schick ist, ist ja wohl keine Frage. Sein Exterieur ist perfekt, seine Bewegungen eine Augenweide und sein dunkles Fell und die vier weißen Beine tun ihr Übriges. Winston ist ein Kracher!"

Eine Woge der Freude durchströmt mich. Ich lächle bis über beide Ohren und gucke Marek an, der lässig an der Bande lehnt:

„Ja, das ist er."

15

„Welches Haus?"

„Na, das Geburtshaus von Juna."

„Das ist längst verkauft! Und da seid Ihr eingebrochen?"

Michael hält es, wie immer in solchen Momenten, nicht auf seinem Stuhl. Er steht auf und guckt Marek, der ihm gegenüber sitzt, von oben herab an.

„Soweit ich herausfinden konnte, ist das Haus *nicht* verkauft."

„Das Haus gibt es schon lange nicht mehr. Die Eltern waren vollkommen verarmt. Ihr Onkel, der als Vermögensverwalter der Familie eingesetzt wurde, hat das ausführlich schriftlich dargelegt. Ich kenne die Unterlagen."

„Der gleiche Onkel, der Juna in ein staatliches Pflegeheim abgeschoben hat? Nach ... wie lange war das? Nicht einmal fünf Tagen?", Marek schaut Michael fragend an.

Michael setzt sich wieder:

„Worauf willst Du hinaus?", seine Stimme ist voll gespannter Ruhe. Die Ruhe vor dem Sturm.

„Sicher, dass Junas Eltern nichts hinterlassen haben? Dass Juna rein gar nichts geerbt hat?"

„Sie hat nichts geerbt. Das weiß ich genau. Ansonsten hätte sie auch keinen Anspruch auf einen Platz in einem staatlichen Heim gehabt."

„Laut schriftlicher Darlegung des Onkels?" Mareks bohrender Blick ist unbeirrt auf sein Gegenüber gerichtet. Michael bleibt still, erwidert jedoch Mareks Blick.

„Gut", sagt Marek, "dann will ich mich anders ausdrücken. Ich weiß, dass sie offiziell nichts geerbt hat. Aber bist Du Dir wirklich sicher, dass es nichts *gab*, was sie hätte erben können? Nichts, das ihr vom Gesetz her zustand?"

Michael lehnt sich in seinen Bürosessel, seufzt, guckt zur Zimmerdecke. Dann sieht er Marek an und lehnt sich wieder vor:

„Was war das für ein Haus?"

„Es war ihr ganz offensichtlich vertraut. Es war fraglos das Haus ihrer Eltern, besser gesagt: Der Hof. Und es war alles so, wie sie und ihre Familie es verlassen hatten. Das Haus ist nicht verkauft! Was am meisten dafür spricht: Eine Freundin und ihre Mutter kamen vorbei. Sie haben den Schlüssel zum Haus und aus dem Gespräch ging hervor, sie haben das Haus gepflegt, seit Juna und ihre Eltern weg sind."

Michael ist im wahrsten Sinne des Wortes sprachlos. Er braucht eine Weile, um sich zu sammeln und Worte zu finden:

„Aber warum hat Juna davon nie etwas erzählt? Und was bedeutet das jetzt für uns?"

„So, wie ich Juna verstanden habe, schien es, als sei sie sich überhaupt nicht darüber im Klaren, dass es einen Unterschied macht, ob ihr das Haus rechtmäßig gehört oder ob es im Laufe der Jahre verkauft wurde. Ich habe sie allerdings auch nicht gezielt gefragt. Das ging nur aus dem hervor, was sie erzählte. Und das ist ja bekanntlich nicht besonders viel. Wir kennen ja unsere Juna", Marek lächelt. „Sie war mindestens genauso erstaunt wie ich, als wir feststellten, dass alles beim Alten war und sich nichts verändert hat, seit sie gehen musste. Wie alt war sie doch gleich, als der Vater starb und sie ins Heim kam?"

„Gerade mal zehn."

„Ein zehnjähriges Mädchen hat wohl andere Sorgen, als sich mit Erbrecht und Nachlassverwaltung auseinanderzusetzen, meinst Du nicht?"

Michael nickt.

„Sie war doch gestern Abend bei Euch. Ihr esst doch montags immer zusammen zu Abend, nicht? Was hat sie denn erzählt?"

Michael winkt ab:

„Wie toll Winston ist und wie gut er sich entwickelt."

„Winston ist ein wirklich beeindruckendes Tier! Hast Du die beiden mal zusammen erlebt?"

„Nein, aber ich höre mir die Geschichten jeden Montag an. Ich kenne sie alle."

Für eine Weile herrscht Schweigen im Büro und die beiden Männer lassen ihre Blicke aus dem Fenster über das Gestüt schweifen. Die lange Allee, das Wäldchen, hinter dem die Akademie liegt und weit draußen, nur in Umrissen zu erkennen, den Jungpferdeberitt.

„Ich kann es mir nur so erklären", fährt Marek fort, „der Nachlass wurde zwar verwaltet, jedoch nicht ganz so, wie es in den Unterlagen dargestellt ist." Michael hebt gebannt den Blick. „Was das für uns bedeutet?", fragt Marek, hebt fragend die Hände und schaut Michael an. „Auf jeden Fall solltest Du Dich mal dahinter klemmen, was dieser Onkel für ein Typ ist. Und ich will nicht zu viel sagen, aber es scheint, als sei Juna um ihr komplettes Erbe geprellt worden."

16

„Okay, Leistungsprüfungen, Kategorien und Klassen. Womit fangen wir an?" Ich sitze mit Hanna auf unserer ausgesessenen Lieblingscouch im sogenannten Aufenthaltsraum, der von Anfang an als unser Wohnzimmer diente und auch so aussieht. Sie guckt mich fragend an. Ich zucke mit den Schultern: „Egal, oder?"

„Dann beginnen wir mit dem einfachsten, den Kategorien. Zähl sie mal auf."

„E, A, L, M und S. Na das weiß ja jeder."

„Ich meine nicht die Schwierigkeitsgrade, sondern die Kategorien", Hanna schaut mich an. Ich bin verwirrt: „Das sind doch die Kategorien, oder nicht?"

„Nein. Das sind die einzelnen Schwierigkeitsgrade, in die Dressur- und Springprüfungen eingeteilt sind. Weißt Du, wofür die Buchstaben stehen?"

„Klar. E für für Eingangsstufe. E-Dressuren und E-Springen sind die einfachsten Prüfungen, die es auf den Turnieren gibt. Hier starten viele Kinder und Jugendliche. Obwohl ich E-Niveau nicht unbedingt als einfach bezeichnen würde. Ich meine, immerhin sind das komplette Dressuraufgaben, beziehungsweise vollständige Parcours, durch die die Reiter durch müssen."

„Natürlich. Die Bezeichnung der einzelnen Buchstaben trifft eigentlich nicht wirklich die wahre Bedeutung, aber irgendetwas mussten die sich ja ausdenken."

„Wer?"

„Wer schreibt die Leistungsprüfungsordnung?"

„Weiß ich nicht."

„Die Deutsche Reiterliche Vereinigung, oder auch FN. Schon mal gehört?"

„Logisch, ja. Wenn Du das alles so sagst, fällt mir auch ein, dass ich es eigentlich weiß."

„Und wo sitzt die sogenannte FN?"

„In Warendorf." Es gibt meinem Ego einen kleinen Kick und ich fühle mich nicht ganz so dämlich, wenn ich wenigstens ab und zu mal eine Frage beantworten kann.

„Gut. Weiter. Wofür steht der Buchstabe A?"

„Anfangsstufe."

„L?"

„Leicht."

„M?"

„Mittelschwer und S für schwer." Ich setze mich auf und nehme mir einen von den Keksen, die auf dem Tisch stehen. „Das ist auch so eine Sache: Wenn jemand Prüfungen der Klasse L startet, dann muss der aber schon richtig gut reiten können. Die Abschlussprüfungen der Berufsreiter sind auf diesem Niveau, nicht?" Hanna nickt mir zu. „Siehst Du, sage ich doch, die Benennung der Leistungsstufen ist vollkommen bescheuert."

„Hast Du das notiert?"

„Dass die bescheuert sind?"

Hanna grinst. Ich muss auch grinsen:

„Nein, höchstens, dass der Ritzerfeld bescheuert ist. Dann wird der sich besonders freuen, wenn er die Hausarbeiten einsammelt."

„Gut, nun zu den Kategorien", fährt Hanna fort, „A, B und C? Sagt Dir das was?", auch Hanna macht sich über die Kekse her. Dazu gibt's wie immer heißen Tee. Herrlich.

„Ach so, ja", jetzt weiß ich, was sie meint. „Die Turniere wurden in diese drei Kategorien eingeteilt."

„Weißt Du auch, warum?"

„Damit der Turnierplatz nicht aussieht wie'n Teller bunte Knete."

Hanna prustet in ihren Tee.

„Na, Du weißt schon", hänge ich dran.

„Das ...", sie hält sich den Bauch vor Lachen, „das solltest Du aber ein bisschen ausführlicher erklären, wenn Du in der Schule gefragt wirst."

„Versteh' schon. Also: Turniere der Kategorie C sind Turniere auf lokaler Ebene, interessant für den Breitensport und die Freizeitreiter. Hier finden Prüfungen des Schwierigkeitsgrades E und A statt."

Hanna bestätigt meine Erklärung mit einem Nicken.

„Turniere der Kategorie B sind Turniere auf Landesebene, hier finden Prüfungen der Leistungsklassen L und M statt. Und Turniere der Kategorie A umfasst den Leistungssport auf Bundesebene mit Prüfungen der Leistungsklassen M und S. Im Springen gibt es große Touren, in der Dressur Intermédiaire, Grand Prix, Grand Prix Spezial, Prix St. George und Küren nach Musik."

„Gut! Du weißt doch alles. Warum sitzen wir hier eigentlich?"

Ich greife mir noch einen Keks.

„Wenn Du das so hinschreibst, dann hat Herr Ritzerfeld nichts zu meckern. Und wenn ein Berliner nichts zu meckern hat, dann ist das ja bekanntlich eine große Sache", ein Lächeln zieht sich über unsere Gesichter.

„Was ist das Besondere am Grand Prix Spezial?"

Hier hat Hanna mich mal wieder gekriegt. Ich habe keine Ahnung. Das ist scheinbar klar und deutlich an meinem Gesicht abzulesen, denn sie schaut mich an und fährt dann einfach fort:

„Hier werden alle Schwierigkeiten des Gand Prix gefordert, aber er ist etwas kürzer und wird bei Olympischen Spielen und Meisterschaften ausgeschrieben."

„Aha", mache ich, während ich mir gleich zwei Kekse auf ein Mal in den Mund schiebe.

„So, und nun zu den Leistungsklassen. Wofür sind die gut und worauf beziehen die sich?"

„Die braucht man, wenn man Turniere reiten will und sie beziehen sich auf den Reiter. Der Reiter hat eine bestimmte Leistungsklasse." Vor lauter Keks im Mund kann ich kaum sprechen.

„Welche Leistungsklassen gibt es?"

„Klasse 1 bis 6, wobei 1 die Höchste ist. Und dann gibt es auch noch die Leistungsklasse 0, das heißt, ein Reiter hat keinen Reitausweis. Manchmal sind Prüfungen des Schwierigkeitsgrades E auch für Leute ohne Reitausweis ausgeschrieben, und dann natürlich die ganzen Ponywettbewerbe, die Putz- und Pflegewettbewerbe, Führzügelklassen und solche Sachen."

„Genau. Und sonst? Wie bekommt man die Leistungsklassen?"

„Für die Leistungsklasse 6 muss man das kleine bronzene Abzeichen machen, Dressur, Springen und Theorie der Klasse E. Für die Leistungsklasse 5 muss man das große bronzene Abzeichen machen, alle Prüfungen der Klasse A. So, und die Leistungsklasse 4 kann man sich schon erreiten, über Erfolge auf Turnieren. Aber man kann auch das kleine silberne Abzeichen machen, dann eben alles der Klasse L."

„Du kennst Dich ja aus! Alles richtig. Und was bringen die Leistungsklassen?"

Die Turniere sind für die jeweiligen Klassen ausgeschrieben. Es gibt zum Beispiel Prüfungen der Klasse A, die sind für die Leistungsklassen 5 und 6 ausgeschrieben, aber dann gibt es auch solche, die sind nur für 6 oder nur für 5 oder sogar manchmal auch für 4 ausgeschrieben."

„Demnach ändert sich auch das Niveau innerhalb der einzelnen Leistungsprüfungen noch mal, richtig?" , fragt Hanna.

„Klar! Ich möchte keine A-Dressur gegen Leute starten, die schon Leistungsklasse 4 haben. Da würde ich ja untergehen!", bemerke ich.

„Außerdem wärst Du da gar nicht startberechtigt. Hast Du einen Reitausweis? Eine eingetragene Leistungsklasse?"

„6. Ich habe schon mein kleines bronzenes Abzeichen. Das habe ich früher mal gemacht, auf meinem Pony. Auf der großen Anlage außerhalb des Dorfes fand mal ein Lehrgang statt, und Mutti kannte den Reitlehrer gut. Der hat mir schon lange Unterricht gegeben und meinte dann, ich solle doch dazu kommen. Das habe ich gemacht und die Prüfung auch bestanden."

„Bist Du auch bei Turnieren gestartet?"

„Nein, nie. Irgendwie kam es nicht dazu. Der Abzeichenlehrgang war kurz bevor alles vorbei war."

Wir nippen beide an unseren Teetassen.

„Und, wie weiter?", unterbricht Hanna die Stille.

„Mit den Leistungsklassen meinst Du?"

Sie nickt.

„Ich weiß da nicht weiter."

„Kein Problem. Weißt Du, welche Leute standardmäßig die LK 4 haben?"

„Pferdewirte Schwerpunkt Reiten. Die Abschlussprüfung ist auf L-Niveau und die Leistungsklasse gibt es gleich gratis dazu."

Hanna lächelt:

„Richtig. Und dann gibt es die Leistungsklasse 3, das haben die Pferdewirtschaftsmeister oder Leute mit dem großen silbernen Abzeichen oder Leute, die gewisse Erfolge in M und S hatten. Die steigen dann in der Leistungsklasse auf, sozusagen. Dann kommt die Leistungsklasse 2, das ist das goldene Reitabzeichen, das kann nur bei außerordentlichen Erfolgen verliehen werden. Die Leistungsklasse 1 hat man dann einfach irgendwann. In die steigt man auf, wenn man Erfolge und Platzierungen im Grand Prix hat und solchen Prüfungen. Solche Leute sind dann für die

Weltmeisterschaften und die Olympischen Spiele zugelassen."

„Bis wir da sind, müssen wir noch ganz schön viele Reitstunden nehmen", bemerke ich schlauerweise.

„Das kannst Du wohl sagen!", Hanna lehnt sich zurück auf die Couch. Wir gucken uns an, sagen aber nichts. Für eine Weile ist es still.

„Hast Du das alles verstanden?", fragt sie leise.

„H-hm", mache ich. „Hab ich. Alles notiert und fertig. Muss es nur noch richtig ausformulieren, dann kann sich der Ritzerfeld darüber freuen." Ich nehme den letzten Keks aus der Packung. „Winston ist es egal, welche Leistungsklasse ich habe."

Hanna lacht:

„Ist es ihm auch egal, wenn du vor Müdigkeit vom Pferd fällst?"

„Nö."

„Na dann ab ins Bett. Damit Du fit bist für die Schule und ausgeschlafen für Deinen Winston."

Diesem Argument habe ich nichts entgegenzusetzen. Ich nehme die letzten Sachen vom Tisch, räume sie in die Küche und verschwinde in meinem Zimmer.

Mein Winston. Niemals hätte ich gedacht, dass man so eine tiefe und innige Beziehung zu einem Pferd haben kann. Dass man sich mit einem Tier so gut verstehen, so klar die Gefühle und Gedanken des anderen erfassen kann; und das alles ohne Worte.

Ja, dass man ein Zusammengehörigkeitsgefühl entwickeln kann und eine Nähe, wie das bei uns der Fall ist und das manche Menschen mit allen Worten der Welt niemals herzustellen in der Lage sein werden.

Jetzt verstehe ich auch meine Mutter und ihren Liebling, von dem Winston ja seinen Namen hat. Sie waren so miteinander verwoben, dass sie und ihr Pferd unmittelbar hintereinander starben. Weil er ohne sie nicht leben konnte. Ob Winston auch stirbt, wenn ich mal sterbe? Oder ich, wenn er mal stirbt?

17

Der letzte Sommermonat schwand dahin, der September und Oktober vergingen wie im Flug und nun kann die Natur nicht mehr verbergen, dass der Herbst gekommen ist. Schon Anfang August spürte ich den Herbst, und jetzt haben wir November. Ganz heimlich und doch unerbittlich kündigt er den Winter an, mit eisigen Nächten und nebligen Sonnenaufgängen.

In der Schule hat sich nichts verändert und auf dem Gestüt geht alles seinen gewohnten Gang. Die Barnstedts sind in letzter Zeit etwas angespannter als sonst, doch dem schenke ich nicht all zu viel Beachtung. Das alljährliche Auktionsteam ist dabei, seine Zelte aufzubauen, doch damit habe ich nichts zu tun.

Hanna hat zwei neugeborene Fohlen im Stall, um die sie sich mit Herz und Seele kümmert, so, wie sie es immer tut. Und die Kleinen sind natürlich herzerweichend und so süß, dass man in sie reinbeißen möchte. Die Abende verbringen wir jetzt manchmal unten im Stall und beobachten die Winzlinge, wie sie durch ihre Boxen strampeln und die ganze Welt faszinierend finden. So lange, bis uns die Kälte ins Haus treibt.

Auch heute ist es schon stockduster und bitterkalt, als ich die große Schiebetür der Fohlenaufzucht zumache und noch einen Blick auf die Koppel werfe, doch nur schwarze Nacht sehe. Oder? Ist da nicht ... mein Herz bleibt fast stehen! Ein Schatten bewegt sich auf mich zu. Und tritt ins spärliche Licht der Außenbeleuchtung vor dem Stall.

„René!", meine Verwunderung ist nicht zu überhören, „Was um Himmels Willen machst Du hier? Im Dunklen? In der Kälte?"

Er weist mit seinem Kopf in Richtung Stall. Als ich näher komme, sehe ich, dass er friert.

Ich mache das Tor auf und eine Sekunde später stehen wir beide in der Stallgasse vom Stutenstall. Hier ist es nicht ganz so kalt wie draußen, doch von warm kann noch lange nicht die Rede sein.

„Ich muss Dir was sagen", beginnt er, als Hanna ihn erblickt und uns unterbricht:

„Hallo René. Kommst Du zum Abendessen? Du kannst gerne mit hochkommen und ...", doch René lehnt dankend ab.

„Können wir irgendwo kurz quatschen? Am Besten irgendwo, wo ich mich ein wenig aufwärmen kann?"

Ich überlege kurz.

„Wollen wir hoch in mein Zimmer? Oder wollen wir doch zu Frieda fahren? Dort könnten wir Abendbrot essen."

„Na gut. Wenn Frieda dicht hält, lass uns zu ihr."

„Klar hält Frieda dicht. Wenn Du allerdings auf dem Weg bis dahin erfroren bist, dann nützt es auch nichts, dass sie dicht hält."

René zittert am ganzen Körper. Wir reden nicht lange rum, sondern gehen kurzerhand hoch. In der Küche machen wir einen Zwischenstopp und ich brühe schnell was Warmes zu Trinken auf, damit mir der arme Kerl nicht erfriert, bevor ich erfahren habe, warum er überhaupt gekommen ist.

„Wir haben gerade Praktikum", beginnt er seine Erzählung, immer noch zitternd, seine Tasse haltend.

„Ach ja, stimmt, ich erinnere mich. Du erwähntest das Anfang des Schuljahres. Bist Du nun bei Draeger und Gratzki?"

René nickt:

„Und ich bin hier, weil Du was wissen musst. Ich wollte, dass Du es sofort weißt und nicht von irgendjemand anderem hörst."

„Nu spuck's schon aus. Was kann schon sein? Verbrochen habe ich nichts, das weiß ich genau. Und den anderen hier traue ich auch keine Verbrechen zu. Außer Dir vielleicht", damit versuche ich ihn wenigstens ein bisschen aufzulockern. Fehlanzeige. Er grinst nicht mal.

„Sie haben heute Deinen Onkel auf der Wache verhört."

Ich begutachte ihn, als hätte er gerade Suaheli gesprochen und bringe kein Wort heraus. Nicht einmal den leisesten Laut. Ich sitze nur da und glotze bedeppert. René bleibt ebenfalls stumm. Es liegt eine Spannung in der Luft, die mir für ein paar Momente den Atem nimmt.

„Ihm wird vorgeworfen, viel Geld geklaut zu haben."

„Was für Geld?", frage ich.

René guckt mich schweigend an.

„Das wird jedenfalls behauptet."

Mit diesen Sätzen ist mein Denkvermögen augenblicklich wieder hergestellt. Die Anspannung ist verpufft und ich fühle mich plötzlich gar nicht mehr atemlos, sondern bin hellwach:

„Es wundert mich überhaupt nicht, wenn die Polizei herausfinden würde, dass der in Wirklichkeit ein Verbrecher ist. Er ist jedenfalls ein sehr herzloser Mensch", bemerke ich.

„Es geht da wohl um eine Menge Geld. Und einen Hof. Weißt Du davon?"

Ich schüttle den Kopf.

Für einen Moment herrscht wieder Schweigen.

„Und was wird jetzt?", frage ich in die Stille hinein. Doch eine Antwort kann René mir darauf nicht geben.

„Draeger meint, die Vorwürfe kommen direkt von den Barnstedts; aber ich weiß da wirklich nichts genaues. Eigentlich dürfte ich gar nicht hier sein. Eigentlich dürfte ich überhaupt nicht mit Dir sprechen."

„Von den Barnstedts?" Ich versuche zu verstehen. „Meinst Du den Hof meiner Eltern?" Ich schaue ihn fragend an.

Schweigen.

„Von mir wird übrigens niemand erfahren, dass Du hier warst", ich lächle ihm zu.

„Hey, was ist mit Abendessen? Wollen wir zu Frieda?", hallt es die Treppe hoch. Hanna.

Ich gucke René an; der seufzt, stellt seine Tasse auf meinen Nachttisch und steht auf:

„Wenigstens weißt Du jetzt Bescheid. Vielleicht weiß sogar der Sohn von dem Weißenberg was. Der Hauptkommissar hat nämlich die Vernehmung geführt."

„Dominik?", frage ich im Flüsterton, doch immerhin laut genug, dass meine Empörung zu hören ist, „der Weißenberg wird doch nicht mit seinem Sohn über seine Fälle sprechen!"

„Kommt ihr?", hallt es erneut die Treppe hoch.

„Na los, lass uns zu Frieda. Ich kippe gleich um vor Hunger", René geht an mir vorbei, die Treppe herunter.

Ich folge ihm etwas verhalten.

Hoffentlich hat Dominik keinen Wind von dieser Geschichte gekriegt. Das wäre ja noch schöner! Dass zu allem Überfluss nun auch noch ausgerechnet dieser Typ in meinen Privatangelegenheiten herumtrampelt. Dem muss ich unbedingt einen Riegel vorschieben. Fragt sich nur, wie?

Weder ist mir eine zündende Idee gekommen, wie ich die Situation in der Schule endlich mal entschärfen könnte, noch hat sich eine Situation ergeben, die es mir erlaubt hätte, mit Dominik überhaupt mal zu sprechen. Jeden einzelnen Tag der letzten Woche habe ich darauf gewartet. Nichts.

Am Wochenende muss ich ihn zum Glück nicht auch noch ertragen, im Gegensatz zu heute, ein echter Montag morgen.

Es nieselt, als ich morgens zur Schule fahre und als ich um 8 im Klassenzimmer sitze, bin ich zum ersten Mal durchgefroren. Die Kälte ist in den letzten Tagen schärfer geworden. Die Temperaturen hangeln sich tagsüber nur noch mit Mühe über den Nullpunkt und jeder Regentropfen ist bereits ein Gemisch aus Wasser und Eis. Ich bringe die Schule hinter mich, versorge Manja und mache mich auf den Weg zu Winston. Winston ist so gut geworden, er ist schon ein richtiges Reitpferd. Im November war sein dritter Geburtstag und aus dem kleinen, unbeholfenen Fohlen, dass nicht einmal über die Boxenwände schauen konnte, ist ein stattlicher Hengst geworden. Seine Bewegungen sind ausgereift und er entwickelt den Schwung seiner Gänge in einem Tempo, dass die anderen Pferde aus Dirks Beritt regelmäßig vor Neid erblassen.

Ausnahmsweise regnet es mal nicht, als ich mich auf mein Rad schwinge und die Akademie verlasse. Die Wolken lassen sogar ein wenig Sonne durch, die mit aller Kraft versucht, die Kälte zu durchbrechen. Für einen Augenblick bleibe ich stehen, schließe die Augen und richte mein Gesicht ihren Strahlen zu. Und tatsächlich, sie wärmt noch, wenn der Wind nicht weht und eine eisige Brise die Wärme vertreibt.

Die Grashalme der großen Wiesen glitzern. Das helle Sonnenlicht bricht sich in dem dünnen Eis, das sie ummantelt. Und auf dem Hintergrund der nebeligen Weite, in der die Felder sich verlieren, wirkt der Anblick wie eine Märchenlandschaft.

Als ich auf den Hof fahre, geht Dirk gerade ins Haus. Er sieht mich, dreht sich kurz um, grüßt mich jedoch nicht, sondern geht ohne eine Regung rein und schließt die Tür hinter sich. Marek ist weit und breit nicht zu sehen. Ich betrete den Stall. So gut wie alle Boxen sind leer. Sind die Pferde auf der Weide? Bei der Kälte? Und warum nicht alle? Warum sind ein paar noch hier?

Unmerklich werden meine Schritte schneller. Die letzten Meter renne ich durch die Gasse, reiße die hintere Tür auf, schieße um die Ecke und – Winston! *Wo ist Winston?*

Ich renne um die Hallenecke und werfe einen Blick in Richtung Koppel. Nichts zu sehen. Gut, das hat nicht unbedingt was zu sagen, die Koppeln sind so riesig, da können sich die Pferde leicht unsichtbar machen; trotzdem beschleicht mich ein ungutes Gefühl. Irgendetwas stimmt hier nicht. Ich drehe mich um und will gerade zurück zu den Stallungen laufen, als Marek vor mir steht. Seine Miene ist nicht so hell und entspannt wie sonst.

„Was ist los?", meine Stimme zittert. Meine Knie zittern. Alles an mir ist Wackelpudding. „Wo sind die Pferde?"

Marek bleibt stumm. Er guckt mich einfach nur an, eindringlich und gefasst.

Mir wird schlecht. Ich lehne mich an die Außenwand der Halle, meine Beine geben nach, ich sacke an ihr herunter zu Boden; sitze auf dem eisigen, gerade noch als märchenhaft bewunderten Gras und spüre, wie mich nicht nur die äußere, sondern auch eine innere Kälte befällt:

„Das Auktionsteam", stammle ich leise. Mein Kopf dreht sich, alles vor mir verschwimmt und ich sehe nichts mehr. Gerade war ich noch davon überzeugt, dass niemand ihn mehr kaufen will, so wie er sich Fremden gegenüber benimmt. Ich dachte tatsächlich, das Thema Winston und Verkauf hätte sich mit der ersten Show letzten Sommer für immer erledigt. Die Winter-Auktion habe ich dabei vollkommen vergessen. Die Welt um mich herum wird von dunkelgrauen Nebelschwaden überschattet. Die Pferde sind weg. Und werden auch nicht wieder kommen.

19

„Juna?", ich spüre, wie jemand an meiner Schulter rüttelt. Ich höre Mareks Stimme von weither durch den Raum hallen, als hätte sich der Abstand zwischen mir und ihm in Sekunden bis in die Unendlichkeit ausgedehnt. Doch er steht direkt neben mir.

„Was ...?", ich fasse mir an den Kopf, „Winston! Sie haben Winston abgeholt?"

Marek nickt.

„Wie ... wie haben sie ihn geholt? Ist er mitgegangen?"

Erneut keine Rührung.

„Er ist nicht mitgegangen, nicht?", meine Stimme versagt und ein tief-stechender Schmerz schnürt mir die Kehle zu, „Wie haben sie ihn verladen?"

„Mit einem Viehtreiber", sagt Marek nahezu unhörbar, doch seine Worte gehen auf mich nieder wie Hammerschläge auf einen Amboss. Ich schlage seinen Arm weg, stehe auf und laufe wie in Trance zum Stallausgang. Die Fahrt zum Stutenstall nehme ich kaum wahr und stehe kurzerhand vor Henrik: „Hanna? HANNA! WO IST HANNA?", schreie ich, will an Henrik vorbei, doch da kommt sie schon angelaufen. Sie hat mich offensichtlich erwartet. Ich schau sie an. Sie hat es gewusst. Sie wusste, dass heute die Pferde abgeholt werden. Ich sehe es in ihren Augen. „Winston", schluchze ich. Mit jeder Bewegung bohrt sich der Schmerz tiefer in mein Fleisch. „Sie haben Winston." Hanna schiebt Henrik beiseite und kommt auf mich zu. Ich weiche zurück: „Warum hast Du nichts gesagt?" „Ich dachte, es wäre Dir klar? Ich wollte es nicht unnötig thematisieren." Ihre Worte rauschen an mir vorbei. „Henrik ist hier wegen dem tierärzlichen Check-Up, den die Pferde brauchen, um über die Auktion gehen zu können und ..." „Du hast es auch gewusst? Und mir kein Wort gesagt? Wie könnt Ihr mich so stehen lassen? Ausgerechnet IHR?", entgegne ich völlig fassungslos. Dann versagt meine Kraft und ich werde von einer Woge der Verzweiflung fortgerissen.

„NEIN! DAS DARF NICHT PASSIEREN!" Ich bin außer mir. Ohne anzuklopfen, ohne mir auch nur die Schuhe am Eingang abzutreten, bin ich in den großen Saal gerannt, unfähig, meine Wut und Verzweiflung zu verbergen. „DIE PFERDE SIND ZUM VERKAUF HIER! DAS WEISST DU GANZ GENAU! AUCH WINSTON! OB ES DIR PASST ODER NICHT!"

Michaels Worte sind wie Stahlträger, die sich von der Zimmerdecke lösen und mir direkt auf den Kopf krachen.

„NEIN!", schreie ich aus voller Kehle. Ich haue mit meinen Fäusten gegen die Wand, auf den Tisch, trete gegen einen der Stühle, der laut zu Boden knallt.

„Beruhige Dich", versucht Sylvia mich zu beschwichtigen. Doch ich will mich nicht beruhigen. Ich *kann* mich nicht beruhigen.

Michael haut seine Aktentasche, die er die ganze Zeit in der Hand gehalten hat, auf den Tisch, nimmt sich einen Stuhl und setzt sich. Sein Blick gibt den Befehl, mich ebenfalls zu setzen. Obwohl ich mich nicht danach fühle, Befehle auszuführen, folge ich wortlos. Sylvia hebt den umgestoßenen Stuhl auf. Auch sie setzt sich.

„Wir haben Geldprobleme, Juna", beginnt Michael in unerwartet ruhigem Ton. „Wenn wir nicht ganz großes Glück haben, müssen wir alle hier weg. Verstehst Du das?"

Nein. Das verstehe ich nicht. Das will ich auch gar nicht verstehen. Mehr noch, ich hasse ihn dafür, dass er das sagt!

„Wir *müssen* verkaufen, und zwar so viele Pferde, wie es geht. Die Jahresauktion ist unsere letzte Hoffnung. Und

Winston macht sich doch hervorragend, das erzählst Du uns doch permanent."

Ein erneuter Stich trifft mein Herz. Ich kriege unter der Flut meiner Tränen kein Wort heraus. Wie dumm war ich, irgendjemandem zu erzählen, was für ein tolles Pferd Winston ist? Wie einfältig konnte ich nur sein, ihn so anzupreisen, vor allem vor den Barnstedts, wo ich doch weiß, dass sie die Tiere für den Verkauf züchten! Was habe ich mir bloß dabei gedacht, all die erfolgversprechenden Geschichten von ihm zu erzählen?

Jetzt stehe ich da und muss zusehen, wie das wertvollste aller Lebewesen, das in den letzten Jahren meinen Weg gekreuzt hat, mir entrissen wird und damit eine Lücke in meinem Leben hinterlässt, die nicht mehr zu schließen sein wird.

„Wir haben eine Menge Geld verloren, und wenn wir jetzt nicht handeln, dann wird es im kommenden Jahr dieses Gestüt nicht mehr geben", höre ich Sylvias Stimme, die wesentlich weicher klingt, als die von Michael.

Ich vergrabe mich hinter meinem Schluchzen und will nicht hören, was sie mir zu erzählen haben. Denn was bedeutet das? Ich muss meinen Winston loslassen und hergeben, dafür, dass wir weiterhin hier leben können? Und im Umkehrschluss: Wenn ich an ihm festhalte, setze ich damit die Zukunft unser aller Leben hier aufs Spiel? *Ist es das, was sie mir gerade erzählen?*

Ich stehe auf und lasse die Barnstedts ungeachtet sitzen, ziehe die Tür hinter mir zu, gehe durch die Eingangshalle und schlurfe runter zu Frieda in die Küche. Doch nicht einmal ihr berühmter Kakao bringt es heute fertig, mir Linderung zu verschaffen.

Sie bestätigt mir, was ich denke, doch verallgemeinert meine Aussage natürlich und weitet ihre Erklärung auf alle Pferde aus, die über die Auktion gehen, nicht nur auf Winston.

Das Gestüt steht und fällt nicht mit dem alleinigen Verkauf von ihm, aber er ist natürlich ein wesentlicher Teil davon. Sie erzählt mir, und das höre ich heute zum ersten Mal, dass er als Supertalent gehandelt wird, als Ausnahmepferd, als Vorzeigeexemplar des Gestütes, weil er so wunderschön ist, seine Gänge so rein, seine Erscheinung so makellos. Es heißt, er würde Höchstpreise erzielen in der Klasse der Dreijährigen.

Drei Jahre ist es her, dass ich hierher kam. Drei Jahre, als ich ihn zum ersten Mal sah; klein, hilflos, unbeholfen, ohne Mutter, an die er sich anlehnen konnte. Das hat er zur Genüge bei mir getan. Ich habe ihn aufwachsen sehen und groß gezogen, habe ihm alles beigebracht, was er kann und weiß, bin mit ihm zusammengewachsen und verschmolzen. Wenn er geht, dann geht ein Stück von mir mit ihm. Wenn er verkauft wird, dann wird ein Stück von mir verkauft und wird nie wieder zu mir zurück kehren.

Ich werde zerfallen, in Stücke gerissen und nach all dem, was mein Leben bis hierher für mich bereit hielt, nach all den Entbehrungen und Verlusten, die ich hinnehmen musste, wird dieser der Schwerste von allen sein. Gerade, nachdem ich glaubte, wir wären sicher.

Das Gestüt ist keine Märchenlandschaft mehr. Das Strahlen der Sonne hat sich in ein unangenehmes, gleißendes Licht verwandelt. Die Grashalme, gerade noch von glitzerndem Eis ummantelt, rotten nur noch traurig vor sich hin und ihr spätherbstliches Grün ist nichts anderes mehr, als ein tristes, verwesendes Braun. Nichts ist mehr schön an dieser Welt.

Nach dem Abstecher zu Frieda ist mir völlig klar: Es ist absolut ausgeschlossen, dass die Barnstedts ausgerechnet Winston von der Auktion zurückziehen. Und es sind ja bekanntlich die Auktionen, auf denen jedes Pferd, das vorgestellt wird, unter den Hammer kommt. Ausnahmslos.

Nicht, wie auf den großen Präsentationsshows im Sommer, wo sich einige Interessenten melden können, wenn sie wollen, und ab und zu mal ein paar Pferde weggehen. Und bei denen Winston sich immer so schlecht benommen hat, dass ihn ohnehin niemand wollte. Bei einer Auktion dagegen gibt es vielleicht mal etwas niedrigere Gebote, doch verkauft werden in der Regel alle. Es bleibt also keine Hoffnung.

21

Es dauert nicht lange und ich werde förmlich krank vor Sorge um meinen Kleinen. Ich will zu ihm, doch die Zelte des Auktionsteams sind immer bewacht und für uns Angestellte, bzw. für die Leute vom Gestüt, ist der Zutritt strengstens verboten. Wenn ich wenigstens jetzt für Winston da sein könnte, jetzt, wo er alleine ist, wo er zum ersten Mal unter fremden Menschen sein muss, wo er mich wirklich braucht!

Ich kann seit Tagen nichts mehr essen, mich in der Schule nicht konzentrieren, nicht mehr schlafen. Mir ist alles egal. Ich habe keine Freude mehr am Reiten und will niemanden mehr sehen. Ständig wird mir schwarz vor Augen. Meine Emotionen wechseln stündlich von tiefer Verzweiflung über eine kaum zu kontrollierende Traurigkeit bis hin zu rasender Wut, über meine Machtlosigkeit, darüber, ohnmächtig zusehen zu müssen, was hier gerade passiert, was mir genommen wird, wie schnell sich das Fundament meines kleinen Lebens mal wieder in Luft auflöst.

Ich kann dem Unterricht nicht folgen. Herrn Ritzerfeld ist das egal. Er zieht seinen Lehrstoff gnadenlos durch und schreibt uns nach jeder Stunde Noten für mündliche und schriftliche Mitarbeit. Was soll's?

Der Ablauf im Stall geht mechanisch vor sich: Manja rausholen, putzen, satteln, trensen, reiten, zurück in den Stall, Hufe auskratzen, nochmal überputzen, eindecken, Schluss. Jeden Tag.

Tagsüber wird es nicht mehr so richtig hell. Sogar *vor* der Akademie ist es nicht heller, als drinnen im Stall. Die Wolkendecke ist so dicht wie ein Vorhang, und lässt keinen Lichtstrahl durch.

Dominik läuft an mir vorbei und wirft mir noch ein schnelles:

„Na, hat Dich Dein Onkel betrogen? Geschieht Dir ganz recht! Weil Du so blöd bist", zu, als mir der Kragen platzt. Ich gehe schnurstracks auf ihn zu, mit so festem und entschlossenem Schritt, dass er vor lauter Schreck verwundert stehenbleibt und sich umdreht.

Ich hole aus.

Und haue ihm eine rein.

22

Ohne mit der Wimper zu zucken oder dem verdatterten Dominik noch weiter Beachtung zu schenken, schleudere ich mein Fahrrad herum und fahre davon. Auf zu den Auktionszelten. Ich werde jetzt Winston besuchen und nach ihm schauen. *Und wehe dem Aufpasser, der sich mir in den Weg stellt!*

Ich mache mir gar nicht erst die Mühe und suche mir einen Platz, wo ich mein Rad anlehnen kann, sondern schmeiße es einfach mit einem mächtigen Krach auf die Pflastersteine. Die Kette vor dem Eingang zu dem ersten Zelt interessiert mich nicht, genausowenig wie das kleine Schild, das daran baumelt und auf dem erneut darauf hingewiesen wird, dass der Zutritt hier verboten ist. Ich reiße sie einfach weg und gehe in eines der Stallzelte.

Winston ist nirgends zu sehen. Ich rufe, aber keiner antwortet. Er ist also nicht hier.

Raus aus diesem und rein ins nächste Zelt.

Wieder nichts.

Auch im Dritten ist kein Winston zu finden. Halle?

Auf meinem Weg in die Halle werde ich von einem Typen mit blauem Basecap angehalten, auf dem „Auktionsteam Degenhard" steht:

„Wohin wollen Sie?"

Ich beachte ihn nicht.

„Hey, hier dürfen Sie nicht rein!"

„Ist mir egal!", ist meine patzige Antwort, die mit so viel Nachdruck rüber kommt, dass er von mir ablässt und mich nicht weiter daran hindert, die Halle zu betreten.

Winston! Sie haben ihn gerade ... im Training? Nein! Sie haben ihn gerade in der Mangel. Pppssccchhh macht es und die lange Peitsche des Bereiters geht auf meinen Schatz nieder. Und wieder, psch, psch, psch! Die vehementen Hiebe der Peitsche durchschneiden lautstark die Luft, bevor sie mit einem ziehenden Knall das vollkommen nassgeschwitzte Fell von Winston durchziehen. Er hat Striemen auf der Kruppe, der Schweiß rinnt ihm die Beine herunter. Winston weiß offensichtlich nicht, was er soll und was diese Leute von ihm wollen. Er ist panisch. Das Weiß steht ihm in den Augen. Sein Maul schäumt, aber nicht davon, dass er entspannt am Gebiss kaut, sondern aus Angst. Mein ganzer Winston besteht aus purer Angst.

„AUFHÖREN!"", brülle ich so laut ich kann. Ich schmeiße die große Holztür zur Halle auf. „AUFHÖREN! SOFORT AUFHÖREN!"

„Wer hat die Göre hier rein gelassen?", höre ich einen der Bereiter. Der ist der nächste, der eine auf die Fresse kassiert! Ich stampfe los, selbst das Weiße in den Augen und Schaum vor dem Mund. Jemand reißt an meinem Arm.

„HÖRT AUF!", brülle ich erneut. Zwei Männer halten mich fest und zerren mich rückwärts aus der Halle. Ich strample mit den Beinen und versuche, mich loszukämpfen, aber ihr Griff ist zu fest.

„DAS KÖNNT IHR NICHT MACHEN! HÖRT AUF! WINSTON!"

Sie schleifen mich vor die Tür. Ich bin aller Sinne beraubt. Die beiden Aufseher ziehen mich vor die Hallentür und schubsen mich noch ein paar Meter weiter, so, dass ich die Tür nicht mehr erreichen kann. Als sie mich loslassen drehe ich mich unvermittelt um und will zurück. Sie stellen sich vor mich und verwehren mir den Einlass. Der eine schubst mich erneut. Ich falle rückwärts hin.

Mit aufgerissenen Augen starre ich sie an.

„WAS SEID IHR FÜR MENSCHEN?", brülle ich unter Tränen.

„Du kannst froh sein, wenn wir Dich nicht bei der Gestütsleitung melden", sagt einer von denen von oben herab. Meine Tränen sind vollkommen außer Kontrolle.

„Ihr könnt froh sein, wenn sie *Euch* nicht bei der Gestütsleitung meldet! DAS IST JA WOHL DAS LETZTE!", schreit jemand hinter mir.

Wer ist *das* denn? Ist mir jemand gefolgt? Hat mich jemand beobachtet? Ich drehe mich um, gucke hoch und kriege meinen Mund nicht zu. Dominik.

„Dominik?", es kommt nur ein heiseres Flüstern, statt meine normale Stimme. Seine Nase blutet; oder besser gesagt: *Hat* geblutet. Das ist an den getrockneten, roten Überresten zu erkennen, die sich in seinem Gesicht verteilen. „Was machst Du denn hier?"

Ich muss elendig aussehen, wie ich da auf den kalten Steinen hocke, mit laufender Nase, rotumränderten Augen und Augenringen, die von mehr als einer Woche ungeschlafenen Nächten und unzähligen Tränen erzählen. Er reicht mir seine Hand zum Aufstehen. Ich nehme sie und er zieht mich hoch. Jetzt erst sehe ich, wie blass auch er ist.

„Ich bin Dir nachgegangen; eigentlich wollte ich Dir auch eine reinhauen. Aber dann habe ich Dich beobachtet und zuletzt Winston gesehen."

„Du warst in der Halle?"

Er nickt:

„Ja, auf der Tribüne. Habe mich hoch geschlichen", er stockt. Dann zeigt er auf den Halleneingang, „das ist ja furchtbar!" Seine Stimme klingt belegt.

Ich zittere am ganzen Körper. Mir ist kalt, innerlich wie äußerlich.

„Was sollen wir jetzt tun? Sag es mir! Bitte! Hilf mir!" Ich weiß nicht mehr, was ich reden oder denken soll und schon gar nicht, was ich tun soll. Das weiß ich schon nicht mehr, seitdem sie meinen Liebling abgeholt haben.

„Komm' mit. Ich hab' eine Idee!"

Dominik fährt voraus. Wir verlassen das Gestüt und rasen die Landstraße entlang. Ich folge blind, obwohl es Dominik ist und obwohl ich keine Ahnung habe, wohin wir fahren.

Wir stehen im Hauptkommissariat der Uckermärkischen Landespolizei. Nein, es ist kein Palast mit verschnörkeltem Stuck an der Fassade und hochherrschaftlichem Inventar, es ist eine Behörde. Langweilig und kalt, mit kahlen Wänden und Fluren, in denen jeder Schritt hallt und die leblos wirken. Dominik kennt sich hier aus. Er geht um drei Ecken, zwei Stockwerke hoch und wir stehen vor einer großen Tür, am Ende eines Ganges. 'Weißenberg' steht in gut lesbaren Buchstaben an dem Schild neben der Tür, und 'Leiter des Hauptkommissariats'. Die gute Stunde, die wir gebraucht haben, um hier anzukommen, hat sich gelohnt. Dominik klopft an. Zu hören ist ein lautstarkes:

„Herein!"

Er öffnet die Tür und das erste Mal sehe ich seinen Vater. Er ist Michael nicht unähnlich. Groß gewachsen, relativ breite Schultern, doch seine Ausstrahlung ist noch monumentaler, als die von Herrn von Barnstedt.

„Grüß' Euch Gott, was führt Euch denn hier herein?"

Man hört sofort, dass er aus Bayern kommt. Er rollt das 'r' so merkwürdig. Außerdem hat er einen Bart, der aussieht, als hätte er den irgendwo auf einer Alm gekriegt. Doch er wirkt nicht komisch, sondern respekteinflößend, wie er da so in seiner ganzen Statur vor uns aufgebaut ist.

„Es gibt da was", beginnt Dominik. Er ist schüchterner, als erwartet.

„Was habt's denn?", sein Vater setzt sich zurück an seinen Schreibtisch. „Und wer ist denn die junge Dame, die Du mitgebracht hast?"

„Das ist Juna", erklärt Dominik kurz, hält sich aber nicht weiter mit Details auf. „Wir waren auf dem Gestüt und

sind in die Halle zum Auktionsteam und haben Winston gesehen und die haben ihn dermaßen verprügelt, Mensch Vater, da muss man doch was gegen tun!"
Dominik ist total unsicher. Kaum kommt sein Vater ins Spiel, fällt sämtliche Selbstsicherheit und sein ganzes cooles Gehabe von ihm ab, wie der sommerliche Staub von einem Pferderücken, wenn ein Windstoß ihn erhascht.

„Juna!", der Vater sieht mich verwundert an, „*die* Juna? Juna von Barnstedt?"

„Ich heiße nicht Juna von Barnstedt, ich heiße Juna Larsen. Aber ansonsten richtig: *Die* Juna", wiederhole ich seine Worte.

„Alles in Ordnung mit Euch?", er schaut uns abwechselnd an. Sein Blick trifft auf die blau-grün angeschwollene Nase seines Sohnes und das vollkommen aufgequollen-verheulte Gesicht von mir. Von unseren Diskrepanzen scheint er zu wissen. Doch das spielt im Moment keine Rolle.

„Ja", stammelt Dominik nicht besonders überzeugend, „alles in Ordnung. Was ist mit dem Auktionsteam?"

„Was soll damit sein?"

Jetzt falle ich ein:

„Herr Weißenberg", ich bin so aufgeregt, dass es mich nicht auf meinem Stuhl hält, „die Leute da malträtieren die Tiere, das ist unmenschlich! Wir haben es gesehen. Es war Winston. Mein Winston, den ich aufgezogen habe", meine Kehle zieht sich schon wieder zu, doch ich versuche, es mir nicht anmerken zu lassen. „Die haben Winston verprügelt, sowas habe ich noch nie gesehen. Der war ganz verstört. DA MUSS MAN DOCH WAS MACHEN!"

Herr Weißenberg lehnt sich in seinem Stuhl zurück:

„Und an was habt Ihr da gedacht?"

„Das müssen Sie doch wissen! *Sie* sind doch bei der Polizei. Verhaften sie die Leute!"

Herr Weißenberg lächelt leicht:
„Ob das so oanfach geht, weiß i net. Aber i werd ma Michel oa'rufen und fragen, was los is."
Michel? Er meint doch jetzt nicht Herrn von Barnstedt?
„I bin's, mein Guter. Sag mal, i hab hier meinen Sohn und Deine Ziehtochter zu sitzen ... wie bitte? ... Nein, sie haben nichts angestellt ... sich geprügelt? ... I glaub scho", er hält den Hörer kurz zu und guckt uns an: „Habt Ihr Euch geprügelt?"
Wie aus der Pistole geschossen antworten wir gleichzeitig:
„Nein", sagt Dominik.
„Ja", sage ich selbstsicher.
Der Vater ist irritiert.
„Hallo? ... Ja, also darüber scheinen's sich net einig zu sein. Doch was i Di fragen wollt: Was is das für ein Auktionsteam, das Du da auf'm Hof hast? Sie meinen, die Pferde würden misshandelt? Irgend a Winston oder so?"
Eine Pause entsteht, in der Herr Weißenberg mal 'h-hm' macht und mal 'ach so' und dann das Gespräch beendet.
„Also Kinder, i glaub net, dass i da woas machen ka. Die Berufsreiter sind alle sehr gut ausgebildet und wissen, was sie tun. Und wenn a Pferd mal net g'horcht, dann müssen's sich eben durchsetzen. So ist das nu mal."
Dominik und ich gucken uns an. Dann wandern unsere Blicke zu seinem Vater:
„Das *kann* nicht Ihr Ernst sein?", mir hat es beinahe die Sprache verschlagen.
„Das is ma Ernst, beziehungsweise da Ernst von Michel. Und jetzt zu Euch. Habt's Euch nu g'prügelt oder net?"
„Sie können nichts machen? Da muss man doch was machen können? Die *Tiere* werden dort verprügelt, vergessen sie *uns*!" Ich bin außer mir.

„Komm', wir gehen", Dominik steht auf und geht zu Tür, als ich noch mit offenem Mund vor Herrn Weißenberg sitze.

Der Heimweg ist beschwerlich. In unser beider Köpfen rattert es so laut, dass es beinahe das Klappern unserer Fahrräder übertönt. Irgendwann, gefühlte tausend Jahre später, erreichen wir das Gestüt. Ich fahre gar nicht erst in den Stutenstall, sondern halte gleich vorne am Seiteneingang des Haupthauses an und gehe runter zu Frieda in die Küche, Dominik mir auf dem Fersen.
„Was ist denn mit Euch passiert? Ihr sehr ja schrecklich aus!"
„Frieda, das Auktionsteam, sie haben Winston und sind so brutal! Was sollen wir bloß machen?"
„Erinnerst Du Dich daran, was ich Dir im Sommer gesagt habe? Unten am Stall?"
Ich drehe mich um. Da sitzt Marek am Küchentisch. Besonders frisch sieht auch er auch nicht aus.
„Nein, was denn?"
„Dass Du ein bisschen besser auf ihn aufpassen solltest, wenn er Dir lieb ist. Und dass es Menschen gibt, die keinen Spaß verstehen, wenn es darum geht, Pferden ihre Unarten auszutreiben."
„Ach, jetzt ist es meine Schuld, dass Winston dort oben so behandelt wird?"
„Nein, das will ich damit nicht sagen. Natürlich nicht", lenkt Marek ein. Er spürt mal wieder ganz genau, wie es mir geht.
„Marek, hilf mir doch bitte! Sag mir, was ich tun kann."
Doch wie in dem Moment, als er mir eröffnete, dass die Pferde abgeholt wurden, verzieht er auch jetzt keine Miene. Das heißt, er kann selbst nichts tun. Würde er etwas tun können, er würde es sofort tun. Ich kenne Marek. So ist er. Doch wenn nicht mal er Rat weiß, dann gibt es keinen.

Die Tür geht auf. Sylvia von Barnstedt.

Sie erfasst sofort die Situation, hat allerdings nicht die beste Laune:

„Setzt Euch", sie zeigt auf den Tisch. Das ist es jedoch nicht, was uns alle augenblicklich dazu bewegt, uns zu setzen, sondern ihr eiskalter, strenger Tonfall, der klingt, als würde sie in der Lage sein, die von den Holzöfen durchgewärmte Küche in einer Sekunde zur nächsten in einen Gefrierschrank zu verwandeln. „Warum ward Ihr bei der Polizei? Und warum ward Ihr überhaupt in den Zelten? Dort ist der Zutritt verboten. Ihr wisst das!" Ihre Stimme klingt so scharf, dass es mir tiefe Risse in mein Herz schneidet. Warum muss sie ausgerechnet *jetzt* wieder so unmenschlich sein?

Als könnte sie meine Gedanken lesen, wird sie plötzlich weicher. Sie schaut mich an und sieht, wie sehr mich die ganze Sachen berührt, um nicht zu sagen: Fertig macht. Ich muss so schrecklich aussehen, dass sogar Sylvia einen kleinen Schreck bekommt, als sie mich ansieht. Ich kriege mal wieder kein Wort heraus.

„Juna, Schatz, Du musst verstehen, dass die Auktion, die Bereiter, der Umgang mit den Pferden, alles, dass genau das unser Job ist. Natürlich gehen die Leute da auch mal an die Pferde ran, manchmal auch etwas doller, um sich Gehör zu verschaffen; doch das ist ganz normal. Das ist ihr Job. Und das wird auch mal Dein Job werden, wenn Du Berufsreiterin werden willst. Man kann nicht immer nur lieb sein zu den Pferden.

In der freien Wildbahn gehen sie auch nicht immer nett lächelnd aneinander vorbei und diskutieren bei einer Tasse Tee, wer die Führung der Herde übernimmt. Da geht es richtig zur Sache. So sind sie. Das ist ihre Natur. Und hier müssen sie begreifen, dass wir, die Menschen, die Leittiere sind und nicht sie. Verstehst Du? Ansonsten würde hier Chaos herrschen, die Pferde würden uns nach Belieben über den Platz schleifen, beißen, treten, weglaufen, alles solche Sachen."

Alle sind still. Keine sagt ein Wort. Sylvia fährt fort:

„Doch wenn Winston wirklich so gut und so brav ist, wie Du uns immer erzählt hast, dann dürfte es bei ihm doch gar keine Probleme geben, oder? Du meintest doch, dass er immer so artig und lieb ist, nicht mehr so, wie nach den ersten Präsentationsshows, richtig?"

Ich gucke Marek an. Der sagt nichts. Er wird mich auch nicht verraten, das weiß ich sicher. Also liegt es jetzt an mir, etwas dazu zu sagen.

Warum hab ich ihr bloß erzählt, dass Winston immer und überall so lieb und toll war? Warum? Das war seit jeher gelogen. Keiner hier weiß das so gut wie ich und Marek, der mit am Tisch sitzt und nichts davon weiß, was ich oben bei den Barnstedts immer erzählt habe.

„Er ist auch wunderbar und lieb und macht alles. Aber eben *nur bei mir*", mein Blick wandert unwillkürlich zu Friedas dampfenden Töpfen. Ich kann Sylvia nicht ansehen.

„Nun, dann weißt Du ja, warum sie ihn jetzt, ich sage mal, zurechtbiegen. Es geht eben nicht, dass er nur Dir gehorcht. Wie sollen wir ihn denn jemals verkaufen? Den will doch keiner haben, wenn er nicht gehorcht und spurt."

„Das tut er doch. *Bei mir*! Und *ich* will ihn haben! Ich nehme ihn sofort! Für immer!"

Sylvia streicht mir übers Haar:

„So funktioniert aber dieses Geschäft nicht. Wir sind ein Gestüt, ziehen Pferde auf und leben von ihrem Verkauf. Das erzählen wir Dir nicht zum ersten Mal. Ob Du das nun gut findest oder nicht. Aber Du solltest Dich in Zukunft daran gewöhnen, wenn Du nicht jedes Mal einen seelischen Zusammenbruch erleiden willst. So wie jetzt", sie schaut mich mitleidig an.

Mein Blick schweift zu Frieda. Ich erinnere mich gut an den Tag nach der ersten Show, als ich den ganzen Nachmittag bei ihr war und sie mir lang und breit das Geschäftsleben erklärt hat, das sich hier auf dem Hof und ganz allgemein in der Reiterei abspielt.

Sylvia beobachtet mich und sieht ganz genau, wie es mir geht. Sie spürt exakt, was los ist, macht aber nichts. Sie sitzt da und lächelt.

„Für wieviel soll Winston denn gehandelt werden? Was habt ihr denn als Grundgebot für ihn angesetzt?"

„65.000", ist die Antwort der Gräfin.

„65.000", wiederholt Marek, „das ist aber eine stolze Summe für einen Dreijährigen."

„Winston ist unser schönster Hengst. Talentiert und begabt, körperlich mit allen Voraussetzungen ausgestattet, um ein ganz Großer zu werden. Wenn er in die richtigen Hände kommt."

„Meine sind die Richtigen!", stoße ich vor. Doch Sylvia mein nur:

„Kannst Du denn ein Pferd bis in die ganz hohen Leistungsstufen ausbilden und große Touren reiten?"

Das ist natürlich ein Totschlagargument. Ich kann es nicht. Das wissen wir alle hier.

„Woher weißt Du eigentlich, wie er wirklich ist? Ich meine, Du hast uns ja schließlich noch nie beim Training zugesehen. Jedenfalls nicht, seit dem er unter dem Sattel ist."

„Ich habe meine Informationsquelle", wieder dieses Lächeln.

Ich verstehe rein gar nichts. Wer soll denn das sein. Dirk? Oder … ich schau Marek an, der sogleich darauf anspringt und meint:

„Ich bin es mit Sicherheit nicht!"

„Wer denn dann?", fragt Dominik, jetzt wieder furchtlos und vorlaut, ohne Skrupel in die Runde.

„Wer dreht denn hier immer seine Runden?", stellt Frieda in den Raum.

Schweigen.

„Der alte Furch." Alle gaffen mich an.

Natürlich! Der alte Rittmeister, der immer wie ein unsichtbarer Schatten über das Gestüt huscht; den keiner wahrnimmt und der alle kennt und von jedem weiß, wie gut oder schlecht die betreffende Person ist, wie gut sie mit Pferden umzugehen weiß, ob sie Einfühlungsvermögen hat oder nicht und vor allem: Ob die entsprechenden Tiere das Zeug für ganz oben haben oder nicht über bestimmte Leistungsklassen hinaus Entwicklungspotential besitzen. *Er* ist der heimliche Informant der Barnstedts.

Jetzt weiß ich auch, wer oben auf der Tribüne war! Die Tür, die lautlos zu ging, aber niemand zu sehen war. Ich gucke Marek an. Er denkt gerade das selbe wie ich.

Wer ist dieser Rittmeister? Und vor allem: Wo ist er zu finden? Ich muss zu ihm. Und zwar so schnell wie möglich.

25

Zwei weitere, wertvolle Tage gehen ins Land, bevor ich den alten Furch kurz erhasche. Seit ich bewusst Ausschau nach ihm halte, hat sich mein Blick für ihn geschärft.

Wir sind gerade beim Training in der kleinen Halle der Akademie. Herr Ritzerfeld schreit irgendwas, dem ich keine Beachtung schenke. Ich reite auf Herrn Furch zu, der sich sogleich daran macht, die Halle zu verlassen:

„Herr Furch", rufe ich ihm hinterher. Er dreht sich nicht einmal um.

Ich springe vom Pferd, ziehe Manja hinter mir her, die sofort die Situation erfasst und ohne zu zögern mitkommt. Sie merkt natürlich, wie wichtig es mir ist, diesem Menschen hinterher zu laufen, auch wenn sie nicht versteht, warum.

„Herr Furch!", rufe ich erneut. Wieder keine Reaktion.

„Juna! Warum steigst Du vom Pferd. Wir sind noch lange nicht fertig!" Der idiotische Ritzerfeld.

Ich öffne die Hallentür, Manja trabt hinter mir her und ich eile so schnell es geht hinter dem Alten nach. Draußen hole ich ihn endlich ein:

„Herr Furch, ich muss Sie kurz sprechen."

Wie durch ein Wunder bleibt er stehen. Seelenruhig wendet er sich mir zu. Sein Schweigen erlaubt mir zu sprechen:

„Herr Furch, ich weiß, Sie haben mich und Winston gesehen. Winston ist oben bei der Auktion. Er wird schrecklich behandelt. Ich habe es selbst gesehen."

Er schaut mich unbeirrt an. Seine innere Ruhe geht sofort auf mich über, wie damals, kurz vor der Show. *Er* war es, der dort überraschend im Stall auftauchte. Ich erkenne ihn sofort. Sagen tut er nichts.

„Herr Furch, bitte, helfen Sie mir. Winston muss da weg. Er war noch nie unter anderen Menschen. Er wird das nicht durchstehen. Das weiß ich. Das spüre ich. Das war ganz klar, als ich ihn gesehen habe."

Er räuspert sich, dreht sich nun mit seinem ganzen Körper zu mir und stellt sich direkt vor mich:

„Irgendwann müssen die Barnstedts ihn auf die Auktion geben."

„Das weiß ich. Das habe ich nun schon tausend Mal gehört. Aber Sie haben uns doch gesehen. Dann müssten Sie doch wissen, warum das mit ihm da oben nicht funktionieren kann."

„Es ist an der Zeit. Es ist genau richtig so."

„Nein, das ist es nicht! Was sagen Sie denn zu unserer Arbeit? Sie wissen doch alles! Frau von Barnstedt hat es mir erzählt."

„Ihr seid ein gutes Team. Da steckt viel Potential drin."

„Ja, aber dann sagen Sie das doch den Barnstedts! Ziehen Sie ihn von der Auktion zurück. Wenn sie auf jemanden hören, dann ja anscheinend auf Sie."

„Es geht alles seinen richtigen Gang."

„DAS TUT ES NICHT! UND SIE WISSEN DAS!"

Ich kann mich einfach nicht beherrschen. Was redet dieser Mann da? Das macht doch keinen Sinn.

„Juna! Kommst Du bitte wieder rein!" Jetzt kommt mir auch noch der schwachsinnige Ritzerfeld hinterhergelaufen. *Der hat mir gerade noch gefehlt!*

Ich gucke erwartungsvoll den alten Rittmeister an. Nichts.

„Das ist alles?", frage ich empört.

„Das ist alles", ist seine karge Antwort.

„Juna!", schreit es wieder über den Hof.

Herr Furch dreht sich um:

„Hab Geduld", sagt er noch im Weggehen und wandelt an der Halle vorbei in Richtung der großen Allee. *Soll ihn doch der Teufel holen!*

26

„Vielleicht können wir ja selbst mal zu Deinem Onkel fahren? Der hat Dich doch um Geld betrogen! Ich weiß zwar nicht genau, um was es da geht, aber er schuldet Dir doch noch was, so wie ich das verstanden habe."

Dominik und ich stehen vor der Sattelkammer, nachdem der Unterricht vorbei ist.

„Woher weißt Du das alles?", frage ich ihn. „Dein Vater bespricht mit Dir doch nicht seine Fälle. Das kannst Du mir doch nicht erzählen!"

Für einen Augenblick genießt Dominik das Ansehen, das er gewinnen würde, wenn es so wäre. Doch er lächelt nur: „Nein", er schaut zu Boden und sein Lächeln verschwindet. „Ich lese manchmal heimlich die Nachrichten und Emails auf Vaters Telefon. Ich kenne den Entsperrungscode. Das weiß er allerdings nicht." Dominik sagt das so leise, als hätte er Sorge, jemand könnte uns belauschen.

Wir stehen dicht beieinander und reden. Dieser Anblick bietet sich nun schon seit drei Tagen nach jedem Unterrichtsschluss. Weder Herr Ritzerfeld noch Sonja glauben, ihren Augen zu trauen.

„Und wie stellst Du Dir das vor? Zu meinem Onkel fahren?", greife ich seinen Gedanken wieder auf. „Ich gehe hin, er macht seine Brieftasche auf und sagt: 'Hier habt Ihr das Geld', oder wie?" Ich finde seinen Vorschlag ziemlich bekloppt.

„Keine Ahnung, Juna, ich weiß es doch auch nicht. Ich hab doch auch keine Idee. Ich versuch doch nur, zu helfen."

Sofort verfliegt mein Gedanke, dass es bekloppt ist, was Dominik da gesagt hat. Denn mit einem Mal schimmert echte Hilfsbereitschaft durch.

Er versucht mir tatsächlich zu helfen. So ganz ist es bei mir einfach noch nicht angekommen, dass sich unser Verhältnis in so kurzer Zeit so drastisch verändert haben soll; und was ein Schlag ins Gesicht alles bewirken kann.

„Ich weiß von dem Unfall", sage ich unvermittelt und vollkommen am Thema vorbei. Er stutzt. „Dem Unfall, Deiner Mutter, dem Umzug, der Therapie, alles."

„Die ganze Zeit?", unsere Stimmen haben sich abermals gesenkt und wir sind noch ein kleines Stückchen näher aneinander gerückt. Ich möchte auf keinen Fall, dass irgendjemand aus dem Stall aufschnappt, was wir gerade sagen. Und er ist daran genauso wenig interessiert, wie es scheint. Er beginnt, nervös an seinen Fingern zu pulen und vergewissert sich erneut, dass keiner in der Nähe ist, der uns hören kann.

„Nein, erst seit ein paar Monaten. Die Barnstedts haben's mir erzählt. Als ich sie fragte, warum Du so ein Arsch bist."

„Du hast mir eine rein gehauen, weil ich so ein Arsch bin."

„Ja, das hast Du ja scheinbar auch gebraucht", grinse ich ihn an. „Seit dem bist Du echt netter geworden."

„Vorsicht, sonst erhältst Du hier und jetzt gleich Deine verdiente Antwort darauf."

„Dann gehe ich zur Polizei."

Doch anstatt zu entspannen und zu lächeln, senkt sich Dominiks Blick zu Boden. Er und sein Vater scheinen ebenfalls ein heikles Thema in seinem Leben zu sein.

„Es war nicht Dein Kinnhaken. Es war die Sache mit Winston. Das hat mich richtig getroffen. Ich weiß, wie das ist, anderen machtlos ausgeliefert zu sein."

„Du meinst doch jetzt bitte nicht Deinen Vater?"

Er schaut mich an und verneint sofort mit einer unmissverständlichen Geste.

Mein Winston. Ich weiß, im Augenblick kann ich nichts für ihn tun. Aber ich hoffe immer noch, die Barnstedts lassen sich erweichen und sie können irgendwie dafür sorgen, ihn von der Auktion zurück zu ziehen.

„Hast Du Dir die Berufsreiterei so vorgestellt?", fragt Dominik.

Ich schüttle den Kopf:

„Nein, ganz bestimmt nicht. Also ich werde nie so werden. Niemals! Das weiß ich genau."

„Vielleicht bin ich ja manchmal ein Arschloch, aber so werde ich mit Sicherheit auch nie. Wenn ich überhaupt mal was werde."

„Was sind denn das für Töne? Schlägt hier etwa Selbstzweifel durch?"

„Na komm, Juna. Hier weiß doch jeder, dass Du das meiste Talent hast und keiner an Deine Leistungen rankommt. Guck mich doch mal auf dem Pferd an! Sieht so ein Berufsreiter aus?"

Auch das ist mir neu. Mindestens genauso neu, wie die Tatsache, dass mein über alles geliebter Schatz als *das Supertalent* unter den Hammer soll.

„Wer sagt das?", frage ich verwundert. Denn ich sehe das nicht so; ganz bestimmt nicht. *Ich* habe nicht das Gefühl, dass ich das meiste Talent habe und keiner an mich ran kommt. Ich glaube, das ist dummes Zeug.

„Alle."

„Wer ist Alle?"

„Na, die Leute aus dem Stall und die Pfleger und wer auch immer hier vorbei kommt. Du weißt schon."

„Aber sicher doch nicht der Ritzerfeld?"

„Nein, der sagt gar nichts. Der ist aus irgendwelchen Gründen chronisch wütend, wenn Du mich fragst, auf alles und jeden", jetzt ist Dominiks Stimme ein ganz leises Flüstern, das wirklich nur noch ich hören könnte, auch wenn die gesamte Belegschaft an uns vorbeilaufen würde.

Ich grinse. Es tut gut, jemanden zu haben, der genauso denkt, wie ich.

„Weißt Du was?", ich schmeiße die letzten Bürsten in den großen Korb mit dem Putzzeug, die ich die ganze Zeit über in der Hand gehalten habe, „wir machen das. Wir fahren ins Revier und besuchen meinen Onkel. Schaden

kann es nichts, mit ihm reden wollte ich sowieso und was anderes können wir jetzt eh nicht tun. Also?"
Dominik wirft mir einen einvernehmliches Nicken zu.
„Und weißt Du, wen wir mit ins Boot holen?"
Jetzt guckt er gespannt.
„Marek. Unseren Jurist. Wenn jemand Näheres weiß, dann ist er es."

27

Jungpferdeberitt. Marek ist oben in seinem Zimmer und sitzt über seinen Büchern.
„Ist es schon so spät? Habt Ihr schon Feierabend?"
„Noch nicht ganz, aber ich muss übermorgen ein paar wichtige Prüfungsunterlagen einreichen, und da brauche ich jetzt etwas mehr Zeit als sonst. Außerdem habe ich hier noch was von den Barnstedts auf dem Tisch."
„Darum sind wir hier", wagt sich Dominik vor.
Mareks Mimik verrät mir, dass er nicht allzu erfreut ist, Dominik zu sehen.
„Warum? Um den Fall der Barnstedts zu lösen? Ich wusste gar nicht, dass Du Anwalt bist."
Oh je, das mit Marek und Dominik wird nichts. Das ist schon in den ersten Ansätzen zu erkennen.
„Nein, natürlich nicht deswegen", falle ich beschwichtigend ein. Dann ziehe ich Dominik an der Jacke und deute ihm, mit raus zu kommen. Er versteht sofort und wir gehen die Treppe runter auf den Hof:
„Ich glaube, ich spreche besser mit ihm allein", flüstere ich.

„Was ist denn mit *dem* los? Mit dem falschen Fuß aufgestanden, oder was? Ich dachte, er ist so nett. Deinen Erzählungen nach zu urteilen jedenfalls."

„Keine Ahnung, was mit ihm ist. Vielleicht steht er einfach ein bisschen unter Druck, wegen seiner ganzen Arbeit und so. Wartest Du kurz? Ich geh' noch mal hoch."

Dominik gibt mir ein Zeichen und bedeutet mir, dass ich gehen soll. Mit wenigen Sprüngen habe ich die Treppe genommen und klopfe wiederholt an Mareks Zimmer.

„Warum warst Du denn so patzig?", frage ich ihn gleich, noch bevor ich mich setze.

„Weil er ein Idiot ist und Dich immer so schlecht behandelt."

Ich winke ab:

„Nein, das ist vorbei. Das haben wir geklärt."

„Ach, und jetzt ist er Dein bester Freund?" Aus Mareks Stimme klingt so eine geballte Ladung Ironie, dass es mir die Sprache verschlägt. „Warum bist Du hier?"

Ich schlucke. Kaum nimmt Mareks Tonfall wieder den gewohnten liebevollen, weichen Klang an, werde ich schmerzlich daran erinnert, worum es eigentlich geht.

„Marek", beginne ich mit gequetschter Stimme, „Marek, Winston", meine Worte bleiben mir mal wieder im Hals stecken. Marek setzt sich zu mir auf die Couch, legt seinen Arm um mich, hält mich fest. Das tut gut. Gerade hatte ich Angst, zu fallen.

„Winston muss hier bleiben! Er *darf* nicht weg. Ich dachte, vielleicht könnte ich mal mit meinem Onkel sprechen, weil, na Du weißt schon."

Er seufzt:

„Ach deswegen bist Du hier. Und jetzt willst Du von mir wissen, ob es irgendeine Möglichkeit gibt, an das Geld heranzukommen, um das er Dich möglicherweise betrogen hat, um Winston freizukaufen?"

Ich bejahe, was er allerdings nicht sieht, sondern nur in seinen Armen spürt.

„So funktioniert das leider nicht, meine Kleine. Erst einmal muss geklärt werden, wer ab jetzt dein Leumund ist. Die Barnstedts sind zwar deine Pflegeeltern, die offizielle Adoption ist allerdings von Seiten der Behörden noch nicht durchgewunken worden. Darum weiß keiner von uns, wer von Gesetzes wegen dazu berechtigt ist, eine Anklage gegen Deinen Onkel zu erheben.

Und dann wissen wir nicht, ob überhaupt noch irgendetwas übrig ist von dem, was er veruntreut hat bzw. ob er überhaupt irgendetwas gestohlen hat. Wir wissen ja nicht, was da war. Ob überhaupt etwas da war? Bisher streitet er alles ab. Und solange man ihm nichts nachweisen kann, gilt die Unschuldsvermutung. Und dann steht noch die Frage im Raum, was Dir von dem Nachlass wirklich zustünde - wenn es denn einen gibt. Der Hof ist ja nicht verkauft, wie wir wissen. Das alles zu klären und dann von gerichtlicher Seite eine Entscheidung zu finden, wird sich noch eine ganze Weile hinziehen.“

„Es bleibt also nichts?“ Ich richte mich auf und gucke in das bekannte Gesicht, dessen Ausdruck mir verrät, dass ich Recht habe, dass es nichts für mich zu tun gibt und dass meine Zeit mit Winston abgelaufen ist.

28

„Juna war bei mir."

„Bei Dir? Und was wollte sie?"

Michael von Barnstedt ist sichtlich erschöpft. Seine Eltern sind schon wieder angereist, zum dritten Mal in den letzten drei Monaten. Seit Tagen sitzt er von morgens bis abends im Büro über Bergen von Unterlagen, die in einem so komplizierten Juristendeutsch geschrieben sind, dass sogar Marek der Kopf raucht.

„Was wohl?" Marek versinkt in einem der Bürosessel.

„Ach, die Sache mit ihrem Lieblingspferd. Da können wir nichts machen. Die Auktion ist morgen. Und Du siehst ja, wie es bei uns aussieht. Wenn der Gaul wirklich so gut ist, dann bin ich heilfroh, wenn der weg geht und wir ihn in Bargeld verwandeln können. Wie war das doch gleich mit den Insolvenzrichtlinien und dem Vertrag, was stand da noch mal?" Michael blickt in den Stapel ausgebreiteter Papiere vor ihm.

„Ich habe darüber nachgedacht", beginnt Marek.

„Worüber?", fragt Michael.

„Über die Sache mit Juna und ihrem Pferd."

„Es ist nicht ihr Pferd."

„Warum gönnst Du Dir nicht mal eine Pause. Ich kann mir nicht vorstellen, dass nach guten 10 Stunden Büroarbeit noch irgendwas in Deinen Kopf rein geht oder Du irgendeine bahnbrechende, neue Erkenntnis gewinnst, die Du bis jetzt nicht hattest, wenn ich das mal sagen darf."

Michael schaut auf:

„Da hast Du wahrscheinlich Recht."

Er steht auf, reckt sich und merkt erst in diesem Moment, wie müde er eigentlich ist. Er macht das helle

Schreibtischlicht aus und schaltet stattdessen das gedimmte Licht nahe der kleinen Bar an.

„Den kann uns zum Feierabend keiner verwehren", und reicht Marek ein kleines Glas Ardbeg auf Eis. „Rauchtorffass gelagert. Ein ganz Feiner", und stellt dazu hauchdünne Zartbitterschokoladentafeln auf das kleine Tischchen bei den Sesseln. Dann setzt er sich:

„Du musst Dir die Schokolade auf die Zunge legen, sie zergehen lassen und dann ganz langsam einen kleinen Schluck Whisky darüber laufen lassen. Ein Gedicht!"

Die beiden Männer schweigen und genießen.

„Ich habe das mal durchgerechnet. Wenn alle Pferde zu unseren Wunschpreisen - und die sind eher etwas zu tief als zu hoch angesetzt - weggehen, kommen wir auf jeden Fall erst mal sicher durch das nächste Jahr. Dieser Winston, um mal beim Thema zu bleiben, geht schon mal mit 65.000 raus, wenn dann die Gebote eingehen, ist es gut möglich, dass der alleine uns schon mal 80.000 oder 100.000 da lässt. Darauf lässt sich doch gemütlich trinken, was meinst Du?"

Marek bleibt für ein paar Augenblicke still, bevor er ansetzt:

„Ich habe mir die Sache mit Junas Onkel noch mal genauer angesehen und mir die exakten Summen aller Lebensversicherungen, Immobilien, Autos und sogar Pferdeverkäufe geben lassen, einschließlich Junas Pony. Beide Elternteile haben ziemlich hohe Versicherungen für ihre Tochter abgeschlossen. Als hätten sie es geahnt", Marek driftet kurz ab. Michael hört zu und unterbricht ihn nicht. Auch in der kurzen Zeit nicht, die Marek sich nimmt, bevor er weiter spricht:

„Die Auszahlungen beider Lebensversicherungen zusammen ergeben alleine schon eine Endsumme von einer halben Million."

Michael fällt fast sein Glas aus der Hand. Das ist ihm mit seinem geliebten und hoch geschätzten Whisky noch nie passiert. Er will etwas erwidern, doch bevor er dazu kommt, fährt Marek seelenruhig fort: „Dann liegt der Verkauf von beiden Autos vor, ein paar Tausend, die Pferde dagegen verschwindend gering im Wert; und der Hof." Marek legt sich ein Schokoladentäfelchen auf die Zunge, lässt es zergehen und setzt dann an, langsam einen Schluck der rauchigen, kühlen Flüssigkeit seine Kehle herunter rinnen zu lassen. Michael bereut in diesem Moment, dass er diese Köstlichkeiten ins Spiel gebracht hat. Er platzt geradezu vor Spannung. Marek lässt sich jedoch nicht aus der Ruhe bringen:

„Der Schätzer ist durch und ich habe mit Nachdruck seinen Bericht angefordert. Der liegt mir seit gestern Abend vor."

Er wäre nicht Michael, wenn er jetzt sitzen bleiben würde. Er läuft durchs Zimmer, steht an dem kleinen, ausgeklappten Tresen der Schrankwand, in der seine Schätze gelagert sind und wendet sich Marek zu.

„500.000. Geschätzter Wert. Es ist viel Grünland bei dem Hof dabei, sogar mehrere Hektar Ackerland, das bis heute verpachtet ist." Marek setzt sich auf, beugt sich vor und prostet Michael zu: „Und er ist noch nicht verkauft."

Michaels Blutdruck ist so rasant angestiegen, dass seine Gesichtsfarbe einem Unwissenden den Eindruck vermitteln könnte, er hätte den ganzen Tag an der frischen Luft im Wald verbracht:

„Marek!", er klopft ihm auf die Schulter, „das wäre die Lösung unserer gesamten Situation!"

„Allerdings", Marek fährt herum und lehnt sich an den Schreibtisch, „nur dann, wenn Juna einwilligt, Euch die Verwaltung ihres Nachlasses zu überlassen. Und auch dann wird es diesem Gestüt nur von Nutzen sein, wenn sie einwilligt, es zu investieren und dem Gestüt zur Verfügung zu stellen. Sie ist gerade 14. Damit ist sie bedingt geschäftsfähig. Ohne sie können wir hier gar nichts machen. Weder investieren, noch das Geld nutzen. Auch, wenn das ganze Kapitel direkt vor Euch liegt."

„Das wird sie schon. Sie liebt dieses Gestüt. Sie wird niemals hier weg wollen. Das weiß ich. Das Pfeifen die Spatzen vom Dach."

„Bist Du Dir sicher?"

„Absolut. Ich bin mir sicher, dass sie alles tun wird, um uns zu helfen und all das, was uns lieb und teuer ist, zu retten."

„Auch dann, wenn Ihr Eurerseits *nicht* alles tut, um das, was *ihr* lieb und teuer ist zu retten?"

29

Dominik ist heimgefahren und dasselbe beschließe auch ich. Doch als ich auf dem Hof ankomme, erwartet mich eine Überraschung: Alle Ställe sind zu, alle Türen verschlossen. Es sind keine Pferde auf der Weide hinter dem Haus. Hanna? Wo ist Hanna?

Ich betrete unseren Flur, gehe hoch in unser Wohnzimmer. Nichts. Küche? Da sitzt sie, allein am Küchentisch.

„Was ist los?", frage ich sie und hole sie damit von weit her zurück auf diese Welt. Sie schaut mich für Sekunden wortlos an, als könnte sie nicht verstehen, was ich sie gerade gefragt habe.

„Was los ist? Worüber reden wir denn hier seit zwei Wochen?", fragt sie, als wüsste alle Welt Bescheid. Ich setze mich, denn auch ich weiß Bescheid, auch wenn ich es am liebsten leugnen würde.

„Die Auktion", flüstere ich in ernstem Tonfall.

„Genau, die Auktion."

„Ich wusste ja nicht, dass Deine auch ..." Ich setze mich zu ihr an den Tisch. „Wie viele haben sie denn mitgenommen?"

„Alle."

„Alle? Was ist mit den Trächtigen? Die werden sie doch nicht auch abgeholt haben? Es geht doch keine trächtige Stute über eine Auktion! Das gibt es nicht! Das ist doch unmöglich", die letzten Silben bleiben mir im Hals stecken. Hannas Gesichtsausdruck, wie sie da so leblos vor sich hinstarrt, verrät mir: Das Unmögliche ist sehr wohl möglich.

Erst jetzt verstehe ich Hannas Betroffenheit. Ich war beinahe schon wütend auf sie, dafür, dass sie Bescheid wusste und ich nicht. Auch wenn das nicht ihre Schuld war. Doch sie wusste, ihre Stuten und die Fohlen würden nicht verschont bleiben und sie würde ebenfalls vor die schwere Aufgabe gestellt sein, Abschied zu nehmen.

Auch wenn es ein Teil unseres Jobs ist und sie unzählige Male öfter Abschied nehmen musste als ich, glaube ich nicht, dass man sich je daran gewöhnen wird.

Henrik kommt rein:

„Ich komme gerade von drüben", er zeigt in Richtung Auktionszelte, doch wir wissen auch ohne seinen Hinweis, was er mit 'drüben' meint.

„Wie geht es ihnen?", Hanna legt besorgt eine Hand auf Henriks Arm, als er sich zu uns setzt.

„Gut. Die sind alle wohlauf. Ist ja auch nicht für lange. Zwei Tage, dann kommen sie geschniegelt, gestriegelt und auf Hochglanz poliert zurück."

„Zurück?", Hannas Haltung wechselt in Bruchteilen von Sekunden von Trübsinn zu Aufregung.

„Sie kommen also doch zurück! Das war klar! Die verkaufen doch keine trächtigen Stuten! Wusst' ich", lächle ich Hanna zu.

„Aber sie haben doch alle hier weggeholt. Was wollen sie denn mit ihnen, wenn nicht in den Verkauf geben?"

„Die wollen natürlich die Fohlen. Und bei den Stuten wollen sie sicher gehen, dass die Herde nicht auseinander gerissen wird und doch noch die eine oder Andere durchdreht, auf der Auktion verweigert und nicht mitmacht."
Hanna steht die Erleichterung ins Gesicht geschrieben. Ich dagegen muss bei diesen Worten sofort wieder an Winston denken. Henrik bemerkt, wie sich meine Augen trüben, denn er guckt mich mit mitleidsvollem Blick an. Er würde gerne etwas Aufbauendes sagen, doch er sagt nichts. Wahrscheinlich, weil es nichts Aufbauendes zu sagen gibt.

Ich weiß, wie es um Winston steht. Ich weiß, was mit ihm passieren wird. Ich weiß, wie sie ihn behandeln. Zwar kenne ich nicht alle Details und habe keine genaue Vorstellung von jeder einzelnen 'Erziehungsmaßnahme', durch die sie ihn prügeln, doch ein Gefühl sagt mir, das es schrecklich ist für ihn und es ihm elendig geht. Und dass es vielleicht besser ist, dass ich nicht weiß, was sie ihm antun.

30

„Nein." Michael schüttelt nachdenklich den Kopf, den Blick auf sein Whiskyglas gerichtet, müde in einem Sessel lehnend, „nein, ich kann nicht auf etwas bauen, das in einer ungewissen Zukunft liegt. Ich kann nicht warten, bis der Prozess um Junas Onkel vorbei ist und hoffen, dass da irgendetwas übrig bleibt, beziehungsweise dass Juna mit uns zusammen arbeitet und uns das Geld für Investitionszwecke überlässt. Viel zu riskant. Absolutes

Risikogeschäft." Michael hört nicht auf, mit dem Kopf zu schütteln, „kommt gar nicht in Frage. Nicht in unserer momentanen Situation. Winston muss weg."

„Ich verstehe Deine Einwände, doch ist Winston denn so wichtig? Bei all den Pferden, die Ihr über die Auktion gehen lasst?"

„Ich habe Dir doch erzählt, mit welchem Gewinn wir allein bei diesem Tier rechnen. Darauf können wir augenblicklich unmöglich verzichten. Er ist von der Presse angekündigt und steht ganz vorne in den Auktionsheften", er greift ein Exemplar, das auf dem kleinen Tischchen neben ihm liegt und schlägt es auf, „hier, gleich auf Seite 1, erstes Pferd." Er hält Marek die Lektüre unter die Nase. „Auf ihm liegen große Erwartungen." Michael lehnt sich zurück, zeigt dann auf den Schreibtisch, auf dem sich ein Meer aus Papieren ergießt, „und Du weißt besser, als jeder andere, wie es um uns steht."

Marek nickt, nippt an seinem Glas, guckt sich die Anpreisung von Winston an und denkt nach. Natürlich weiß er, dass Michael aus geschäftlicher Sicht Recht hat. Doch er kennt auch Juna. Er hat die Verzweiflung in ihren Augen gesehen, das sehnsüchtige Bitten, als sie bei ihm war und ihn regelrecht um Hilfe angefleht hat. Er hat sie auf dem kleinen Hof ihrer Kindertage erlebt und gesehen, wie heimelig und gemütlich das Haus gewesen sein muss, als sie noch dort lebte. Und *er* war es, der sie aus dem Heim abgeholt hat, einem kargen, kalten Gemäuer, ein staatlicher Bau, ganz und gar nicht gemütlich, sondern erschreckend leblos. Er ist sich durchaus bewusst, was sie verloren hat.

„Allerdings, wenn Ihr Juna *jetzt* entgegenkommt und ihr Winston überlasst, wenigstens für die nächsten Jahre, dann kannst Du sicher sein, dass sie *alles* tun wird, um dieses Gestüt zu retten. Solltet Ihr Euch jedoch entscheiden, nicht nachzugeben, dann müsst Ihr damit

rechnen, dass sie keinen an ihr Erbe lässt und möglicherweise sogar hier weggeht, sobald sie kann. Wenn sie sich nicht gleich dafür entscheidet, das Haus und den Hof zu behalten und gar nicht erst zu verkaufen. Denn auch darüber hat *sie* die Entscheidungsgewalt."
Michael wirkt nachdenklich. Marek spricht ganz bewusst beide Barnstedts an, auch wenn Sylvia nicht anwesend ist, weil er weiß, dass Michaels solche Dinge nicht allein entscheidet. Jedenfalls hofft er auf diese Weise, Michael dazu zu bewegen, die ganze Sache doch noch mal mit seiner Frau zu besprechen. Möglicherweise ist sie eher dazu bereit, einzulenken. Doch Michael sitzt nur da, senkt den Blick und erlaubt Marek nicht, in seinen Augen zu lesen.
Es klopft. Die Tür geht auf und ein fremder Mann steht im Büro.
„Ach, Herr Degenhard höchstpersönlich", begrüßt Michael ihn. Er steht auf und reicht ihm die Hand. „Was führt Sie zu so später Stunde her?"
Marek beäugt den Herrn mit etwas Abstand und großer Skepsis. Er ist ihm unsympathisch. Er ist ziemlich groß, drahtig und riecht nach Zigarettenrauch. Als Marek seine Ausdünstungen unwillkürlich einatmet, hat er das Gefühl, er muss brechen.
Das Gesicht des Mannes ist zerfurcht; schlimmste Akne in Jugendtagen hat zeitlose Narben hinterlassen. Dazu ein ungepflegter Haarschnitt, der unter seiner Baseballmütze hervorquillt. Alles in allem: Der Typ könnte auch Zuhälter sein.
Herr Degenhard nickt Marek zum Gruß kurz zu. Marek erwidert, jedoch aus reiner Höflichkeit, nicht aus Sympathie.
„Wie läuft's? Sind die Vorbereitungen abgeschlossen?"
Herr Degenhard nimmt sein Basecap vom Kopf. Darunter befindet sich eine verschwitzte Halbglatze, die ihn nicht unbedingt sympathischer macht:

„So gut wie. Es ist alles geputzt, die Halle ist hergerichtet, die Banner hängen an den Wänden, Girlanden an den Banden, die Blumenrabatten sind aufgestellt und das Auktionspult installiert. Die Technik funktioniert einwandfrei und unsere Bereiter sind alle wohlauf und fit für morgen Abend."

„Na, dann haben wir ja ein aufregendes Wochenende vor uns."

„Die Freitag-Abend-Auktionen sind immer die besten. Die Leute mögen es, wenn sie Samstag Zeit haben, sich die Tiere nochmal gründlich anzusehen, den Transport zu organisieren und letzte Absprachen zu treffen. Die ganze Organisation zieht sich schon mal zwei Tage hin. Da ist das Wochenende genau richtig."

„Haben Sie schon ein ungefähres Bild davon, woher wir die Gäste erwarten?"

„Luxemburg auf jeden Fall, Schweiz, Frankreich. Einige kommen aus Britannien eingeflogen und aus den Staaten. Canada wird ebenfalls vertreten sein. Und natürlich unsere eigenen Landsleute."

„Das hört sich doch gut an! So, wie es scheint, haben wir nichts zu befürchten!", Michaels Miene ist aufgeklart. Als er dem Zuhälter einen Whisky anbietet, beschließt Marek, dass es Zeit für ihn ist, zu gehen. Er dreht sich schon zur Tür, als der unsympathische Mann sagt:

„Es gibt da allerdings ein Problem."

Diese Worte von Herrn Degenhard lassen ihn innehalten.

„Oh?", macht Michael.

„Einen konnten wir nicht knacken. Diesen Hengst von Seite 1. Der ist", Herr Degenhard ringt um die richtigen Worte. Hier im Büro der Gestütsleitung kann er nicht seinen grottigen Slang heraushängen lassen, den man sich in tiefstem, nächtlichen Milieu um die Ohren haut, „kompliziert", vervollständigt er den Satz.

„Kompliziert? Wer ist kompliziert? Sie sprechen doch nicht etwa von meinem Sohn?" Michaels Vater ist hereingekommen, ohne, dass ihn jemand gehört hat.

„Herr Stemmann, schön Sie begrüßen zu können! Nein, ihren Sohn meine ich ganz und gar nicht", geht der Schmierlappen auf ihn ein, „wir haben ein Pferd, das Probleme macht."

„Können Ihre Bereiter den nicht händeln? Die sind doch alle so gut ausgebildet und kompetent in ihrem Job, meinten Sie das nicht?"

Herr Degenhard wird rot und ihm verschlägt es die Sprache.

„Klar", stottert er, „klar meinte ich das. Und das stimmt ja auch. Nur ist dieser Hengst so", er kratzt sich am Kopf, „so störrisch."

„Was wollen Sie uns damit sagen, Herr Degenhard?" Michael, redet nicht lange drum rum, sondern ist wie immer um Klarheit bemüht.

Nach kurzer Verzögerung und einem tiefen Seufzer kommt ein resigniertes: „Dass er nicht gehen kann."

Totenstille.

Marek wittert Hoffnung. Das ist vielleicht die letzte Chance, um die Barnstedts doch noch umzustimmen. Der Auktionsleiter kommt wie gerufen.

„Sie wollen das beste Pferd zu Hause lassen?", greift Herr Stemmann ein. Seine Stimme klingt so bestimmt und kompromisslos, dass Mareks Hoffnungen mit diesem Satz umgehend verfliegen.

„Das geht unmöglich!", spricht er weiter. „Das können Sie nicht zulassen!"

„Haben Sie denn alles versucht?", fragt Michael in etwas gefassterem Ton.

„Ja, so ziemlich alles. Wir haben ihm sogar eine Kandarre eingeschnallt, weil wir dachten, dass er damit besser pariert. Wir haben die Peitsche eingesetzt, haben ihn in die Ecke gestellt und ihm wirklich mal gezeigt, wer der

Herr ist; ohne Erfolg. Dieses Tier macht keinen Schritt mehr und schon gar keinen Sprung."

Allgemeine Ratlosigkeit.

Marek hält sich gezielt im Hintergrund. Er lässt Vater und Sohn beratschlagen und ist still. Doch auch nach langem hin und her werden sie sich nicht einig und finden keine Lösung. Ihnen ist die Enttäuschung ins Gesicht geschrieben.

„Gibt es keine Möglichkeit?", Herr Stemmann schaut den Auktionsleiter an, „er war doch die große Hoffnung des Gestütes. Wir würden ihn doch alle morgen so gerne bei der Eröffnung in der Halle sehen", er schaut nachdenklich in das Programm und schüttelt den Kopf.

„Haben Sie nicht jemanden, der ein gutes Gefühl für dieses Pferd hat? Sogar unsere Pflegetochter kann ihn reiten", meint Michael, „sie ist vierzehn."

Als würde sich der Auktionsleiter von dieser Bemerkung angestachelt fühlen und ihm die Situation sichtlich peinlich sein, setzt er sein Basecap wieder auf, verabschiedet sich eilig und verlässt, ohne weitere Erklärungen, den Raum.

Für einen Moment ist es ruhig.

Marek verabschiedet sich ebenfalls.

„Ja, was sollen wir denn mit solch einem Pferd? Wenn er nicht für den Verkauf geeignet ist, was nützt er uns dann?", fragt Michael seinen Vater, der neben ihm auf einem der beiden großen Ledersessel sitzt.

„Ihr handelt Euch mit solche einem Tier nur Ärger ein", meint der Vater in ruhigem Ton. „Stellt Euch vor, Ihr verkauft ihn und er entpuppt sich bei den neuen Besitzern als unreitbar. Das schadet Eurem Ruf und Eurem Gestüt mehr, als dass es Euch nützt. Was Ihr Euch für Ärger damit einhandel könnt!"

Michael, noch immer Mareks Worte im Ohr, nickt bestätigend:

„Es scheint, als soll er hier bleiben. Warum auch immer."

Sein Vater schaut ihn an, und erkennt seit langer Zeit seinen Jungen wieder, der er einst gewesen ist:
„Manchmal weiß es das Schicksal am besten. Und wer weiß, wofür es gut ist."

***

„Ihr werdet ihn morgen noch mal rannehmen und dann bringt Ihr ihn zum Funktionieren! *EGAL WIE, VERSTANDEN?*" dem rigidem Ton des Schmierlappens können sich nicht einmal die Bereiter vom Auktionsteam entziehen.

Marek bleibt still, als er die Stimmen vor dem Haupteingang des Hauses hört.

„Natürlich", erwidert einer der Angestellten.

„Und morgen Abend will ich ihn bei der Eröffnung in der Halle sehen, ist das klar! Der wird vorgestellt und verkauft, so wie es angekündigt ist! Wir können uns doch nicht von einer vierzehnjährigen vorführen lassen! Das ist ja an Peinlichkeit nicht mehr zu überbieten!" Der Schmierlappen tobt vor Wut, fackelt nicht lange, lässt sich auch auf keine weitere Diskussion ein sondern meint, alles geklärt zu haben und fährt davon.

Marek hat die Entschlossenheit des Auktionsleiters unterschätzt, wenn es darum geht, das, was er sich in den Kopf gesetzt hat, auch durchzusetzen. Jetzt hat er sich in den Kopf gesetzt, Winston zum Funktionieren zu bringen; und dass alle Pferde, die verkauft werden können, auch tatsächlich verkauft werden. Ohne Ausnahme.

Als alles ruhig ist und er vor die Tür des Haupthauses tritt, ist es stockfinster. Man kann die Hand vor Augen nicht erkennen. Weder Mond noch Sterne sind zu sehen. Langsam trottet er in Richtung Jungpferdeberitt. Schon nach ein paar Metern verschwindet er in der Dunkelheit.

31

Den Freitag lasse ich vorüber ziehen und will nichts von der Auktion wissen. Ich vergrabe mich gleich nach der Schule in meine Kissen und mag niemanden sehen oder hören.

Der Stutenstall ist leer. Meine Aufzucht haben sie ebenfalls ausgeräumt. Der verrückte Hanniball, der bei jeder Gelegenheit Faxen macht und der süße Santos - zurückhaltend zwar, aber seit vergangenem Jahr Hanniballs bester Kumpel - haben eine gähnende Leere in der Aufzucht hinterlassen. Santos hat mit der Zeit automatisch einige der Unarten angenommen, die Hanniball vorgelegt hat. Beide Jährlinge sind größer geworden, kräftiger und selbstbewusster.

Die schüchterne Jorafina, Winstons kleine Freundin, weg. Abgeholt vom Auktionsteam und auf Nimmerwiedersehen verloren.

Der Samstag ist trübe. Es ist das erste Mal in all den vielen Monaten die ich hier bin, dass ich morgens nicht aus dem Bett komme. Warum auch? Für wen? Gibt es einen Grund? Es ist ja keiner mehr da.

„Juna, es ist schon Mittag? Willst Du auch noch den ganzen Nachmittag verschlafen?"

„Wer sagt, dass ich schlafe?", ist meine gleichgültige Antwort, als Hanna einmal ins Zimmer guckt, die Tür jedoch gleich wieder hinter sich zuzieht. Ich möchte mich vergraben, einbuddeln und für den Rest meines Lebens nicht wieder hervorkommen müssen. Ich schließe mein Zimmer ab und beschließe, für den Rest des Wochenendes nicht mehr vor die Tür zu gehen. Ich will niemanden sehen, niemanden sprechen, einfach nur allein sein.

Ausgerechnet jetzt scheint die Sonne. Andauernd regnet es, doch heute muss diese blöde Sonne scheinen. Das Wetter entspricht überhaupt nicht meinem Gemütszustand, was alles noch unerträglicher macht. Meine Sehnsucht nach Winston ist kaum auszuhalten und die Gedanken an ihn nicht zu ertragen.

Irgendwie geht dieser schreckliche Tag vorbei, die Nacht bricht früh herein und die Dunkelheit währt ungezählte Stunden. Ich wälze mich im Bett hin und her, an Schlafen ist gar nicht zu denken. Ich grüble; über mich, über mein Leben, über alles. Was wohl aus Winston wird? Wie es ihm wohl in Zukunft ergehen wird? Wer ihn wohl mitnimmt und wo er wohl hinkommt? Und vor allem: Was ist bisher mit ihm passiert? Was haben sie mit ihm angestellt? Musste er jeden Tag durch diese Tortour? Mein Winston? Das hätte er nicht überlebt. Niemals. Nicht er.

Sonntag. Die Nacht, die gefühlte drei Wochen gedauert hat, ist vorbei, doch der Tag bringt nicht die erhoffte Erlösung. Es ist nicht plötzlich alles vorbei und anders, nur, weil es draußen hell ist. Es ist alles gleich. Nichts hat sich verändert. Kein Wunder ist geschehen, kein Mirakel steht vor der Tür.

Erst, als der Nachmittag hereinbricht und sich der Tag schon wieder dem Ende neigt, stehe ich auf und beschließe, draußen etwas umherzulaufen. Die bittere, nasse Kälte zieht direkt durch mich hindurch, als wäre ich gar nicht existent. Die große Allee wirkt beinahe bedrohlich, die sonst so schützenden Eichen wie mächtige Wächter mit grimmigen Gesichtern.

Am anderen Ende der Allee tritt aus den letzten, schummrigen Wogen der Dämmerung eine Gestalt hervor, zwei Pferde an der Hand. Sie kommt näher. Es ist Hanna.

Der Atem der Pferde ist am weißen Dampf zu erkennen, der ihren Nüstern entweicht. Sie schnauben leicht bei jedem Schritt. Hanna beeilt sich. Was hat sie nur?

Als sie nahe genug ist, um mich zu erkennen, trabt sie mit den Pferden an der Hand an und kommt auf mich zugerannt:

„Juna!", ruft sie schon von weitem. Es ist so still hier draußen, windstill, die Bäume unbelaubt, dass sie gar nicht laut sprechen muss, damit ihre Worte mich erreichen, „Juna, sie haben Winston zurückgelassen."

Ich traue meinen Ohren nicht. Ich bin wie angewachsen und mindestens so regungslos, wie die Eichen um mich herum:

„Wie, sie haben Winston zurückgelassen? Ist er nicht über die Auktion gegangen?"

Hanna steht vor mir. Sie ist ganz aufgewühlt. Schweiß rinnt ihr die Stirn herunter:

„Nein, sie haben ihn zurück gelassen. Er ist nicht gegangen. Sie haben ihn nicht dazu gebracht, auch nur einen Schritt zu tun."

Mein Herz beginnt zu rasen. Hanna fasst die Stricke der beiden Stuten, die sie hält, in eine Hand und wischt sich mit der anderen den Schweiß aus dem Gesicht:

„Sie haben aber scheinbar alles versucht, um ihn dazu zu bringen, über die Auktion zu gehen und seine Sprünge zu machen. Am Ende müssen sie so wütend auf ihn gewesen sein, dass sie ihn einfach stehen gelassen haben, ohne Futter, ohne Wasser, ohne jemandem Bescheid zu sagen. So steht er oben im Zelt, seit Freitag Abend, wenn nicht sogar schon seit Freitag Mittag."

Mir schießen Tränen in die Augen. Vor Glück und Entsetzen gleichermaßen. Gerade will ich losrennen, als Hanna mich am Ärmel meiner Jacke packt:

„Wenn Du da jetzt hingehst", spricht Hanna sanft, „dann überlege Dir, ob Du diesen Anblick erträgst. Er wird Dir das Herz brechen. Winston sieht schrecklich aus. Sie haben ihn regelrecht zugerichtet."

Ich renne los. Nein, ich rase die Allee entlang. So schnell bin ich in meinem ganzen Leben noch nicht gelaufen. Die Stallzelte werden schon abgebaut. Draußen sind Flutlichter aufgestellt, damit die Bauarbeiter sehen können, was sie gerade machen. In den Zelten dagegen ist alles dunkel, nur spärlich fällt das Licht durch die großen Planen, mit denen sie abgedeckt sind.

Ich rufe. Keine Antwort. Ich rufe lauter. Nichts.

„Winston!"

Nicht einmal ein Scharren.

Da! In der hintersten Box im letzten Stallzelt, sehe ich die Gestalt eines Pferdes. Ich laufe hin, erst hektisch, dann immer langsamer, bis ich die letzten Meter an ihn heran schleiche und vor seiner Box stehen bleibe:

„Was haben sie Dir angetan?", flüstere ich entsetzt, doch auch jetzt regt sich Winston nicht. Er schaut mich nicht an. Er dreht sich nicht einmal zu mir hin. Ich öffne die Box. Auch jetzt keine Reaktion.

Vollkommen apathisch steht er da, ohne Decke. Sein Fell ist stumpf, durchzogen von Striemen, seine Flanken blutig, seine Maulwinkel aufgerissen, sein Blick ins Leere gerichtet.

„Winston", ich streiche ihm über den Rücken, doch er reagiert nicht. Er guckt mich nicht an. Er sieht mich nicht. Er will mich nicht sehen. Er will mich nicht mehr kennen. Er will niemanden mehr kennen.

Ich kann nur ahnen, wie schrecklich es für ihn gewesen sein muss, was diese Menschen mit ihm gemacht haben. Das letzte bisschen Vertrauen, das noch in ihm lebendig war, ist mit diesem traumatischen Erlebnis abgestorben. Vorher gab es wenigstens noch uns. Jetzt gibt es nichts mehr.

***

Obwohl sie ihn hier gelassen haben, habe ich ihn doch verloren. Er ist weit weg und für mich nicht mehr erreichbar. Er hat mich verlassen, weil ich nicht da war, als er mich am nötigsten brauchte. Ich bin ihm nicht zu Hilfe gekommen, als er diese Tortour erleben musste. Ich habe ihn nicht gerettet, als er meine Rettung nötiger hatte, als je zuvor in seinem Leben. Er hat sich von mir abgewandt und uns aufgegeben, denn ich habe ihn im Stich gelassen.

32

Henrik muss her. Und ein Hänger. Sofort. Natürlich habe ich ausgerechnet heute mein Telefon bei mir im Zimmer liegen lassen; ich wollte ja meine Ruhe haben, als ich losgelaufen bin; wollte von der Welt nichts mehr wissen. Das habe ich jetzt davon.

Ich schließe Winstons Boxentür, greife mir als erstes einen Eimer und fülle ihn draußen mit dem Schlauch voll Wasser, trage ihn rein, mache die Boxentür wieder auf, halte Winston das kalte Nass hin; wieder keine Reaktion. Wenn er hier wirklich zurückgelassen wurde, hat er mindestens seit zwei Tagen nichts zu trinken bekommen. Ich plätschere ein wenig mit meiner Hand im Wasser.

Sein Blick bleibt leer, seine Augen trüb, seine Miene ausdruckslos.

Ich stelle den Eimer auf den Boden. Das wenige Stroh, das in der Box verteilt ist, ist vollkommen durchgeweicht. Außerdem stinkt es bestialisch. Ich schau ins Stroh und versuche, etwas zu erkennen. Winston hat Durchfall. Es ist alles dreckig und glipschig und riecht, als wäre er krank. Und das ist er auch. Krank vor Kummer, krank vom Leiden, krank vor Angst. Krank vor Entsetzen, dass Menschen so sein können, wie die, die ihn misshandelt haben.

Ich verlasse die Box, um in den Stutenstall zu rennen, flitze aus dem Stallzelt und renne direkt in ein Auto, das unerwartet im Dunkeln auf dem Hof steht. Henrik!

„Hanna hat mich geschickt", sind seine Worte zur Begrüßung. An meinem Gesicht ist der Ernst der Lage abzulesen, sogar im Dunkel der Nacht. Er folgt mir umgehend in den Stall. Bei Winston angekommen verkneift er sich einen Ausdruck des Schreckens, stellt seine Tasche hin, reißt sie auf, zieht Handschuhe und Stethoskop heraus, eine Spritze, Medikamente:

„Hol ihn raus. In der Box kann er nicht bleiben."

Doch womit? Ich habe kein Halfter, keinen Strick und folgen wird er keinem Menschen mehr, nicht einmal mir. Erneut Motorengeräusche. Ein weiterer Wagen fährt vor. Henrik und ich schauen zum Eingang. Die Erlösung: Marek!

„Hanna hat mir Bescheid gesagt, dass Winston hier ist und mich beauftragt, mit dem Hänger vorbeizukommen." Marek ist unsere Rettung! Er ist, wie so oft, zur richtigen Zeit am richtigen Ort. „Außerdem dachte ich, ich bring gleich noch ein paar Sachen mit." Er hat natürlich an alles gedacht: Halfter, Strick, Decke, sogar Transportgamaschen hat er dabei und mehrere Sets großer Bandagen.

„Du bist ein Schatz!" Ich falle ihm vor lauter Erleichterung um den Hals."

„Los, raus mit ihm", Henrik zeigt auf Winston.

Ich lege meinem Kleinen sofort ein Halfter um und schmeiße ihm erst mal lose eine Decke über. Es ist kalt, unter Null Grad. Als ich ihn raus führen will, bleibt er stehen.

„Er *muss* raus", Henriks Stimme klingt forsch.

Natürlich muss er hier raus, keine Frage. Nur wie?

„Hey, komm, HEY", macht Henrik laut und deutlich.

Zögerlich setzt sich Winston in Bewegung.

Auf der Stallgasse, wenn man es so nennen kann, horcht Henrik ihn erst mal ab. Ich gucke mir Winstons Hufe an. Die sind vom nassen Stroh durchweicht. Die Innenfläche ist etwas matschig. Hätte er noch länger hier gestanden, ihm wären die Füße weggefault.

Henrik untersucht ihn über eine halbe Stunde. Seine Diagnose ist niederschmetternd: Winston ist stocklahm. Latenter Sehnenschaden vorne rechts. Im Röntgenbild sind außerdem Haarrisse im Unterkiefer zu sehen, Hämatome über den ganzen Körper verstreut, aufgerissene Hautstellen, aufgerissene Flanken, aufgerissene Maulwinkel. Dazu kommen massive Störungen im Magen-Darm-Trakt, einerseits von der plötzlichen Umstellung des Futters, andererseits von den Qualen, die er durchlitten haben muss. Die einzige gute Nachricht: Er hat keine bakterielle oder virale Infektion. Und es ist kein Knochen gebrochen und kein Muskel gerissen. Das fehlte noch.

Der Gang zum Hänger gestaltet sich als sehr, sehr beschwerlich. Winston ist so lahm, er kann kaum laufen.

„Moment mal", Henrik stellt seine Tasche erneut auf den Boden und guckt sich eingehend Winstons Hufe an. „Dacht' ich's mir doch", er tippt vorsichtig an den Hufrand des hinteren, rechten Hufes. Winston will sofort wegziehen. „Hufabszess."

„Woher kommt *das* denn?", fragt Marek.

Mir ist klar, woher Abszesse im Huf kommen: „Von schlechter Pflege", kläre ich ihn auf. „Ganz einfach. Der stand im Nassen, und so, wie die mit ihm umgegangen sind, steht er nicht erst seit gestern so."

„Wir können ihn unmöglich in diesem Zustand verladen. Das Abszess muss aufgeschnitten werden. Ansonsten werden wir ihn nicht verladen können. Das ist zu gefährlich. Und die Schmerzen sind zu groß", Henrik schaut erst Marek, dann mich hilfesuchend an.

„Das heißt?", frage ich.

Sein Blick wandert wieder zu Marek: „Habt Ihr die notwendigen Werkzeuge im Jungpferdeberitt?"

Marek nickt, springt ins Auto und rast los. Gefühlte fünf Sekunden später ist er zurück und hat eine Hufzange, ein Hufmesser, Verbandszeug, Klebeband und Desinfektionsspray dabei.

Henrik nimmt Winstons Hinterbein in die Hände und hält seinen Huf hoch: „Marek, hilf mir bitte. Du hältst den Schlauch. Die Wunde muss sofort abgespritzt werden, wenn ich sie aufgeschnitten habe." Er dreht sich zu mir hoch und guckt in meine Richtung, „Und Du hältst ihn fest."

Das ist nicht weiter schwer, denn Winston bewegt sich immer noch nicht von der Stelle. Als Henrik jedoch mit dem Schneiden beginnt, zuckt er kurz. Mehr jedoch nicht.

Plötzlich durchfährt Winston ein Schrecken und gleichzeitig spritzt hinten eine kleine Fontäne eitriges Zeug aus seinem Huf. Es stinkt erbärmlich. Das Abszess ist auf.

„Wasser!", ordert Henrik.

Das Abszess wird ausgespritzt. Im Huf ist jetzt ein großes Loch.

„Desinfektion!" Marek reicht ihm die Dose mit dem Spray.

„Watte! Kratzer!"

Henrik schiebt desinfizierte Watte in das Loch und stopft es mit einem Hufkratzer hinein.

„Bandage!"

Dann wickelt er den Huf mit einer dicken Wattebandage ein, bis hoch über die Fessel.

„Klebeband!"

Danach wickelt er ebenso flächendeckend Klebeband um den Huf. Nach einer viertel Stunde lässt Henrik den Huf wieder los und richtet sich auf:

„Aahhh", macht er dabei und hält sich den Rücken. „Das ist so ziemlich die gemeinste Arbeitshaltung, die es gibt." Er lehnt sich an eine Boxenwand und schaut Winstons Bein an. Der kann immerhin wieder etwas besser aufsetzen.

„Sobald der Druck aus so einem Abszess raus ist, können die Tiere schon wieder laufen. Es wird allerdings noch ein paar Tage dauern, bis er wieder ganz fit ist." Sein Blick ist skeptisch, als er Winston in seiner Gesamterscheinung betrachtet, „jedenfalls, was den Huf betrifft", hängt er dran.

Die Barnstedts sind unbemerkt ins Stallzelt gekommen, doch keiner hat ihnen Beachtung geschenkt. Erst auf dem Weg nach draußen sehe ich sie.

Sie helfen uns, Winston zum Hänger zu bugsieren. Nach einer Weile schaffen wir es sogar, ihn zu verladen. Marek fährt, wie auf rohen Eiern, zum Jungpferdeberitt. Winstons Box ist frisch eingestreut. Duftender Hafer ist im Trog und ein großer Berg Heu liegt in der Ecke. Gut zu wissen, dass Dirk mit im Boot sitzt. Er hat alles vorbereitet.

Winston rührt nichts an.

Es wird lange dauern, bis er wieder vollkommen hergestellt ist. Seine Wunden werden Zeit brauchen, bis sie verheilt sind. Der Sehnenschaden alleine wird ihn mindestens sechs Wochen kosten.

Doch Zeit spielt jetzt keine Rolle mehr. Er muss keine Leistungen mehr erbringen, er muss durch keine Prüfungen mehr durch, er hat jetzt frei. Und Zeit zum Heilen. Und wenn die äußeren Wunden verheilt sind, vielleicht gesundet dann auch seine Seele, die einen so fundamentalen Schaden genommen hat, dass keiner sagen kann, wie lang die Schatten sein werden, die dieser Schaden wirft. Nicht einmal ich.

33

Später stellte sich heraus, dass Marek es war, der die Barnstedts angerufen hat. Er wollte, dass sie sehen, und nicht nur aus Erzählungen hören, wie es um Winston steht und wie ihr grandioses Auktionsteam mit ihrem wertvollsten Gut, den Pferden, umgegangen ist.

Alle Jährlinge aus der Fohlenaufzucht sind verkauft, sogar einige der jungen Fohlen von Hanna, die vor kaum drei Monaten zur Welt kamen. Abgeholt werden sie, sobald sie von den Müttern getrennt werden können.
Ein paar Springer und Dressurer, vorne aus dem großen Stall, haben für viel Geld den Besitzer gewechselt. Zwei Stuten sind nach Canada gegangen, ein Hengst in die USA, zu dem größten Züchter der Vereinigten Staaten.
Die Barnstedts sind glattweg geplatzt vor Stolz.

Aus dem Jungpferdeberitt sind ebenfalls alle, die auf der Auktion vorgestellt wurden, weggegangen. Jetzt stehen dort nur noch Problemtiere oder solche, die gerade erst angeritten werden, weshalb sie gar nicht erst über die Auktion gegangen sind. Dort steht auch Winston, obwohl ich ihn nicht als Problempferd im klassischen Sinne bezeichnen würde. Er ist nicht lernunfähig und untalentiert. Ganz im Gegenteil: Er hat einen wachen Geist und eine schnelle Auffassungsgabe. Er ist eben nur zu vertrauensselig, was Menschen betrifft. Was mich betrifft. Weswegen er Grobheit und schlechte Behandlung nicht ertragen kann.

Jedes andere Tier hätte unter dem Druck von Peitsche und Schlägen nachgegeben. Jedes andere Pferd hätte den Anweisungen Folge geleistet und seine Sprünge gemacht; ängstlich zwar und voller Anspannung, aber es wäre gefolgt. Winston nicht. Winston würde sich eher totprügeln lassen, als Menschen solch brutales Verhalten zu gestatten.

Seine Sturheit und Standfestigkeit jedweder schlechten Behandlung gegenüber ist eine leise Anklage gegen all diejenigen, die meinen, sich mit Gewalt durchsetzen zu können und bis jetzt damit auch weit gekommen sind. Allerdings nur bis jetzt, bis sie auf Winston stießen, an dem sie sich die Zähne ausgebissen haben. All ihre sogenannten 'Erziehungsmaßnahmen', die nichts anderes sind, als Hilflosigkeit, die immer wieder in Gewalttätigkeit mündet, all das hat sie in seinem Fall keinen Millimeter weiter gebracht. An ihm sind sie gescheitert, samt ihrer Brutalität. Mit solch einer Charakterstärke haben sie nicht gerechnet. Von so einer Unnachgiebigkeit waren sie überfordert.

Sie konnten ihn nicht knacken. Sie konnten ihn nicht erreichen. All die Härte konnte Winston nicht dazu bewegen, die geheime Tür zu seinem wahren Wesen,

seiner Schönheit und seinen Talenten, zu öffnen. Sie blieb ihnen verschlossen.
Winston haben sie zwar verletzt, aber wirklich versagt haben sie. Nicht er.

34

„Wieso 40 Prozent? Wir haben gesagt 5 Prozent des Gesamtgewinnes für das Auktionsteam. Das ist eine stolze Summe und weit über der durchschnittlichen Bezahlung für solch ein Event. Und Sie wollen die Hälfte des Gesamterlöses einstreichen? Sie ticken ja wohl nicht richtig!" Michael macht sein Handy aus und schmeißt es seiner Frau in die Arme, die neben ihm auf dem Beifahrersitz ihres Jeeps sitzt. „Das ist ja wohl das Letzte. Jetzt will der eine Summe abrechnen, die utopisch ist. 40 Prozent aller Gewinne, das ist ..." er rechnet und lacht höhnisch:
„Damit kommt der nicht durch. So eine Summe wurde in der gesamten Geschichte der Reiterei noch für kein Auktionsteam gezahlt, das einfach seinen Job gemacht hat. Jeder Staatsanwalt wird ihn auslachen, wenn er damit vor Gericht zieht."
Das Telefon klingelt erneut. Sylvia schaut erst ihren Mann an, der jedoch abwinkt, und geht schließlich selbst ran. Herr Degenhard.
Eine Weile ist es still im Wagen. Die Barnstedts erreichen das Gestüt, Michael fährt die Allee hinunter und hält am Jungpferdeberitt, öffnet schon die Wagentür und will aussteigen. Erst jetzt ist von Sylvia das erste Mal „Aha", zu hören. Dann legt sie auf. Sie sitzt da wie angewachsen.
„Und?", fragt Michael.

Seine Frau wendet sich ihm zu:

„Der will uns verklagen. Wegen Winston. Er meint, wir hätten ihm mutwillig ein unreitbares Tier untergeschoben und plädiert jetzt auf Schadensersatz. Zwei seiner Mitarbeiter sind angeblich zu Schaden gekommen. Daher auch diese Summe."

„Seine Mitarbeiter sind alle wohlauf; die sind alle auf der Auktion gestartet. Da war niemand verletzt", meint Dirk, der die beiden hat kommen sehen und gehört hat, was Frau von Barnstedt gesagt hat.

„Er will vor Gericht ziehen." Sylvias Blick wandert zu Michael, der ausgestiegen und um das Auto herumgelaufen ist. „Ich weiß nicht, was die angeblichen Verletzungen sind. Prellungen vielleicht? Oder Winston ist einem von denen aus Versehen auf den Fuß getreten? Und sie haben es erst zu Hause gemerkt, als alles vorbei war?" Ironischer hätte man das nicht rüberbringen können. Fast muss Michael etwas lächeln, doch sein Ärger überwiegt:

„Er will uns also erpressen? Er will, dass wir seine genannte Summe zahlen, ansonsten klagt er sie ein. Mit Lügen über angebliche körperliche Schäden seiner Mitarbeiter, mutwillig von einem unserer Pferde verursacht. Das ist doch lächerlich!"

„So lächerlich ist das gar nicht", ertönt Mareks Stimme hinter ihnen. „Die Gerichte stellen sich in solchen Fällen gern auf die Seite der 'Opfer'. Wenn die es wirklich drauf ankommen lassen, auf ihre Erfahrung mit Auktionen plädieren und Euch unterstellen, von der Unreitbarkeit Winstons gewusst zu haben, dann kann es tatsächlich eng werden. Und leider kann man ja sogar nachprüfen, dass Winston bis jetzt nicht besonders umgänglich war, was andere Menschen betrifft. Also ganz unrecht haben die damit ja tatsächlich nicht."

Den Barnstedts bleibt der Mund offen stehen. Marek ist zu ihnen hingelaufen und steht nun direkt vor ihnen:

„Nicht, dass ich das gut finde. Das ist eine Schweinerei. Als ich den Degenhard bei Dir im Büro sah, habe ich es kaum glauben können, dass Du mit so einem Menschen Geschäfte machst. Der sieht ja zum Fürchten aus. Dem traue ich so eine Nummer durchaus zu!"

Sylvia stolpert aus dem Wagen. Ihr ist schlecht. Michael, blass und sprachlos.

Ein weiteres Auto fährt auf den Hof. Die Scheiben sind getönt, sodass keiner erkennen kann, wer drin sitzt. Ein groß gewachsener, kräftiger Mann steigt aus:

„Grüßt Euch Gott, was macht Ihr denn da in der Kälte?"

„Rudi!", die Begrüßung von Michael klingt wie ein Erlösungsschrei.

„Jo, Michel, so hast Di ja scho lang nit mehr g'freut, wenn i daher 'komme bin."

Die beiden Männer begrüßen sich mit festem Handschlag. Michael steht die Erleichterung im Gesicht geschrieben.

„I bin gerad hier vorbei und da dacht i, i find mal unsere beiden Rabauken und entschuldige mich noch mal bei ihnen. Die waren doch bei mir, wegen Tierquälerei. Und nu hat Dominik mir erzählt, wie schlimm der Gaul zu'grichtet is. Da hätt i deren Bitte wohl doch ernster nehmen müssen", er schaut Michael an. „Wir beide, wahrscheinlich."

Michael bekommt kein Wort heraus. Vor seinen Augen dreht sich alles. Tausend Gedanken schießen ihm durch den Kopf.

„Entschuldigen Sie, Marek Pawlak mein Name, Rechtsbeistand der Familie Barnstedt", er reicht Herrn Weißenberg die Hand. Der sieht etwas verwirrt aus, denn Marek sieht in seinen Stallklamotten am Ende seines Arbeitstages nicht unbedingt wie ein angehender Jurist aus. „Haben Sie gerade gesagt, Juna und Dominik waren bei Ihnen, wegen Tierquälerei?"

„Jo", antwortete Herr Weißenberg verdutzt, „die war'n da. Die sind wohl in die Reithalle un hab'n g'sehen, wie oan Pferd misshandelt wurd. So sagten sie jedenfalls. Die beiden war'n ganz aufg'löst. I hätt se wirklich ernster nehmen müssen. I dacht, Dominik macht das, weil er mal wieder Eindruck machen wollt. Aber da lag i wohl komplett falsch."

„Die beiden haben also *gesehen*, wie Winston misshandelt wurde."

„Jo."

„Und sie waren deswegen bei Ihnen im Kommissariat?"

„Genau."

„Woher wissen Sie von dem Pferd?"

„Erst hat mein Sohn's mir erzählt und dann hab i mit dem Tierarzt g'sprochn. Gestern hatt einer von meinen eine Kolik, war aber nichts Ernstes, und er hat mir von dem misshandelten Pferd berichtet. Er kam ja gerad von ihm. Allerdings muss i zugeben, i habe Herrn Dr. Menthel auch intensiv ausg'fragt. Dann hat er mir den Bericht zukommen lassen, den gesamten Gesundheitscheck, den er erstellt hat. Hatt i heut Mittag auf'm Schreibtisch." Er räuspert sich, „wissen Sie, i hab ja net so viel Ahnung von Medizin, aber das, was da stand, sah net gut aus."

„Und was wollten Juna und Dominik, was Sie tun?"

„Die wollten, dass i die Leute verhafte", Weißenberg lacht leicht, „das geht natürlich net so einfach. Aber dann meinten sie, i soll den Tierschutz holen und so. Anzeigen wollten's den."

„Kann man diese Anzeige auch im Nachhinein noch stellen?"

Herr Weißenberg ist nach wie vor perplex. Michael und Sylvia ahnen, worauf er hinaus will:

„Klar, das könnt' ma scho moachen. Man könnt auch sagen, die Anzeige wurde gestellt und wir holen jetzt die schriftliche Form nach."

„Und den Tierschutz? Können wir den auch noch beauftragen?"

„Nach der Diagnose oauf jeden Fall."

Marek wendet sich vertrauensselig den Barnstedts zu: „Ich glaube, von dem Degenhard habt Ihr nichts mehr zu befürchten."

Michael lächelt erleichtert. Sylvia hat wieder Farbe im Gesicht. Herr Weißenberg versteht nur Bahnhof. Und Marek ist zufrieden, dass am Ende doch noch alles den richtigen Weg geht, der Schmierlappen und sein Bereiterteam bekommen, was sie verdienen und es scheinbar tatsächlich so etwas gibt wie Gerechtigkeit.

35

Statt 40 Prozent der Gewinne, die Herr Degenhard von den Barnstedts erzwingen wollte, bekam er eine Anzeige wegen Tierquälerei und versuchter Erpressung. Dominiks Vater leitete eine eingehende Untersuchung in die Wege und Mareks Vermutungen erwiesen sich als zutreffend: Dieser Typ war in mehr als nur ein Verbrechen verstrickt und obendrein in zwielichtigem Milieu unterwegs. Zwar ist es schon die zweite Auktion, die hier auf dem Gestüt stattfindet und die unter der Leitung dieses Teams gelaufen ist, aber im vergangenen Jahr schien es gut geklappt zu haben. Darum gab es bisher keinen Grund für Streitereien, auch wenn die Barnstedts natürlich genau gesehen haben, dass Herrn Degenhard etwas Merkwürdiges anhaftete. Doch sie hatten bisher keinen Anhaltspunkt, der ihr komisches Gefühl bestätigt hätte. Bis jetzt. Bis zum Fall Winston, der allen die Augen geöffnet hat. Sie haben für immer mit ihm gebrochen.

Herr Weißenberg war von Marek sehr beeindruckt, wie aus der Art und Weise hervorging, mit der mir die Barnstedts die Situation schilderten. Ohne ihn wäre dieser Stein nie ins Rollen gekommen und die Barnstedts würden jetzt ganz schön blöd aus der Wäsche gucken, was die Auktion, ihren Leiter und seine Anschuldigungen betrifft. Allerdings kann Marek nicht alles lösen.

Die Sache mit meinem Onkel ist keinen Millimeter vorangegangen und auch der Prozess um die Firmeninsolvenz von Michaels Vater, die - wie es aussieht, nicht abzuwenden sein wird - ist stagniert. Das Gestüt ist jedoch gerettet. Michael und Sylvia haben letzten Endes den richtigen Riecher gehabt und mit der Auktion erneut ein finanzielles Polster geschaffen, was einen Neustart möglich macht und unser aller Existenz sichert; auf unbestimmte Zeit.

Die Auktion hat weit mehr gebracht, als angenommen, obwohl Winston nicht gegangen ist. Aber sie haben mit ihrem cleveren Geschäftssinn dennoch zwei Fliegen mit einer Klappe geschlagen:

Kapital geschaffen und gleichzeitig Kosten gesenkt. Denn die Konten sind wieder voll, dafür steht aber kaum noch ein Pferd im Stall. Jedenfalls im Vergleich zu vorher. Im Stutenstall stehen noch 4 Stuten, alle trächtig. Cora, Karina, Abendstern und Indira, im Jungpferdeberitt sind ganze 3 übrig geblieben. Meine Aufzucht dagegen ist leer.

Es schmerzt ein wenig, keinen von den Jungtieren mehr da zu haben, doch ich wusste, dass sie eines Tages weggehen. Bei ihnen hatte ich es ganz klar im Gefühl. Darum habe ich mein Herz auch nicht so fest an sie gehangen. Instinktiv. Unterbewusst. Ganz automatisch.

So bleibt mir viel Zeit für Winston, die er jetzt auch braucht, obwohl er immer noch nicht auf mich so reagiert, wie er es vor der Auktion getan hat. Dabei haben wir schon Ende Januar; der Unfall, wenn man es so nennen kann, ist gute zwei Monate her. Trotzdem ist er nicht genesen. Obwohl so viele Wochen ins Land gegangen sind, ist er noch lange nicht wieder hergestellt. Seine Wunden sind nicht mehr zu sehen. Äußerlich ist alles verheilt. Der Sehnenschaden macht noch etwas Probleme, aber zum Glück stellte sich heraus, dass es nur eine leichte Überdehnung war, kein Riss und auch keine starke Zerrung, wie anfangs angenommen. Er wird also wieder normal laufen können. Ich werde ihn wieder reiten und er wird gesund sein.

Die Barnstedts haben ihn nicht mehr angetastet. Sie haben auch nicht mehr nach ihm gefragt, jedenfalls nicht mich. Ich glaube, sie haben ein schlechtes Gewissen und fühlen sich mitschuldig an seinem Zustand. Ab und zu fragen sie Henrik, wie es um ihn steht. Mich lassen sie mit dem Thema komplett in Frieden.

Ich weiß, dass er als Verkaufspferd für ihre Bilanzen nichts mehr taugen wird. Das Thema hat sich ein für allemal erledigt. Doch was werden sie tun? Wie werden sie sich entscheiden? Werden sie ihn behalten? Oder, weil er im kaufmännischen Sinne 'wertlos' ist, zum … nein, ich will nicht weiter denken. Michael ist kein Unmensch, und Sylvia auch nicht. Sie würden ihn nicht umbringen lassen, nur, weil er nicht so funktioniert, wie sie sich das gewünscht haben. Außerdem hat sich an seinem Talent nichts geändert. Nur sein Gemütszustand hat sich geändert. Doch ich bin mir sicher, mit meiner Pflege und viel Liebe wird er wieder aufblühen. Vielleicht ja im Frühling, wenn auch die Tage wieder spürbar heller werden und die ersten Blüten ihre Farben entfalten.

Ich werde mich auf jeden Fall um ihn kümmern, egal, wie lange es dauern wird, bis er dieses Erlebnis verkraftet hat. Was ist schon Zeit? Zeit ist relativ. Die zwei Wochen vor der Auktion sind verflogen und ich wollte die Zeit am liebsten anhalten, so schnell ist sie gerast. Jeder Tag ging zu schnell vorbei, jede Nacht war zu früh zu Ende. All die Wochen aber, die Winston aussieht wie das pure Elend und einfach seinen Kopf nicht mehr heben will, sondern ihn herab hängen lässt, mit traurigen Augen und inhaltslosem Blick, kommen mir vor wie Jahre, wie Jahrzehnte. Eine Ewigkeit scheint es her, dass ich ihn das letzte Mal erreicht habe. Wo ist er nur hin? In welche Tiefen seiner Seele hat er sich zurückgezogen? Wo hat er sich versteckt und wie kann ich ihn finden? Wie kann ich ihn dazu bewegen, jemals sein Versteck zu verlassen?

36

„Winston!", ich komme in den Jungpferdeberitt und habe das Gefühl, auf dem kurzen Weg vom Stutenstall hier her erfroren zu sein. Es sind minus 20 Grad. Solche Temperaturen sollten verboten werden.
Ich nehme mir eine Pferdedecke, die auf einem Haufen Strohballen liegt, und lege sie mir über meine dicke Daunenjacke um die Schultern. Es ist Routine, Winston bei seinem Namen zu rufen. Ich habe die Hoffnung immer noch nicht aufgegeben, dass er irgendwann mal seinen ... Winston?
Ich traue meinen Augen nicht. Er steht da und sieht mich an. Hat seinen Kopf gehoben und wendet mir seinen Blick zu.

„Winston!", stammle ich, vor Glück so überwältigt, dass ich sogar die Minusgrade vergesse. „Winston! Mein Winston! Mein Schatz!"

Ich öffne die halbhohe Holztür zu seiner Box und gehe zu ihm. Er spürt natürlich, wie ergriffen ich bin, senkt seinen Kopf und reibt ihn in meine Arme, so, wie er es früher immer getan hat.

„Oh, wie hab ich Dich vermisst, mein Schatz! Wie sehr hast Du mir gefehlt!"

Ich streichle ihn, kraule ihn hinter den Ohren, halte ihn fest, während er sich an mich drückt.

„Du bist wieder da!"

Er wackelt mit dem Kopf. Ganz der Alte ist er natürlich nicht. Seine Bewegungen sind sehr verhalten; eher zögerlich, im Vergleich zu früher geradezu zurückhaltend. Aber das ist egal. Er hat reagiert. Er hat mich wieder angenommen und ist auf mich zugegangen. Das allein zählt.

Ich lege ihm sein Halfter um, kratze ihm die Hufe aus und hole ihn aus der Box. Draußen in der Stallgasse binde ich ihn an, nehme mir eine stabile Wurzelbürste und bürste seine Hufe noch einmal richtig sauber, von der Seite und auch von unten.

Die Stelle, wo das Abszess war, ist nicht mehr zu sehen. Nur noch, wenn man ganz genau hinguckt und weiß, wo es war.

Eine Rille zieht sich auf gleicher Höhe längs über alle vier Hufe. 'Daran ist ein Trauma zu erkennen' hat mir Dirk erklärt. Futterumstellungen, neue Lebenssituationen, Stellplatz- oder Besitzerwechsel, all das ist unter Umständen an den Hufen abzulesen. Je nachdem, wie tiefgreifend die Veränderung war und wie eindrucksvoll sie auf das Tier gewirkt hat.

Die Rille in Winstons Hufen ist ziemlich tief und deutlich zu sehen. Darüber haben sich die Hufe jedoch wieder normalisiert und sehen beinahe so aus wie vorher. Die

Substanz ist nicht ganz so hart, aber ich pflege die Hufe mit allen Mitteln der Kunst und wende alles, was ich je gelernt habe, an meinem Liebling an. Darum ist das Horn nicht stumpf oder gar weich, sondern trotz allem relativ stabil und auf jeden Fall immer gut geputzt.

Seine Beine bürste ich ebenfalls mit einer Wurzelbürste ab. Die ist allerdings etwas weicher. Ich will ja nicht über die Knochen und Gelenke mit hartem Material reiben. Das macht man nicht. Und an Winston verwende ich sowieso nur das allerbeste.

Allein mit seinen Hufen und Beinen bin ich eine gute halbe Stunde beschäftigt. Dann nehme ich ihm die Decke ab und beginne, mit einem Gummistriegel seinen Hals, seinen Rücken, seine Kruppe und seinen Bauch zu massieren. Am Bauch ist er etwas kitzlig. Früher hat er beim Bauchputzen immer gequiekt und ist wie ein Clown durch die Gegend gehüpft. Die letzten Monate hat er nur noch mit einem leichten Zucken reagiert, doch heute wendet er sich zu mir um, als würde er sagen: „Du weißt doch, dass ich kitzlig bin, also lass uns lieber kuscheln."

Der Striegel fliegt im hohen Bogen in den Putzkasten und ich umarme ihn ganz fest. Er legt mir seinen Kopf auf meine Schultern und schließt seine Augen.

Noch lange verbringen wir an diesem Nachmittag Zeit miteinander. Die Kälte ist verflogen. In Winstons Gegenwart habe ich nicht eine Sekunde lang gefroren. Mein Herz brennt vor Freude und ich könnte die ganze Welt umarmen. Mein Winston und ich sind einfach ein unschlagbares Team. Wir gehören eben zusammen und es gibt nichts und niemanden, der uns etwas anhaben kann. Nicht mehr.

37

Meine Erleichterung und Freude währt nicht lange. Schon am darauffolgenden Tag erlebe ich eine Überraschung, auf die ich lieber verzichtet hätte:
„Wo ist Winston?", rufe ich in die leere Stallgasse. Winston ist schon wieder weg. Ich renne auf den Hof und Dirk direkt in die Arme. Der hat eines seiner Berittpferde an der Hand, das mit dünner Abschwitzdecke neben ihm steht und schwitzt:
„Wo ist Winston. Wo ist er? Was ist denn jetzt schon wieder passiert?"
„Henrik. Winston ist in der Klinik. Du weißt schon."
Was weiß ich? Nichts weiß ich. Woher denn? Bin ich Hellseherin? Heiße ich Hanna?
Dirk lässt mich stehen, bringt sein Pferd rein, und verschwindet im Schatten der Stallgasse. Klar, der kann mit dem nassen Tier nicht lange draußen stehen und quatschen.
Die Barnstedts werden die Antwort wissen. Das erste Mal seit langem, vielleicht das erste Mal überhaupt, bin ich froh, heute Abend rüber zu fahren und mit ihnen Abendbrot zu essen. Heute Abend? Warum so lange warten?
Es ist auch heute bitterkalt, aber es hat zum Glück nicht geschneit. Die Wege sind noch schlechter zu fahren, als im Sommer, weil der Boden gefroren ist. Die ganze zertretene Erde und all die tiefen Abdrücke, welche die Pferdehufe hinterlassen haben, sind jetzt zu Stein geworden. Sogar beim Laufen muss man aufpassen, sich nicht die Haxen zu brechen. Radfahren kann man völlig vergessen.
„Sie wollen was?", redet Michael gerade vehement in sein Telefon, „wie stellen Sie sich das denn vor? ... Bitte?

… Natürlich haben wir Garantieleistungen einzuhalten, aber ein Pferd ist doch kein Gebrauchtwagen. Sie können das Tier doch nicht einfach zurückbringen, nur, weil Sie es sich anders überlegt haben und mit dem Pferd nicht klar kommen!"

Sylvia sitzt am großen Tisch. Der Tisch ist noch nicht gedeckt. Sie sitzt da und bedeutet mir, leise zu sein und zu ihr zu kommen. Ich setze mich neben sie. Gebannt hören wir das Gespräch mit an.

„Das kann doch nicht wahr sein! So ein Idiot!", wettert Michael, als er aufgelegt hat. „Da wollen die tatsächlich die Stute zurück bringen, weil die angeblich nicht funktioniert und berufen sich auf die zwei Jahre Garantie, die Sie ihrer Meinung nach haben!" Er haut mit der Faust auf den Tisch. „Sind die Menschen denn heutzutage vollkommen hirnverbrannt? Gibt es überhaupt keine normalen Leute mehr?"

Sylvia ist mucksmäuschenstill. Auch ich halte mich im Hintergrund, werde jedoch aus der Reserve gelockt, als Michael mich direkt anspricht:

„Was treibt Dich schon so früh hier her? Ist es schon Essenszeit?"

„Nein."

Kurze Stille. Michael und Sylvia wissen, wenn ich unangemeldet bei Ihnen auftauche, habe ich eine Frage. Oder einen Einwand. Oder irgendwas. Jedenfalls warten sie, bis ich spreche.

„Winston ist schon wieder weg. Dirk meinte, Henrik hat ihn mitgenommen. Ist was mit ihm? Ist er krank?"

Michael seufzt und guckt seine Frau an. Sylvia antwortet: „Nein, er ist nicht krank. Er ist nur zwei bis drei Tage weg und wird gelegt."

„Was soll das denn heißen?"

„Mit seinen Manieren hat er sich aller Rechte, einmal Nachkommen zu zeugen, beraubt", greift Michael ein. Aus seinem Ton spricht ganz offensichtlich, dass ihn das

Thema selbst betrifft und ein Mix aus Gefühlen in ihm aktiviert. Er setzt sich:

„Hier in Deutschland läuft das so: Um einen Hengst in die Zucht zu geben, muss er in jungen Jahren eine sogenannte Hengstleistungsprüfung bestehen. Dazu kommt er ein paar Monate auf eines der Gestüte, wo sie diese Prüfungen vorbereiten und durchführen. Eines davon ist zum Beispiel Marbach. Ein anderes Redefin. Und so, wie Winston auf fremde Menschen reagiert, brauchen wir gar nicht erst darüber nachdenken, ob er durch so eine Prüfung gehen kann."

„Aber ich denke, Ihr wollt Geld verdienen", sage ich leise.

Michael sieht mich an:

„Eben. Darum ist er jetzt bei Henrik, bzw. unter Henriks Aufsicht in der Klinik. Ein Hengst ist ein zusätzliches Risiko, und wozu sollen wir uns das aufhalsen, wenn er ohnehin nicht decken kann? Übermorgen müsste er zurück sein." Er räuspert sich. „Ich denke, wir müssen Dich nicht lange fragen, ob Du seine Pflege übernimmst und nach ihm schaust?"

„Natürlich nicht!"

Winston ist ein heikles Thema in dieser Runde. Auch wenn die Barnstedts sich ein bisschen schuldig fühlen, für das, was mit Winston passiert ist, ist mir durchaus bewusst, dass sie auch mir einen Teil der Schuld zuschieben. Denn ich habe Winston aufgezogen, ihn geschult, ihn eingeritten und bis zur Auktion trainiert. Ich weiß, dass sie mich unterschwellig anklagen, ihn nicht vernünftig erzogen zu haben und meinen, es läge an mir, dass er sich anderen Menschen gegenüber so verhält.

Ich dagegen denke, dass ein Pferd eben einen bestimmten Charakter hat, den man durch Erziehung natürlich beeinflussen kann, der sich aber nicht komplett umstricken lässt. Winston ist eben sehr anhänglich und mag andere Menschen nicht. Er ist sehr auf mich fixiert, einfach, weil ich von Anfang an da war. Das hat mehr mit seiner Geschichte zu tun, als mit Erziehung. Ich glaube nicht, dass sich das jemals grundlegend ändern wird, egal, wie sehr ich versuche, ihn 'zu erziehen'. Er ist nun einmal so. Da kann man nichts dran ändern.

„Aber wenn Ihr Geld verdienen wollt", fahre ich vorsichtig fort, „dann wäre es doch das Beste, Winston nicht legen zu lassen. *Ich* kann ihn doch reiten und ausbilden. Bei mir macht er doch keine Probleme. Und das Leistungsniveau einer Hengsleistungsprüfung werde ich mit Dirks Hilfe schon schaffen. Oder auch eines der anderen Reitlehrers. Ganz wie Ihr wollt. Für Winston tue ich alles!"

Sylvia muss lächeln. Auch Michael kann sich den Anflug eines Lächelns nicht verkneifen. Sie belächeln meine Idee und tun sie innerlich als kindlichen Blödsinn ab. Aber ich lasse mich nicht beirren: „Und wenn Marbach und Redefin Hengstleistungsprüfungen durchführen können, warum nicht *wir*? Dann könnt Ihr gleich Miete für die Einsteller nehmen! Die Bereiter hier sind sehr gut, genug Platz ist da, die Jungpferde müsst Ihr nicht mehr für viel Geld woanders hingeben und die Prüfer kommen bestimmt auch hier her, meint Ihr nicht?"

Michael und Sylvia schauen erst mich, dann sich an.

„Winston kann ich ausbilden, wenn Ihr ihn mir überlasst. Dann kann er wenigstens als Deckhengst gehandelt werden und Ihr könnt an den Decktaxen verdienen. So funktioniert das doch, oder?"

Noch immer schauen die Banstedts ihr Pflegekind wortlos an und hören gebannt auf jedes Wort, das Juna spricht.

„Schön genug ist Winston ja. Er war doch bisher das Aushängeschild jeder Show, nicht wahr? Es werden doch mit Sicherheit viele Leute kommen, und von Winston

Fohlen haben wollen. Von diesem 'Ausnahmetalent', wie in den Programmheften immer angekündigt war."

Einen Moment herrscht Stille.

„Und auf den Präsentations-Shows kann ich ihn ja vorstellen. Unter mir macht er alles, was er soll. Er wird Euch schon viel Geld einbringen, eben auf diese Weise, meint Ihr nicht?"

Michaels Telefon klingelt erneut. Er geht ran. Es scheint wieder dieser merkwürdige Kunde zu sein, der sein auf der Auktion ersteigertes Pferd zurück geben möchte. Kaum ist das Klingeln verstummt, greift Michael zu seinem Handy:

„Henrik? Hast Du Winston noch auf dem Hänger? Gut, dann vergiss' die Klinik und bringe ihn zurück. ... Wie bitte? ... Nein, es ist alles in Ordnung. Vielen Dank!"

Das erste Mal, seit ich hier wohne, wirft mir Michael einen anerkennenden Blick zu. Ich platze fast vor Stolz. Auch Sylvia sieht sehr zufrieden aus und lächelt in sich hinein.

Erneut klingelt Michaels Handy. Wieder geht er nicht ran.

„Es gibt ein neues Gesetz", flüstert Sylvia mir zu, „das ist seit ein paar Jahren draußen und macht es uns Verkäufern ungemein schwer, ein Pferd an den Mann zu bringen. Denn irgendein Büroheini im Bundestag hat mal beschlossen, dass das Garantiegesetz, das für Waren gilt und unter anderem auch die Rückgabe regelt, nun auch für Pferde gilt. Eine Schande ist das!"

„Das heißt, wenn jemand ein Pferd kauft und ein halbes Jahr später kriegt es Husten, fällt das in die Garantiezeit und Ihr müsst es behandeln?"

„Nicht ganz, aber so ungefähr. Wenn ein 'Mangel' auftritt, der angeblich schon bestand, bevor der Verkäufer das Pferd abgegeben hat, dann muss er es zurücknehmen oder den 'Mangel' beseitigen."

„Das kann man aber doch überhaupt nicht nachweisen!"

„In den meisten Fällen natürlich nicht. Dazu kommt die ganze Umstellung, die ein Pferd mitmacht, wenn es den Stall und den Besitzer wechselt. Das alleine kann schon mal was auslösen. Meist harmlose Sachen."

Vor meinem inneren Auge sehe ich die tiefen Rillen in Winstons Hufe und höre Dirks Worte. Ich weiß, was sie meint.

„Aber dieser Mann meint, er habe ein Tier gekauft, in der Annahme, es sei brav und 'funktioniert', so, wie er es auf der Auktion gesehen hat. Und jetzt erweist es sich als zickig und er will es nicht mehr."

„Aber geht denn sowas?"

„Ich weiß nicht, wer der Mann ist und was er will. Manchmal ist es schlauer, nachzugeben. Auch, wenn der Fall nicht ganz klar ist."

Michael beendet das Gespräch:

„Ich fass' es nicht! Jetzt will der uns auch noch mit einem Rechtsanwalt kommen!"

„Lass' uns die Stute einfach zurück nehmen. Es ist doch alles gut gelaufen", beschwichtigt Sylvia ihren Mann.

„Um welches Pferd handelt es sich denn?", frage ich vorsichtig. „Wie heißt denn die Stute?"

„Jorafina."

38

Eine Stunde später fährt Henrik auf den Hof. Hinten im Hänger: Winston. Es ist kalt, aber dem versuche ich keine Beachtung zu schenken. Ich laufe sofort zum Hänger. Kaum trete ich aus dem Stall, schlägt mir ein eisiger Wind ins Gesicht. Mein Gesicht schmerzt vor Kälte.

Henrik kommt zu uns ins Haus gelaufen. Draußen ist es kaum auszuhalten. Hanna ist natürlich gleich mit runtergekommen.

„Was machst Du denn *hier*? Winston muss doch rüber in den Jungpferdeberitt. Marek hat die Box schon fertig eingestreut."

Henrik will mich bestimmt abholen, damit ich nicht rüberlaufen muss. Oder er will sich kurz bei seiner Hanna aufwärmen. Oder beides.

Er schließt die Haustür hinter sich und lässt sich auf die Couch fallen:

„Warum rüber?"

„Wie? Warum rüber?", frage ich und gucke ihn an.

„Warum rüber?", wiederholt er. „*Du* sollst doch seine Pflege übernehmen. Genug Platz habt Ihr ja."

Winston kommt zurück nach Hause! Ein grandiose Idee!
Die beste, die jemals ein Mensch auf dieser Welt hatte!

„Äh", mache ich und bekomme vor lauter Begeisterung mal wieder kein Wort heraus.

„Tolle Idee. Nur leider sind wir ein Stutenstall, und da haben Hengste nichts verloren", Hanna läuft entspannt an mir vorbei und stellt ihrem Henrik eine Tasse hin. Ihr neuster Trend: Alle müssen heißes Wasser trinken. Das spült aus, entgiftet und wärmt gleichzeitig. Außerdem ist es gut für den Magen. An ihr ist echt eine Heilpraktikerin verloren gegangen.

Henrik nimmt die Tasse und trinkt. Klar, was soll er auch anderes machen? Er ist schließlich in Hanna verliebt.

„Aber wir haben doch im Augenblick keine rossigen Stuten da, also kann Winston doch erst mal herkommen, oder? Kann er später nicht zu mir in die Aufzucht? Wenigstens für eine Weile? Das ist doch kein Problem, oder?"

Natürlich ist das kein Problem! Ich ziehe mir meine Jacke über, schlüpfe in die dicken, gefütterten Gummistiefel, die ich für diesen Winter neu aus dem hier ansässigen

Landmarkt bekommen habe - wahre Allwetterschuhe! - und laufe schnell raus.

„Hallo Winston!", rufe ich im Vorbeifliegen, schließe den Stall auf, streue seine alte Box mit extra viel Stroh ein, renne rüber in die Aufzucht, greife sein altes Halfter, das ich heimlich aufgehoben habe, nehme mir im Vorbeigehen noch einen Strick aus der Sattelkammer und mache die kleine, vordere Tür zum Hänger auf:

„Hallo!", begrüße ich ihn. Er guckt mich etwas verwundert an. Nicht ganz so wach wie früher; und er wiehert auch nicht. Seine Augen sind noch ein wenig trüb, sein Blick noch nicht ganz so lebendig wie einst, aber das wird sich jetzt alles ändern. Er ist wieder da. Er ist zurück. Er ist wieder, wo er hingehört. Und hier wird er auch bleiben. Für immer. Jedenfalls hoffe ich das.

***

Dass die Zeit und der Lauf der Dinge mich anderes gelehrt haben, möchte ich in manchen Momenten am liebsten aus meinem Gedächtnis verbannen. So etwas wie 'für immer' gibt es, glaube ich, nur im Märchen. Oder im Kino. Oder im Internet. Aber nicht im wahren Leben. Jedenfalls nicht in dem, das Winston und ich miteinander teilen. Auch, wenn ich mich in vielen schlaflosen Nächten so oft nach diesem 'für immer' gesehnt habe, nach dieser Sicherheit, diesem Vertrauen in eine Sache oder einen Menschen oder in meinen Winston. Ich sehne mich danach, angekommen zu sein und nie wieder die Wesen, die mir lieb sind, loslassen zu müssen. Sie sollen einfach immer da sein. Und immer da bleiben. Mein Leben mit mir teilen. Bis zum Ende von allem.

Wir holen Winston vom Hänger und stellen ihn in den Stall. Er ist müde und sehr mitgenommen von all den Veränderungen der letzten Wochen. Verständlicherweise. Hanna schaltet das Licht aus und wir lassen den Pferden ihre Nachtruhe. Wir dagegen fahren zu Frieda. Sie muss alles erfahren. Sie soll wissen, dass mein Liebling wieder bei mir ist.

39

Jorafina kam tatsächlich zurück. Die Barnstedts haben nachgegeben und sich nicht auf einen Rechtsstreit mit diesem merkwürdigen Mann eingelassen. Sie ist wieder zu Hause, genau wie Winston. Erst, als wir die beiden zusammen rüber in die Aufzucht stellen, in den großen Laufstall, der für mindestens 6 bis 8 Fohlen gedacht ist, beginnt Winston aufzublühen. Er ist selig mit seiner kleinen Freundin an der Seite und wie erwartet ist der große Durchbruch da, als die ersten Schneeglöckchen sich durch den harten Boden ihren Weg ins Licht suchen und ihre wundervollen, zarten, weißen Blüten sich gegen den Frost und die Kälte behaupten. Frühling liegt in der Luft.

Winston wiehert, als ich in den Stall komme, beäugt meine Gummistiefel und beschnuppert sie, weil sie heute aussehen wie neu. Dabei haben sie lediglich ihre alljährliche Wäsche hinter sich. Außerdem findet er es furchtbar komisch, in den Stiel der Forke zu beißen, mit der ich versuche, den Stall auszumisten. Der Clown in Aktion. Er ist wieder der Alte.

Jorafina steht mit etwas Abstand in der Ecke und beobachtet uns. Hanna hilft mir, ihr alles beizubringen und gemeinsam versuchen wir, ihr ein wenig von ihrer Schüchternheit und Ängstlichkeit zu nehmen. Und Dirk hilft mir mit ihrer Ausbildung unter dem Sattel. Nicht ganz einfach, aber wir haben durchaus Erfolge. Jorafina ist wesentlich offener und für Fremde leichter zu händeln als Winston. Ich erinnere mich an Dimitrij, der uns bei der ersten Präsentationsshow geholfen hat und mit seiner ruhigen, sanften Art Jorafinas Bedenken und Zögerlichkeit zum schmelzen gebracht hat und sie ihm förmlich in die Arme fiel. Anders als bei Winston, ist ihr Verhalten eher von der Art und Weise abhängig, wie man auf sie zugeht und mit ihr umgeht. Und das ist relativ unabhängig davon, ob sie jemanden kennt oder nicht. Sie weiß, wem sie sich anvertrauen kann und wem nicht. Hektische und unempathische Menschen erträgt sie nicht.

Jeder hier weiß, dass es sicherlich nicht allein an Jorafina lag, dass dieser Mann mit ihr nicht klar kam. Und es ist ein wahres Wunder, dass ausgerechnet *sie* in Winston, den Clown, verliebt ist, der immer Flausen im Kopf hat und kaum eine Sekunde lang still stehen kann. Aber die Liebe folgt ja bekanntlich Gesetzmäßigkeiten, die bis heute kein Mensch versteht.

Winston wird geputzt, gesattelt und aufgetrenst. Ich reite ihn heute zum dritten Mal. Das erste Mal bin ich einfach mit ihm spazieren gegangen, quer über das Gestüt, allerdings nicht zum Haupthaus, sondern hinten zum Gestütsfriedhof, an der Akademie vorbei und ins kleine Wäldchen. Das zweite Mal waren wir in der Halle, sind aber ebenfalls nur Schritt geritten. Heute bin ich in der kleinen Halle, oben im Südteil, etwas weg vom Jungpferdeberitt. Sie liegt gleich hinter dem großen, steinernen Eingangsportal dieses Stallareals und wird praktisch nie benutzt. Dort werde ich arbeiten, denn dort habe ich absolute Ruhe. Ich werde versuchen, Winston anzutraben und sehen, wie er sich reiten lässt.

Ich bin allein. Es ist niemand da, der mir hilft. Dirk ist mit seinem eigenen Beritt beschäftigt, Hanna ist mit den Stuten zugange und weiß gar nicht, wo ich bin. Niemand weiß, wo ich bin.

Das Reiten ist nicht Hannas Aufgabengebiet und obendrein ist sie der Meinung, dass das Zusammenspiel von Reiter und Pferd immer sehr individuell ist, und dass man als Außenstehender ohnehin wenig dazu sagen kann.

Winston kennt die Halle auch noch nicht, hat aber in die Stille und die Abgeschiedenheit, die sie ausstrahlt, vertrauen. Er regt sich nicht auf, er guckt nicht, er scheut nicht, hat vor nichts Angst. Er ist ruhiger geworden, seit er zurück in der Aufzucht, seinem alten Zuhause, ist. Henrik hat das prophezeit und genau so ist es eingetreten.

Winston hat über all die Ereignisse hinweg nichts von seiner Eleganz verloren. Natürlich ist er untrainiert und steht hauptsächlich im Stall und auf der Koppel, soweit dies möglich ist. Aber man sieht deutlich, wie schön er ist. Und ich weiß natürlich, wie schön er sein kann, wenn er gut im Futter steht, sich jeden Tag bewegt und ordentlich gymnastiziert wird, wenn sein Fell glänzt und seine vier weißen Füße majestätisch und schwungvoll auf- und abfußen. Dann ist seine Ausstrahlung und seine Erscheinung von keinem anderen Tier zu übertreffen. Ein echtes Supertalent eben.

Wir traben an und er fliegt förmlich durch die Halle. Es scheint, als wären seine Tritte noch leichter geworden, noch federnder. Sein Rücken schwingt, seine Schritte sind ausladend, er selbst ist ruhig und vertrauensselig. Die lange Pause hat ihm offensichtlich gut getan. Wir galoppieren an. Auch den Galopp springt er flüssig. Ich gehe in den leichten Sitz. Winston läuft, als wäre ich gar nicht anwesend und folgt meiner unsichtbaren Hilfengebung wie von selbst. Wie durch ein Wunder scheinen wir noch enger zusammengewachsen zu sein, wie durch Zauberhand miteinander verwoben, wie durch einen unsichtbaren Schleier miteinander vereint. Ich pariere durch zum Trab, trabe leicht, pariere durch zum Schritt. Winston schnaubt. Er ist zufrieden. Ich klopfe ihn und bin überglücklich.

Winston guckt und zuckt kurz zur Seite. Der alte Furch ist hereingekommen, unbemerkt wie immer. Er steht an der Tür, in der Ecke der kurzen Seite. Hat er uns beobachtet? Hat er uns zugesehen?

Ich pariere durch zum Schritt, reite auf ihn zu und lockere den Sattelgurt. Dann springe ich ab und möchte gern die Halle verlassen. Normalerweise ist jetzt der Moment, in dem er verschwindet. Doch er bleibt. Und wendet seinen durchdringenden Blick nicht von mir.

Als ich zur Tür will, tritt er nicht zur Seite.

„Was wollen Sie?", frage ich etwas verärgert. Mir ist noch gut unser letztes Gespräch in Erinnerung.

Er nickt einfach nur. *Ob der Typ eine Macke hat?*

„Was ist los? Warum nicken Sie? Warum sind Sie hier?"

„Wegen Euch", er zeigt auf mich und Winston.

„Wenn es nach Ihnen gegangen wäre, wären wir jetzt gar nicht hier. Winston wäre weg und ich irgendwo. Habe ich Recht?"

Er schüttelt mit dem Kopf:

„Ihr seid ein gutes Team und habt Potential. Hatte ich das nicht gesagt?"

„Ja, aber gemacht haben Sie nichts."

„Doch, das habe ich."

„Ja, Sie haben den Barnstedts gesagt, sie sollen ihn auf die Auktion geben."

„Und Dir habe ich gesagt, Du sollst Geduld haben."

Für einen Moment verstehe ich gar nichts.

Er zeigt auf Winston:

„Denkst Du, ich habe es nicht gewusst?"

Mir läuft ein Schauer über den Rücken.

„Denkst Du, ich habe ihn nicht erkannt? Denkst Du, ich wusste nicht, wie er ist? Wie er war? Wie er sein wird?"

Herr Furch strahlt eine beinahe hypnotische Ruhe aus. Winston steht da wie angewachsen und zuckt nicht mit der Wimper. Er ist mindestens so gebannt wie ich. So habe ich ihn selten bis nie erlebt. Sonst geht er immer auf die Menschen los. Diesmal nicht. Was ist mit ihm?

Ich gucke erst Winston an, dann Herrn Furch:

„Was meinen Sie?"

Er schweigt, nur seine Augen sprechen. Sein durchdringender Blick, dem ich mich nicht zu entziehen vermag, durchdringt alle oberflächlichen Gedanken und Emotionen und bohrt sich direkt in meine Seele.

Langsam geht mir ein Licht auf:

„Sie wussten, dass Winston nicht über die Auktion gehen wird."

Er nickt so sanft, dass ich es nicht sehen würde, wenn ich nicht genau vor ihm stünde.

„Und Sie haben gewusst, dass die Barnstedts ihn nicht hergeben würden, bevor sie nicht versucht hätten, ihn über eine Auktion zu verkaufen."

Wieder dieses Nicken.

„Sie haben es gewusst, und nichts gesagt", meine Stimme ist so leise, dass ich sie selbst kaum hören kann. Herr Furch dagegen hört jedes Wort.

„Es wird niemand mehr kommen, der ihn Dir wegnimmt. *Jetzt* kann unsere Arbeit beginnen."

Meine Knie werden weich:

„Was heißt das? Das Sie uns helfen? Das Sie uns trainieren? Das Sie auf unserer Seite sind?"

Er dreht sich um und öffnet die Tür zur Halle. Bevor er raus geht sagt er in seiner gewohnt meditativen Art:

„Morgen Abend um acht."

„Aber um acht sind normalerweise schon alle Ställe zu und kein Mensch mehr unterwegs. Alle liegen schon im Bett oder sind zumindest in ihren Zimmern."

„Genau darum." Dann verschwindet er. Winston und ich sind wie in Trance. Langsam wenden wir unsere Köpfe einander zu und schauen uns an. Er sieht aus, als hätte er jedes Wort verstanden. In seinen Augen spiegelt sich das erste Mal wieder etwas von jenem Glanz, den ich all die Monate so vermisst habe. *Unsere Zeit ist gekommen.*

40

Der Theorieunterricht ist vorbei. Es schrillt keine Glocke, wie in Schulen sonst üblich, sondern Herr Ritzerfeld schließt einfach sein Buch, legt seine Unterlagen zusammen und teilt uns mit, dass wir uns gleich in der Halle sehen.

Als ich in den Stall komme, wartet Manja schon auf mich. Sie steht in der Box und schaut mich mit ihren treuen, freundlichen Augen an. Ihr Fell ist relativ sauber, denn der Boden auf der Koppel, auf der die Schulpferde jeden Vormittag verbringen, ist noch zu hart zum Wälzen. Putzen muss ich sie natürlich trotzdem, den Staub aus dem Fell holen und ihren Blutkreislauf in Schwung bringen.

Manja steht seelenruhig in der Box, bewegt sich keinen Zentimeter und wartet geduldig, bis ich mit dem Putzen fertig bin. Ihre Hufe gibt sie schon, wenn ich das entsprechende Bein nur berühre, ihren Kopf senkt sie, wenn ich ihren Schopf bürsten will und sie zuckt nicht einmal, wenn die Haarbürste in der Mähne ab und zu aus Versehen etwas ziept.

Ich trense sie auf, sattle sie, mache ihr Gamaschen um die Beine und führe sie in die Halle. Normalerweise sollen wir alle gemeinsam in die Halle kommen, aber da wir nur drei Leute sind und immer unterschiedlich schnell unsere Pferde fertig haben, kommt eben jeder, wann er soweit ist. Heute bin ich die erste. Nachgurten, Steigbügel runter und aufsitzen. Zuerst wird Schritt geritten.

Dominik kommt in die Halle, hinter ihm Sonja. Dorian, den er an der Hand hat, schießt gleich erst mal los, als Sonja die Tür hinter sich schließt.

„Halt ihn fest!", schreit Herr Ritzerfeld durch die Halle. Sehr witzig. Als wenn Dominik nicht selber wissen würde, dass er sein Pferd festzuhalten hat.

Wenn Herr Ritzerfeld was sagt, dann immer nur das aller Offensichtlichste und wenn es hoch kommt, gibt er mal ein paar Sitzkorrekturen. Richtiger Unterricht ist das nicht. Wie man in schwierigen Situationen auf sein Pferd eingeht, wie man Problempferde handhabt, wie man sich in ein Tier einfühlt, all das kann er einem nicht sagen. Davon hat er keine Ahnung.

Armer Dominik. Er denkt, dass er so schlecht reiten kann, weil sein Pferd so schwierig ist und niemand da ist, der ihm weiterhilft. Dabei ist er gar nicht so schlecht, wie er behauptet. Und ich nicht so gut. Manja macht eben einfach nur alles von alleine. Man könnte eine Puppe auf ihren Rücken setzen und sie würde ordentlich gehen. Bei ihr muss man die Kommandos nur denken und sie führt sie aus. Auf Manja eine gute Figur zu machen ist keine Kunst.

Auch Springen kann sie einwandfrei und macht es ohne Probleme, als sei nichts dabei. Im Gegensatz zu Winston, der seit der Auktion keinen Sprung mehr macht. Er muss nur ein Hindernis sehen und wird hektisch, nervös, unsicher und ängstlich. Manja dagegen ist die Ruhe selbst.

Schon bei der Lösungsarbeit geht mir unser Reitlehrer auf die Nerven, der gar kein richtiger Reitlehrer ist. Er quatscht pausenlos dummes Zeug. Heute ist mal wieder Springen dran, wie jeden Donnerstag. Die anderen Tage reiten wir Dressur, freitags gehen wir ins Gelände, Samstag bewegen wir die Pferde meist noch mal leicht, Sonntag ist Ruhetag. Jedenfalls im Schulstall.

„Reite gerade an und komm passend an den Sprung", quakt Herr Ritzerfeld selten dämlich, als ich den Lösungssprung anreite. Logisch muss man gerade anreiten und passend ans Hindernis herankommen, das weiß jeder Idiot! Wäre mal interessant zu erfahren, *wie* man das machen soll und nicht nur, *dass* man es machen soll. Manja passt ab, nimmt die Galoppstange und springt über den kleinen Steilsprung dahinter. Sauber.

Dominik dagegen hat nicht so viel Glück. Dorian sieht den Sprung und rennt los. Kurz vor der Galoppstange macht er einen kleinen Hüpfer, holpert über die Stange, tritt noch mit dem linken Hinterfuß darauf und hebt sich über den Sprung. Dominik schafft es kaum in dem Schlamassel, das ihm sein Pferd vorgibt, in der Bewegung zu bleiben.

„Bleib in der Bewegung!" *Der Ritzerfeld ist ja so bescheuert!*

Sonjas Pferd ist noch ruhiger als sie. Keine gute Zusammensetzung. Sie schafft es kaum, Camaro vorwärts zu kriegen. Kurz vor den Stangen wendet er ab.

„Du sollst *über* den Sprung reiten, nicht vorbei."

Kann mal jemand diesen dämlichen Ritzerfeld ausstellen?

Beim dritten Versuch kriegt sie ihren Wallach zum Springen, allerdings ist seine Bewegung so langsam, dass es im Augenblick des Absprungs so aussieht, als würde er für ein paar Momente auf den Hinterbeinen stehenbleiben, bevor ihn sein eigenes Gewicht nach vorne zieht und er behäbig auf die andere Seite der

Stangen fällt. Zum Springen ist er definitiv nicht besonders gut geeignet. Auch in der Dressur ist er schwierig und schwer vorwärts zu kriegen. Überhaupt ist er am besten im auf-der-Weide-stehen und im Fressen.

Wir beginnen mit der Galopparbeit. Verlängerung der Sprünge an der langen Seite, Verkürzen der Sprünge an der kurzen. Manja ist wie immer kein Problem. Dorian lässt sich am Ende der langen Seite nicht wieder einfangen und Camaro legt gar nicht erst zu. Den Ritzerfeld blende ich aus.

Auch die Galoppstangen auf der Zirkellinie nimmt meine Stute gelassen. Sie schnaubt sogar ab, so entspannt ist sie. Danach Trabarbeit. Die Trabstangen kennt sie im Schlaf, das müssen wir nicht mehr üben. Ein Wunder, dass sie vor Langeweile noch nicht gestorben ist. Doch ihre Muskulatur löst sich immer gut bei der Arbeit mit Stangen.

Als es am Ende der Stunde an die Hindernisse geht, nimmt Herr Ritzerfeld mich als Erste ran. Er muss nicht viel sagen. Den kleinen Parcours mit sechs Hindernissen springe ich ohne Probleme. Alle sauber angeritten, ordentlich gesprungen und alles liegen gelassen. Manja ist weder gerannt noch zu langsam gewesen, sondern wir sind in flüssigem, gleichmäßigem Tempo die vorgeschriebene Linie abgeritten.

Bei Dominik sieht das schon ganz anders aus. Dorian hat wieder mal den Turbo eingeschaltet. Er rast an die Hindernisse ran und wird mit jedem Sprung schneller. In der zweiten Ecke ist er nicht mehr zu halten. Dominik schafft es nicht, das nächste Hindernis anzupeilen, so schnell rast Dorian durch die Ecke und die lange Seite runter. Ich möchte nicht mit ihm tauschen. Ich glaube, besser könnte ich dieses Pferd auch nicht reiten.

Die Stimme von Herrn Ritzerfeld wird lauter und lauter. Am Ende schreit er durch die Halle, was nicht dazu beiträgt, dass Dorian ruhiger wird. Schweißgebadet beendet Dominik, nach ich weiß nicht wie vielen Anläufen, den Parcours. Er ist sichtlich außer Puste und am Ende seiner Kräfte.

Bei Sonja dagegen spielt sich das genaue Gegenteil des eben erlebten Szenarios ab. Camaro reagiert anfangs weder auf ihre Schenkel noch auf die Gerte und sie schafft es nur mit Ach und Krach, ihn anzugaloppieren. Der weiß genau, dass Sonja nicht so viel Kraft hat und nutzt das genüsslich aus, wie es scheint.

Unser Lehrer schreit durch die Halle und ist überhaupt keine Hilfe. Sonja ist kurz vor dem Verzweifeln, aber sie schafft den Parcours. Zwar ist Camaro nicht durchgaloppiert, sondern immer wieder zurück in den Trab gefallen, aber sie ist durch. Immerhin. Auch sie schwitzt. Camaro ist dagegen knochentrocken. Der hat keinen Schritt *mehr* gemacht, als er musste. Und beeilt hat er sich auch nicht gerade.

Vielleicht kommt Herr Ritzerfeld ja irgendwann einmal auf die Idee, uns die Pferde tauschen zu lassen. Mich wundert es, dass das nicht schon längst passiert ist. Aber so ist er eben. Pragmatisch und ohne jede Phantasie.

41

Es ist spät. Herr Furch möchte, dass beim Training absolute Stille herrscht, auch wenn Winston erst in der Aufbauphase ist und ernsthaftes Arbeiten noch in weiter Ferne liegt. 'Jedes Training ist ernsthafte Arbeit, auch die Lösungsarbeit', sagt er immer. Und sein Wort ist Gesetz.

Wir betreten die Halle und Winston tänzelt herum. Ich gurte nach, er läuft in kleinen Kreisen um unsere eigene

Achse. Ich mache die Steigbügel runter. Er schlägt mit dem Kopf und will sich an mir reiben.

Herr Furch betritt die Halle. Winston erblickt ihn und steht sofort still.

„Du musst dafür Sorge tragen, dass er Deinem Willen folgt. *Du* bist das Leittier, nicht er", spricht er in seiner gewohnt hypnotisierenden Ruhe.

„Ich weiß", sage ich beschämt, „aber ich kann einfach nicht streng sein mit ihm. Ich ...", *weiß nicht, was ich sagen soll.* Herr Furch hat mich mit seinem tiefen Blick umgehend wieder ganz in seiner Gewalt.

„Ich rede auch nicht von streng sein. Oder hast Du den Eindruck, dass ich streng bin?"

„Nein, überhaupt nicht."

„Ich berühre ihn nicht einmal. Ich erhebe meine Stimme nicht. Nichts dergleichen."

„Das sehe ich."

„Du musst mit Deinem Blick in ihn eindringen, zu ihm vordringen, in sein tiefstes Inneres schauen und sein Wesen vollkommen durchleuchten. Und dann gib ihm klar und deutlich zu verstehen, dass er für alle Zeit in Sicherheit sein wird, wenn er *Dir* folgt. Das tun die Leiter der Herden, oder die Leitstuten der einzelnen Herdenverbände. Sei stark und unnachgiebig. *Du* bist die Starke, die ihn beschützt. Er muss das verstehen, dann wird er auch ruhig an Deiner Seite."

Winston hat sich während all dieser Worte keinen Millimeter bewegt.

„Du lässt Dich von ihm zu sehr regieren. Darum weiß er nicht, wer euer Herdenführer ist. Zwar folgt er Dir, weil Du für ihn sein Mutterersatz bist, aber ein Herdenführer ist noch mal was ganz anderes."

Er strahlt ununterbrochen diese meditative Stille aus.

„Er macht den Clown, weil er sich nicht sicher fühlt?" Ich gucke Winston an. Der will erst mal seinen Kopf an mir reiben, dreht sich zu mir und schmeißt mich um Haaresbreite um.

„Natürlich ist es nett und schmeichelhaft, wenn ein Pferd einem Menschen so viele und offensichtliche Liebesbekundungen entgegenbringt. Doch es sind nicht alles Liebesbekundungen, auch wenn sie so aussehen. Er testet auch Deine Grenzen. Er will wissen, wer von euch derjenige ist, der die Entscheidungen fällt. Das ist ihm angeboren. Pferde *müssen* so sein, denn sie müssen wissen, wer im Zweifelsfall die Führung übernimmt und die Herde schützt. Und das kann nur *der* sein, der am besten weiß, was gut für alle ist. Und das ist immer der Stärkere, der Entscheidungsträger, das Leittier. Das ist tiefster Überlebenstrieb, denn das sichert ihr Überleben und den Fortbestand ihrer Art."

Seine Erklärung ist absolut einleuchtend. So weit habe ich noch nie gedacht.

„Und wie erreiche ich das?"

„Schließe die Augen."

Ich schließe die Augen.

„Atme tief ein."

Ich atme tief ein.

„Und jetzt stelle Dir vor, Deine Füße sind Deine Wurzeln. Mit jedem Atemzug werden die Wurzeln größer und dringen tiefer in die Erde ein. Wie bei einem Baum. Gleichzeitig erwächst aus deinem Kopf die Krone, mit jedem Atemzug. Sie speist sich tief aus der Erde, und wird größer und schöner, riesig."

Ich visualisiere. Es funktioniert. Ich werde größer und größer. Ich dehne mich in den Raum aus.

„Die Lebensenergie aus der Erde ist Sicherheit. Mit jedem Atemzug durchströmt Dich mehr Sicherheit, breitet sich in Dir aus, durchfließt Dich, bis in die letzten Spitzen Deiner Krone."

Ich fühle mich verbunden und verwurzelt mit der Erde wie noch nie. Ich bin die Sicherheit in Person. Es scheint, als gibt es nichts, dass mich umhauen kann.

„Wenn Du fertig bist, komm zu Dir zurück und öffne die Augen ...“

Ich öffne die Augen:

„Ich bin da.“

„Und nun guck ihn an“, er zeigt auf Winston, „und übertrage das Gefühl auf ihn. Speise Dein Gefühl der Sicherheit aus Deinen Wurzeln und lass es durch Deine Augen in seine Augen, durch Deine Hände in seinen Körper einströmen, wie es in Dich eingeströmt ist. Stelle es Dir einfach als Lichtstrahl vor, oder als lichte Substanz.“

Ich mache, was Herr Furch sagt. Auch wenn es ungewohnt ist; auch wenn es fremd klingt, fast ein wenig esoterisch, echt abgefahren! Aber es funktioniert. Winston guckt mich an. Und steht regungslos vor mir, ohne auch nur daran zu denken, sich zu bewegen. So verharren wir eine zeitlose Weile.

„Ganze Fünf Minuten“, unterbricht Herr Furch gelassen und schaut auf seine Uhr. Ich gucke ihn an. Er nickt mir zu:

„Womit sind wir den Pferden überlegen. Was haben wir, was sie nicht haben?“

Ich bleibe stumm.

„Die Kraft unserer Imagination“, er tippt sich an die Stirn. „Wenn Du die Tiere erreichen willst, dann arbeite mit Deiner Gedankenkraft und Deinen Vorstellungen, so wie eben. Visualisiere, mache Deine Gefühle der Sicherheit und Unbeirrbarkeit stark, zur Not auch mit Bildern wie diesen. Das spielt keine Rolle. So erreichst Du sie. Immer.“

Auch Dirk hat mir von der Arbeit mit unserer Vorstellungskraft erzählt. Damals, als wir Monti zusammen eingeritten haben. Bilder huschen an mir

vorbei, tauchen auf und verschwinden wieder. Dann muss ich unwillkürlich an Dominik und Dorian denken. Wie hilflos er versucht, ihn zu lenken und zu dirigieren, Dorian aber immer nur macht, was er will.
„Gilt das auch für den Fall, dass einem ein Pferd unter dem Arsch wegrennt."
Herr Furch stockt und wirft mir einen Blick zu, als hätte er dieses Wort noch nie gehört.
„Ich meine, wenn ein Pferd zu schnell ist, wegläuft und keinerlei Hilfen annimmt", korrigiere ich meine laxe Ausdrucksweise, die hier ganz offensichtlich fehl am Platze ist. „Gilt das auch dann?"
„Du meinst Deinen Klassenkameraden?"
„Ja." Er weiß natürlich Bescheid.
Er dreht sich um, wandelt langsam im Halbkreis um mich herum, atmet schwer, seufzt lautlos. Er lässt sich wie immer Zeit zu antworten und spricht langsam:
„Die Frage ist: Ist das Pferd so unkoordiniert und hektisch, bekommt Panik bei jeder Aufgabenstellung, wird nervös und hat Angst - *oder er?*"
Mir fällt es wie Schuppen von den Augen:
„Es ist Dominik", flüstere ich.
Herr Furch nickt nicht. Er antwortet auch nicht. Er steht nur da, ist vertieft in sich selbst und doch vollkommen anwesend, schaut zum anderen Ende der Halle, als würde sie dort hinten ewig weitergehen, bis hinter den Horizont.
Ich kann es kaum glauben, aber zum ersten Mal bedauere ich es zutiefst, dass Domink jetzt nicht dabei ist.
Herr Furch wendet sich mir zu und gibt mir ein Zeichen. Ich steige auf. Winston bleibt stehen und bewegt sich keinen Milimeter. Zum ersten Mal in seinem Leben.

42

Der Unterricht bei dem alten Rittmeister bringt mich und Winston in rasender Geschwindigkeit vorwärts. In kürzester Zeit hat Winston das Niveau seiner Altersgenossen erreicht und wächst stetig darüber hinaus.

Es vergeht ein wundervoller Sommer, indem sich Winston immer mehr erholt, sich prächtig entwickelt und schöner und schöner wird.

Das erste Mal stelle ich ihn auf der alljährlichen Präsentations-Show selbst und unter dem Sattel vor. Obwohl er nicht mehr zum Verkauf steht, wurde sein Bild sogar als Titel-Bild des Programms genutzt. Sein Auftritt sorgte für absolute Begeisterung.

Der Ritzerfeld hat auch zu Beginn des neuen Schuljahres keine bessere Laune mitgebracht, Sonja ist noch immer still und Dominik kämpft nach wie vor mit Dorian und seiner eigenen Courage.

Bevor wir es uns versehen, setzt auch schon wieder der Herbst ein. Der Sommer geht dahin, die ersten Blätter verfärben sich und werden von den zunehmenden Stürmen herabgeweht. Die Luft kühlt ab und wird täglich kälter und klarer. Der Herbst verabschiedet sich mit prächtigen Sonnenuntergängen und die ersten zugefrorenen Pfützen kündigen auch schon wieder den Winter an.

Heute habe ich frei. Nicht von der Schule, auch nicht vom Reitunterricht mit dem ollen Ritzerfeld, aber Herr Furch ist nicht da. Und alles andere ist unwichtig.

Bisher habe ich noch niemandem erzählt, dass ich von ihm trainiert werde. Ich möchte selbst erst einmal sehen, wie es läuft und was daraus wird. Zwar bin ich bisher so beeindruckt von ihm, dass ich mir nicht vorstellen kann, dass sich an diesem Eindruck noch mal was ändert, aber ich bleibe erst mal vorsichtig. Er wäre nicht der erste Mensch, der sich als jemand entpuppt, der er gar nicht ist. Ich denke dabei an ...

„Juna!", reißt es mich aus meinen Gedanken.

Ich dreh mich um. René und Peer!

„Hallo! Wie schön, Euch zu sehen!"

Ich bin wirklich froh, die beiden zu Gesicht zu bekommen. Wir sehen uns so selten und es ist so lange her, dass wir drei mal Zeit füreinander hatten.

„Was führt Euch denn hier her?"

„Dumme Frage", grinst René, „Du natürlich."

Ich lächle etwas beschämt. Mit so offener Zuneigung kann ich schwer umgehen. Außer sie kommt von Winston.

Natürlich liegen mir die beiden auch am Herzen. Aber ich würde es nie so sagen.

„Und?", frage ich.

„Frieda?", fragt Peer.

„Komm!", sagt René.

Ich habe gerade Schulschluss. Manja ist wie immer super gegangen, Herr Ritzerfeld war wie immer doof, und jetzt habe ich wie immer einen Mordshunger.

„Hey! Und was ist mit mir?"

Wir drehen uns um. Dominik. Ganz schön mutig von ihm, uns hinterher zu rufen. Ich weiß nämlich nicht, wie meine beiden alten Kumpels auf ihn zu sprechen sind. Die letzte Info, die sie haben ist, dass Dominik mich in der Schule niedergemacht hat und ich ihn am liebsten erschossen hätte. Das habe ich zwar nicht getan, aber ich habe ihm eine rein gehauen. Das wissen die beiden noch gar nicht. Außerdem kennen sie ihn nicht persönlich, haben also noch nie Gelegenheit gehabt, sich selbst ein Bild von ihm zu machen.

Alle Augen sind auf mich gerichtet. Die ganze Situation hängt jetzt davon ab, was ich sagen werde. Einerseits will ich Peer und René nicht verärgern, andererseits möchte ich Dominik nicht stehen lassen. Es mag vielleicht im ersten Augenblick merkwürdig sein, aber die Stimmung wird sich schon entspannen, wenn wir erst mal bei unserer guten Seele Frieda in der warmen Küche sitzen: „Frieda läuft nicht weg, auch wenn Du fünf Minuten später kommst", rufe ich Dominik zu.

Wir drehen uns um und ich überlasse es ihm, ob er mitkommen möchte oder nicht.

Er kommt. Gute zehn Minuten nach uns. So hatten wir drei kurz Zeit, um uns über die neuesten Neuigkeiten aus dem Heim auszutauschen, die es eigentlich gar nicht gibt. Es ist alles beim Alten. Nur die Schule hat sich geändert, doch darüber hat keiner von uns Lust, zu quatschen.

Ich erzähle beim Essen davon, wie Dominik mir mit Winston geholfen hat, dass wir im Hauptkommissariat waren und die Anzeige wegen Tierquälerei durchgekommen ist. Peer und René fragen mich über die Winter-Auktion und die Sommer-Show aus und sind sprachlos darüber, was ich zu berichten habe. René ist auffallend freundlich zu Dominik. Er kennt ja seinen Vater, Herrn Weißenberg. Und weil er selbst mal zur Polizei möchte, will er es sich natürlich mit niemandem aus diesen Reihen verscherzen. Und Dominik, als der Sohn des Kommissars, ist eben einer von ihnen. Einer, mit dem man sich gut stellen sollte, wenn man hier in der Gegend in diesem Bereich beruflich tätig werden will. Anders kann ich mir Renés Freundlichkeit nicht erklären.

Peer ist, wie so oft, still. Noch stiller als sonst. Er ist ruhiger geworden und sieht abgeschlagen aus. Die Tatsache, dass sein Kumpel ein klares Ziel vor Augen hat und er dagegen immer noch keine Ahnung hat, was er mit seinem Leben anfangen soll, macht ihm schwer zu schaffen. Seine Gesichtszüge sind ernster geworden, sein Mund schmaler und seine Augen freudloser.

Erst, als das Gespräch zwischen Dominik und René unweigerlich bei der Polizei landet, erfahre ich, warum die beiden hier sind:

„Ich bin ab und zu da, einfach so, Du weißt schon, Kontakt halten und so", erzählt René mit vollem Mund. „Deinen Vater sehe ich selten, eher seine Kollegen." Er guckt Dominik an. „Mit dem Gratzki kann ich ganz gut, der Draeger ist auch nett", seine Augen wandern von Dominik zu mir. „Als ich gestern dort war, haben sie gerade Deinen Onkel in Untersuchungshaft genommen."

Schweigen.

„Wie?", frage ich, obwohl ich gar nicht weiß, was diese Frage bedeuten soll.

„Wenn der in Haft ist, kann das doch nur heißen, dass an den Vorwürfen der Staatsanwaltschaft was dran ist, oder?", fragt Frieda in die Runde.

René nickt:

„Denke ich mal. Ich weiß es nicht. Er verweigert angeblich jede Aussage und spricht mit niemandem. Das Merkwürdige ist, dass er sich bis jetzt nicht mal einen Anwalt genommen hat. Er redet einfach nicht. Stellt auf stur. Als ob er alle an der Nase herum führen könnte und der Größte ist. Als wenn er meint, keiner würde merken, was für ein Arschloch er in Wirklichkeit ist."

„Woher weißt Du das?", wundert sich Dominik.

„Hat Gratzki mir erzählt. Und einiges davon habe ich ja auch mitbekommen, als ich dort mein Praktikum gemacht habe. Das war ja gerade die Zeit, als sie ihn zum ersten Mal geholt haben."

„Ich erinnere mich", gedankenversunken gucke ich meinen leeren Teller an, als würde er mir geheime Weisheiten offenbaren, wenn ich ihn nur noch ein wenig länger und noch etwas intensiver anstarrte. „Doch was nützt es mir, dass er in Untersuchungshaft sitzt? Hab ich was davon?"

„Du könntest mal hinfahren und mit ihm reden." Frieda verblüfft mich mit ihren Ideen immer wieder aufs Neue. „Vielleicht kommt er ja zur Besinnung, wenn *Du* vor ihm stehst?"

„Das war auch mein Gedanke", meint René.

Wieder sind alle Augen auf mich gerichtet. Wieder wird eine Antwort von mir erwartet:

„Ob es wirklich etwas bringt, wenn ich mit diesem Typen spreche? Wenn er nicht mal einen Anwalt konsultiert, nicht einmal mit so jemandem spricht? Wenn er jede Aussage verweigert? Warum sollte er dann ausgerechnet mit *mir* sprechen?"

„Vielleicht, weil *Du* diejenige bist, um die es in diesem Fall geht?", bemerkt Peer zurückhaltend. Sogar seine Stimme hat sich verändert. Sie ist nicht mehr so lebendig wie in meinen Erinnerungen.

„Das ist ein Argument", ich sehe ihn an. Unsere Augen treffen sich. Ein Lächeln huscht über sein Gesicht und für den Bruchteil einer Sekunde flammt ein kleines bisschen mehr Lebendigkeit in seinen Augen auf.

„Gut", sage ich entschlossen, „ich fahre hin und werde es versuchen."

Aber nur wegen Peer. Ich kann seinen Vorschlag unmöglich ausschlagen und beiseite schieben. Denn mir scheint, als seien es gerade diese kleinen Dinge, von denen zur Zeit seine Gemütsverfassung abhängt. Und das ist mir ein Gespräch mit meinem Onkel allemal wert.

43

Peer, René, Dominik und ich machen uns alle gemeinsam auf ins Hauptkommissariat. Frieda fährt. Man will es nicht glauben. Sie hat Marek beordert, uns den kleinen, roten Flitzer vorbei zu bringen. Wir haben ihm nicht gesagt, wo wir hinfahren. Ob das ein Fehler war? Er ist doch unser aller Rechtsbeistand. Jetzt gehe ich und rede mit meinem Onkel, und Marek weiß nicht einmal was davon. So ganz okay ist das nicht.

Während der Fahrt gucke ich aus dem Fenster. Die Straßen sind mittlerweile eisig, der Boden schon etwas gefroren. Still ist die Welt da draußen. Totenstill und überlebensfeindlich.

Was mache ich hier? Was will ich von diesem fremden Mann? Worum geht es eigentlich? Meine Erinnerungen schweifen zu dem alles verändernden Tag in der Schule, an dem ich von ihm und seiner Frau abgeholt wurde. Er lächelte mich an und begrüßte mich mit einer Umarmung. Seine Frau schaute mitleidig zu mir herab, als sie mir sagte, was passiert ist. Doch ich wusste es auch ohne ihre Erklärung.

Wir fuhren zu ihnen in die Wohnung. Sie wollten nicht, dass wir noch einmal in unser Haus fahren; sie meinten, es sei zu aufreibend für mich. Meine Sachen hätten sie schon abgeholt, ich müsse mir um nichts Sorgen machen. Heute weiß ich, dass diese liebevolle Fürsorge eine Lüge war, gespielt und geheuchelt. Eines der ersten Dinge, die sie mir abgenommen haben, war mein Hausschlüssel. Heute ist mir klar, warum.

Sie versicherten mir, dass sie es für mich organisieren würden, bei ihnen zu wohnen. Es müssten nur ein paar kleine Veränderungen am Haus gemacht werden, damit es für mich so komfortabel wie möglich sei und es mir an nichts fehlte. Dazu würde ich in ein paar Tagen zu Freunden ziehen, aber nicht für lange.

Mein Vater wurde beigesetzt, als ich in der Schule war. Sie haben mir davon nichts erzählt, weil sie meinten, es wäre zu viel für mich. Die Trauerfeier und das Begräbnis fanden ohne mich statt. Meine Bitte, doch wenigstens zum Grab fahren zu dürfen, wimmelten sie mit derselben Begründung ab, mit der sie mir auch die Beerdigung vorenthalten haben.

Maria holte mich kurz danach bei ihnen ab. Es war eine merkwürdige Situation. Ich wusste nicht, wer sie ist; dachte, sie wäre eine Freundin der Familie, was sie natürlich nicht war. Ich kann mir das seltsame Verhalten meines Onkels und meiner Tante ihr gegenüber und die merkwürdige Stimmung, die in der Luft lag, nur so erklären: Sie wollten verhindern, dass ihre Lüge auffliegt und es die angeblichen *Freunde*, zu denen ich ziehen sollte, gar nicht gab. Denn in Wahrheit war Maria eine Fremde, nicht nur für mich, sondern auch für sie. Mein Onkel und meine Tante hatten die Heimleiterin noch nie zuvor in ihrem Leben gesehen.

Ich packte meine Sachen und Maria und ich fuhren los. Ich begriff erst, wo ich war, als ich abends im Bett lag. Die angeblichen Freunde der Familie existieren überhaupt nicht, sie hat es nie gegeben. Weder die Veränderungen am Haus erfolgten, noch haben sie mich jemals wieder dort weggeholt. Ich wurde abgeschoben. Und habe nie wieder etwas von ihnen gehört. Bis heute.

Ich lehne mich zurück in den Autositz und schließe meine Augen. Und dann wollten sie mich auch noch um mein Erbe bringen? Um das Haus, unser Familienhaus, mein Zuhause, *mein* Haus? Ist das wahr? Ich kann es kaum glauben.

Der Hof ist das einzige Zuhause, das ich bis dahin jemals hatte. Wir sind nie umgezogen. Wir haben schon immer dort gewohnt. Ein anderes Zuhause hat es in meinem ganzen Leben nicht gegeben. Meine Tante und mein Onkel wussten das.

Was ist denn mit meiner ollen Tante? Sitzt die auch in Untersuchungshaft? Oder hat die es geschafft, sich rauszureden? Die Polizei zu becircen und zu belügen, so, wie sie es auch mit mir getan hat?

Hätte ich nur das Geld gehabt, das mir zusteht! Wie viel wäre mir erspart geblieben? Die zwei dunklen Jahre in den kalten Gemäuern dieses viel zu großen und nie richtig warmen Heims.

Es ruckelt und ich öffne schlagartig meine Augen.

„Schlagloch", flüstert Peer und lächelt mich an. Er sitzt neben mir auf der Rückbank und ist ruhig, während René und Dominik sich angeregt über die besten Kriminalfälle der Weltgeschichte unterhalten. Peer hat bemerkt, dass ich die Augen geschlossen habe und aufgeschreckt bin. Den anderen ist es gar nicht aufgefallen.

Ich lächle zurück. *War wirklich alles so schlecht im Heim?* Nein, ich will nicht ungerecht sein. Ich wäre nicht hier und hätte meine beiden besten Kumpels nicht kennengelernt. Ich würde nicht ein Stück meiner Geschichte mit ihnen teilen und hätte sie jetzt nicht in meinem Leben.

„Wir sind da!", erklärt Frieda, als sie den Motor des kleinen, roten Flitzers abstellt. Mir wird mulmig.

„Was wollt *Ihr* denn hier?", begrüßt uns Dominiks Vater, als wir vier in seinem Zimmer stehen. Unangemeldet versteht sich. Frieda wartet unten im dafür vorgesehenen Bereich. Für sie sind plötzliche Überfälle auf Polizeichefs nichts.

„Juna will mit ihrem Onkel sprechen", platzt Dominik heraus.

Herr Weißenberg lässt seine Mimik spielen, die uns nicht viel verrät, außer, dass er ziemlich überrascht ist. Dann seufzt er tief, überlegt kurz und mustert uns von oben bis unten. Das letzte Mal, als Dominik und ich hier waren, hat er uns unsere Bitte abgeschlagen, was sich im Nachhinein als Fehler herausstellte. Die Chancen stehen diesmal also gut, dass er ja sagt.

„Okay", meint er. Sofort sind alle aus dem Häuschen. Außer mir. „Aber nur Juna. Nur sie allein."

Wieder Mal sind alle Blicke auf mich gerichtet. Meine Knie schlottern, sagen kann ich nichts. Was soll ich jetzt auch sagen? Schließlich sind wir deswegen hierher gekommen, also sind wohl keine weiteren Erklärungen nötig. Und rausreden kann ich mich jetzt auch nicht mehr. Dafür ist es nun zu spät.

Herr Weißenberg telefoniert kurz und gibt irgendwelche Anweisungen.

„Komm", er zwinkert mir zu, als er fertig ist, steht auf und öffnet die Tür. Bevor er den Raum verlässt, wendet er sich den anderen zu: „Ihr wartet hier."

Herr Weißenberg schließt die Tür hinter sich. Ich werde durch unzählige Gänge geführt, gehe tausend Treppen rauf und runter, bis ich irgendwann in einem kleinen Raum stehe. Mein Onkel wurde ganz offensichtlich hier herein gebracht, denn in dem Raum ist nichts, außer einem Tisch und zwei Stühlen. Es sieht aus wie ein Verhörzimmer, nicht wie eine Zelle oder so. Auf einem der Stühle sitzt er. Der Platz ihm gegenüber ist frei. Herr Weißenberg deutet mir, mich zu setzen. Dann verlässt er den Raum.

44

Wir sitzen uns gegenüber. Zum ersten Mal nach all den Jahren.

Keiner sagt einen Ton. Meine Gedanken wirbeln herum und mir geht alles, was ich je gedacht und gesagt habe, gleichzeitig durch den Kopf. Ich kann nichts Konkretes greifen, bekomme kein Wort zu fassen; daran, einen vollständigen Satz zu formulieren, ist nicht zu denken. Unter den unzähligen Bildern, die mir in Lichtgeschwindigkeit durch meine Erinnerung rasen, schießt auch Winston an mir vorbei. Das Bild bleibt hängen. Seine leeren, toten Augen, als er da in dem kalten Stallzelt stand, ohne Decke und Wasser, seit Tagen. Wundgeprügelt und geschunden. Fast gebrochen, aber nur fast. Genau wie ich. Nur, dass ich nicht verprügelt wurde.

Wut steigt in mir auf. Erste Worte formulieren sich in meinen Gedanken. Zum Glück sagt mein Onkel nichts. Alle anderen erzählten mir, genau *das* sei sein Problem. Ich empfinde es im Augenblick als Segen, dass er die Klappe hält. Das gibt mir Zeit. Zeit, Klarheit zu gewinnen, Gedanken zu sortieren, mich zu erden, wie Herr Furch sagen würde.

Herr Furch. Ich atme tief, so, wie er es mir beigebracht hat. Mache alles, woran ich mich erinnern kann, nur, dass es diesmal nicht das Gefühl der Sicherheit ist, das ich aus den tiefsten Tiefen hervor hole und herauf beschwöre, sondern Wut. Und zwar alles, was davon vorhanden ist, restlos alles. Mein Atem wird schwerer und ich finde mich im Bett des Kinderheimes wieder. Die erste Nacht. Die Nacht, in der ich abgeschoben wurde.

Ich schlage die Augen auf:

„Du hast mir tatsächlich erzählt, Du würdest Dich um mich kümmern und hast mich glauben lassen, Dir läge etwas an mir, nur um mich dann ins Heim abzuschieben, Dich nie wieder zu melden und mich hinterrücks AUCH NOCH ZU BETRÜGEN! Wie kann man so ein Lügner sein? Wie kann man so ein Mensch sein? Du bist einfach das Letzte! Lügst andere an, nur um selbst gut dazustehen und glaubst, keiner würde es merken? Was für ein dummer Mensch Du bist! Glaubst tatsächlich, alle in der Hand zu haben! Glaubst, die Macht zu haben! Glaubst, alle an der Nase herumführen zu können! Die Leute wissen, dass Du schuldig bist! Ein Betrüger und Lügner. Und sie sind dabei, herauszufinden, um WAS Du mich alles betrogen hast. Und vor allem, wen Du noch alles betrogen und belogen hast. Nur DU bist so dämlich, sitzt hier, grinst und denkst nicht mal daran, den Mund aufzumachen. Wie zurückgeblieben muss man sein, um so zu sein, wie Du? Die Leute da draußen wissen alle, unter welchem Vorwand Du mich ins Heim abgeschoben hast. Die Geschichte ist hier bekannt! Hier wissen alle, was Du für ein Mensch bist!"

Mehr habe ich diesem Menschen nicht zu erzählen. Damit ist alles gesagt. Worüber soll man schon mit einem Lügner diskutieren? Was kommt dabei rum, wenn man sich auf so einen Betrüger einlässt? Mehr lügen. Mehr Betrug. Mit jedem Satz, den er spricht, mit jedem Wort, das er formuliert, lügt und betrügt er. Weil seine Seele kein Mitleid kennt. Kein Mitgefühl. Und er kein Gewissen hat.

„Warte", höre ich es hinter mir, als ich schon in der Tür stehe. Ich drehe mich nicht um. Will ich mich umdrehen? Nein. Aber ich verharre. Und warte.

Und warte.

Und warte.

Kommt da noch was?

Zögerlich wende ich ihm meinen Blick zu:

„Was?", meine Stimme klingt so leise und scharf, dass ich mich selbst damit fast einschüchtere.

„Ja, ich habe mich an Deiner Situation bereichert. Ich habe Dich um Dein Erbe betrogen."

Mir stockt der Atem. Da sitzt dieser Verbrecher und sagt diesen Satz, als wäre er ein armes Opfer, dem nichts anderes übrig blieb, als mich zu beklauen. Seine Augen blicken mitleidig zu mir empor, sein Mund ist verzogen. *Ja, das hast Du, Du Arschloch!* - würde ich am liebsten sagen, verkneife es mir aber.

„Warum? Erkläre es mir! WARUM?", schreie ich ihn an. Er schüttelt den Kopf und sein Blick fällt zurück auf die Tischplatte, wo er bis eben ununterbrochen gehaftet hat. „Nein", seine Stimme ist kaum hörbar. Mit schüttelndem Kopf sinniert er über seine eigenen Gedanken, „Nein." Ich verlasse den Raum ohne mich noch einmal umzudrehen. Laut hörbar kracht die Tür hinter mir zu. Vor dem Zimmer ist niemand zu sehen. Ich dachte, Herr Weißenberg wartet draußen, aber er ist nicht da. Langsam gehe ich in Richtung Treppe, die wir herunter gegangen sind, als wir hier her kamen. Oben angekommen hastet Herr Draeger auf mich zu. Den habe ich ja lange nicht mehr gesehen. Seine Haare sind grauer geworden und sein Bauch ein wenig umfangreicher. Aber er hat nichts von seiner freundlichen und sympathischen Ausstrahlung verloren. Ganz im Gegenteil, es unterstreicht sogar noch sein vertraunenvoll anmutendes Wesen:

„Juna, hallo", begrüßt er mich eilig. „Du hast es geschafft, gratuliere!"

Er schüttelt mir die Hand.

Geschafft?

„Er hat gestanden. Wir haben es auf Band. Gut gemacht!"

„Was meinen Sie?" Er muss sich vorkommen wie Jeany aus der Wunderlampe, so wie er von mir betrachtet wird.

„Er hat es zugegeben. Er hat zugegeben, dass er Dich um alles betrogen hat. Und wir haben es aufgezeichnet."

„Womit? War da ein Rekorder im Raum? Hab ich gar nicht gesehen", wundere ich mich, wie Aladdin, der Jeany nicht glauben kann, dass er Jeany ist und gerade aus einer Lampe kam.

„Nein, die Kameras liefen mit. Das tun sie immer in den Verhörräumen."

„Ach, das war ein Verhörraum?"

Draeger begreift, dass ich bis jetzt nicht viel begriffen habe und lächelt mich an. Seine Stimme senkt sich: „Ja, das war ein Verhörraum", spricht er, als wäre ich behindert.

„Okay, okay, habe verstanden", augenblicklich bin ich wieder bei Bewusstsein. „Und was heißt das jetzt?"

„Das er von hier aus in Haft geht. Und dann kann endlich das Verfahren eine gezielte Richtung einschlagen. Dank Dir."

Ich fühle mich gut. Ein bisschen stolz. Erleichtert. Es ist raus. Die Wut ist weg, verflogen. Ich fühle mich befreit. Befreit von einer Last, von der ich nicht hätte sagen können, wie schwer sie auf meinen Schultern lag, bis jetzt, da sie von mir abfällt.

Draeger und Gratzki machen Feierabend. Sie begleiten mich hoch ins Büro ihres Chefs. Der sitzt hinter dem Schreibtisch und begrüßt uns erfreut. Er weiß natürlich Bescheid. Genau wie die Rasselbande, die verstreut vor dem Schreibtisch sitzt und die sich in der Zwischenzeit mit Apfelsaft die Kante gegeben hat.

Die Jungs springen auf. René ist ein klein wenig neidisch, was für ein professionelles Verhör ich da geführt habe. *So ein Blödsinn. Verhör kann man das nun wirklich nicht nennen!* Dominik macht Faxen und irgendwelche Witze, die ich nicht verstehe, weil alle durcheinander reden.

Nur Peer ist ruhig. Und lächelt mir zu. Das ist nicht einmal mit all dem Stimmengewirr zu übertönen. Sein Lächeln liegt heimlich, still und leise über allem anderen und ist nur für mich und ihn sichtbar. Wie ein durchsichtiger Faden, hauchdünn und mit bloßen Augen nicht zu erkennen, verbindet es uns beide für ein paar Momente. Die anderen sind alle so sehr mit sich selbst beschäftigt, dass sie davon nichts mitbekommen.

45

Die Rückfahrt gestaltet sich genau wie die Hinfahrt. Dominik und René quatschen angeregt, Peer ist still und ich gucke aus dem Fenster, schließe die Augen und lehne mich zurück. Ich bin müde. Erschöpft von den Emotionen, die sich an die Oberfläche gekämpft haben und mich haben sagen lassen, was ich gesagt habe.

Es wird schon wieder früh dunkel. 18 Uhr und man kann die Hand nicht mehr vor Augen sehen. Nur in sternenklaren Nächten, wenn der Mond hell scheint, legt sich ein weißer Schimmer auf das Land und taucht es in ein seltsames Licht, das hell und dunkel zugleich ist. Doch es erlaubt einem, zu sehen; wogegen ein wolkenverhangener Himmel, oder eine Neumondnacht, das Schwarz der Nacht förmlich herausfordert und die Dunkelheit so tief ist, dass sie geradezu beängstigend wirkt.

„Da wären wir", Frieda hält an. Das Heim. René und Peer steigen aus, verabschieden sich, gehen die steinernen Stufen zum Haupteingang hinauf und öffnen die Tür. Maria erwartet sie, sieht uns im Wegfahren und winkt uns hinterher. Ich drehe mich reflexartig auf der Rückbank um und schaue ihr nach, bis ich sie nicht mehr sehen kann.

„Warum bist Du eigentlich nicht mit Deinem Vater mitgefahren?", frage ich Dominik verwundert. Ich habe noch gar nicht daran gedacht, dass er ja noch hier ist, obwohl er längst zu Hause sein könnte.

„Ich wollte noch ein Stück mit Euch mitfahren. Mein Vater hat noch zu tun. Außerdem habe ich seit gestern ein Zimmer."

„Wie, Du hast seit gestern ein Zimmer? Hattest Du bis jetzt kein eigenes Zimmer?"

Er lacht:

„Natürlich hatte ich das. Aber ich habe seit gestern ein Zimmer *hier*."

„Auf dem Gestüt?", ich gucke ihn an wie das Auto, in dem wir sitzen.

„Ja, wo ist denn sonst Deiner Meinung nach 'hier'? Im Polizeirevier vielleicht?"

„Ach so", ich setze mich wieder so hin, wie es auf der Rückbank eines Autos üblich ist.

„Hinten bei der Akademie", klärt er mich auf. „Du weißt doch, dass sie dort Zimmer haben, für die Lehrgangsteilnehmer und für große Turniere und so."

„Klar", ich lehne mich zurück und schließe wieder meine Augen.

„Die Barnstedts haben mit uns einen Deal gemacht und ich kann eines der Zimmer bewohnen. Mein Vater muss oft lange arbeiten und er will in Zukunft nicht mehr, dass ich im Stockdunklen nach Hause fahre. Du weißt ja, ich hasse Busse und bin immer mit dem Rad unterwegs. Das findet er nicht so toll. Außerdem ...", er sucht nach Worten, findet aber keine.

Reflexartig öffne ich die Augen und blicke zu ihm rüber:

„Außerdem was?"

Er guckt mich hilfesuchend an und stößt einen tiefen Seufzer aus:

„Außerdem muss ich mehr trainieren. Vielleicht kann ich noch ein oder zwei Schulpferde mitreiten. Damit ich mal auf einen grünen Zweig komme. Du siehst mich doch seit Monaten jeden Tag auf Dorian. So kann das nicht weiter gehen."

Dominik sieht niedergeschlagen aus. Er tut mir richtig Leid, wie er da so zusammengesunken im Autositz kauert.

„Alle aussteigen!" Frieda macht den Motor aus. „Wie sieht's aus? Habt ihr Hunger? Wollt ihr noch was Essen?" Eine hervorragende Idee! Dominik folgt uns in die Küche. Er fühlt sich noch fremd hier. Nicht wirklich dazugehörig. Wie der Neue, der in eine bestehende Gemeinschaft hineinplatzt. Ich kann das verstehen und nachfühlen. Sehr gut sogar.

In der Küche fasse ich mir nach vielen Monaten endlich ein Herz und traue mich, Dominik zu erzählen, was Herr Furch mir gesagt hat. Ich erwähne allerdings nicht, dass es beim Training mit Winston war. Ich erwähne nicht einmal den alten Rittmeister, der diese Sätze gesagt hat. Das ist bis heute mein Geheimnis, das ich ganz für mich behalte und worüber ich noch mit niemandem sprach. Nicht einmal mit den Barnstedts, obwohl ich sicher bin, Herr Furch informiert sie. Gefragt haben sie allerdings nie.

Dominik erzähle ich lediglich, dass es einmal einen Reitlehrer gab, der mir das erzählt hat. Er hört gebannt zu. Nickt zwischendurch, isst, denkt nach.

„Also, es liegt an mir, dass Dorian so - wie soll ich sagen? - planlos ist?"

„Ich würde es jetzt nicht so drastisch ausdrücken. Vielmehr glaube ich einfach, dass sich unser Gemütszustand und unsere unterbewussten Gefühle und Ängste auf die Pferde übertragen. Und dass man sie mit Gedanken und Bildern erreichen kann."

Jetzt guckt *er* wie ein Auto. Oh nein, was habe ich da angesprochen? Wenn ich ihm jetzt auch noch die Sache mit dem Baum und den Wurzeln und so erzähle, redet er nie wieder ein Wort mit mir. Egal! Auch diese Geschichte tische ich ihm auf. Seine Reaktion verschlägt mir die Sprache:

„Das ist ja eine tolle Idee!" Seine Begeisterung steht quer über den Tisch geschrieben. „Daran habe ich ja noch gar nicht gedacht. Ich frage mich immer wieder, wie ich meine innere Unruhe und meine, na ja", er wird verlegen, „irgendwie auch Angst in den Griff kriege. Ich werde das gleich heute Abend mal versuchen. Im Bett. Vor dem Einschlafen. Ist ein guter Zeitpunkt, was meinst Du?"

Diese Idee ist mir noch gar nicht gekommen:

„Bestimmt!", bestätige ich ihn und beschließe, heute Abend das Gleiche auszuprobieren.

„Es ist spät, liebe Leute. Sogar ich bin mit der Arbeit fertig. Soll ich Euch nach hinten bringen?" Marek steht in der Tür. Er muss oben bei Michael im Büro gewesen sein. Er sieht müde aus.

„Mein Fahrrad steht hier", sagt Dominik. „Das kleine Stück schaffe ich schon."

„Was ist mir Dir?", er guckt mich an, nimmt die Autoschlüssel von Frieda entgegen, lässt sie auf den Tisch fallen und setzt sich zu uns.

„Ich komme mit."

Seinem eindringlichen Blick, der mir sagt, dass es ihm wichtig ist, mit mir allein ein paar Worte zu wechseln, kann ich mich nicht widersetzen. Obwohl auch mein Rad hier steht.

„Gut, bist Du soweit?"

„Fertig", sage ich und werfe Frieda einen Blick zu, um mich zu vergewissern, dass es in Ordnung ist, einfach aufzustehen und zu gehen. Natürlich ist es das.

Kaum sitzen wir im Auto, fahren die alte Allee entlang und sind außer Sichtweite, ändert sich die Atmosphäre so drastisch, man könnte denken, ich habe gerade von einem Programm ins nächste gezappt. Gerade lief noch ein Unterhaltungsfilm in fröhlicher Atmosphäre, jetzt ein Drama, bei dem die Tragik auf bedeutungsschwerem Schweigen aufgebaut ist. Trotzdem fühle ich mich wohl. In Mareks Nähe fühle ich mich irgendwie immer wohl. Sogar jetzt.

Er hält gute 100 Meter vor dem Stutenstall an. Er will offensichtlich nicht den Bewegungsmelder aktivieren und im Scheinwerferlicht der Außenbeleuchtung parken, der jedem Menschen im Umkreis von 500 Metern signalisiert: Hier ist jemand! Er dreht den Zündschlüssel und das Dröhnen des Motors verstummt. Jetzt ist das Schweigen perfekt. Er wendet sich mir zu:

„Warum hast Du mir nicht gesagt, dass Du vorhattest, zur Polizei zu fahren?" Seine Stimme klingt so besorgt, als glaubt er, ich hätte dabei draufgehen können.

„Ich hatte es nicht vor", antworte ich wahrheitsgemäß. „Es hat sich so ergeben. War eine spontane Entscheidung."

„Das ändert alles, das weißt Du?"

Nein, das weiß ich nicht.

„Was soll das ändern?"

„Der gesamte Fall ändert sich dadurch. Ich habe heute den ganzen Abend im Büro von Herrn Barnstedt verbracht. Wir haben hauptsächlich über Dich und Deinen Onkel geredet."

Das wundert mich jetzt nicht.

„Du bist bis jetzt ihr Pflegekind gewesen. Die Papiere für die offizielle Adoption sind zufälliger Weise ebenfalls heute gekommen. Sie müssen nur noch eine letzte Unterschrift leisten und können dann als Dein offizieller Vormund agieren. Das bedeutet, sie könnten gegebenenfalls als Deine neuen Nachlassverwalter eingesetzt werden. Sie können einen Anwalt bestimmen und sie können Klage gegen deinen Onkel erheben. Mit dem Geständnis heute steht praktisch alles in den Startlöchern. Sie werden deswegen noch mal mit Dir sprechen wollen. Es geht dabei auch ums Gestüt."

„Ums Gestüt? Was habe ich denn mit dem Gestüt zu tun? Außer, dass ich hier zur Schule gehe und", nein, Winston werde ich nicht erwähnen. Nicht noch einmal. Das bleibt geheim.

„Und was?"

„Und hier wohne und mit den Barnstedts einmal in der Woche zu Abend esse", rette ich mich aus der Situation.

„Hm", macht Marek und fragt nicht weiter nach. „Du wirst es schon erfahren."

Ich verstehe nicht, was er von mir will. Was ist sein Problem?

Ich lange zum Türgriff und steige aus:

„Danke für's Heimfahren." Ich schmeiße die Tür zu und gehe die letzten Meter durch die Dunkelheit in Richtung Stutenstall.

„Juna!" Er ist ebenfalls ausgestiegen und läuft mir die paar Meter, die ich schon zurückgelegt habe, hinterher.

„Ich wäre einfach gern dabei gewesen. Ich weiß, dass es ein großer Schritt für Dich war, dorthin zu fahren. Und ich kann mir nicht vorstellen, dass weder René noch dieser Dominik genug Einfühlungsvermögen besitzen, um zu spüren, was in Dir vorgeht."

Mir fällt die Kinnlade runter. Mein Mund geht auf und wieder zu, ohne dass ein Laut heraus kommt.

Er streicht mir sanft über die Wange, lächelt mich an, nimmt eine Haarsträhne, die vor meinem Gesicht hängt und streckt sie mir vorsichtig hinters Ohr.

„Pass in Zukunft ein bisschen besser auf Dich auf", flüstert er. Ohne ein weiteres Wort oder einen weiteren Blick steigt er ein, wendet und fährt weg.

Ich stehe bewegungsunfähig in der Dunkelheit. Meine Füße fühlen sich an wie in Beton gegossen. Ich brauche ein paar Momente, um wieder zu mir zu kommen.

Langsam drehe ich mich um, gehe auf den Stall zu und wie ein Schuss, der gnadenlos und unerwartet auf einen niedergeht, richten sich drei Scheinwerfer auf mich, als ich in den Radius des Bewegungsmelders trete. Ich erschrecke, obwohl ich es besser wissen müsste. Schließlich wohne ich hier. Und das nicht erst seit heute.

Peer hat er nicht erwähnt. Er ist Marek nicht aufgefallen. Wahrscheinlich ist er niemandem aufgefallen, außer mir. Der ist seit einigen Monaten so zurückhaltend, dass er scheinbar für seine Umgebung gar nicht mehr existiert. Marek denkt, ich war allein, doch das war ich nicht. Dank Peer. Gut, das er das nicht weiß.

46

Winston wird nicht jeden Tag geritten. Erstens braucht er immer noch Zeit, um sein Trauma zu verdauen, und zweitens besteht Herr Furch darauf, es so langsam und vorsichtig wie möglich angehen zu lassen. Er soll sich auf gar keinen Fall bedrängt fühlen. Er sagt, sollte Winston sich von mir überfordert fühlen und anfangen zu blockieren, dann wird ihn niemand mehr erreichen können und unter Umständen ist das sein Todesurteil. Wer will schon ein junges Pferd, das unreitbar ist und zu keiner Interaktion bereit? Wer kann es sich leisten, ein solches Tier ein Leben lang durchzufüttern? Ich halte die Barnstedts nicht für unmenschlich oder grausam, aber ich kann mir auch nicht vorstellen, dass sie das Gestüt plötzlich in einen Gnadenhof umfunktionieren. Denn es ist leider so, dass auch sie rechnen müssen, um unser aller willen. Und was nicht geht, geht nicht. Das Geld, das an einem Ende heraus geht, muss an einem anderen wieder herein kommen. Das habe ich begriffen. Die Treffen mit den Barnstedts sind nicht spurlos an mir vorbeigegangen.

Außerdem ist Winston gerade mal vier. Immer noch genug Zeit, um sich Zeit zu lassen. Seine Muskulatur muss sich noch weiter entwickeln, sein Knochenbau muss sich weiter stärken und auswachsen, seine Sehnen, Bänder und Gelenke müssen mit dem Wachstumsprozess und der wachsenden Belastung Schritt halten; alles Dinge, die nicht Tempo und Druck, sondern Zeit und Geduld erfordern.

Trotzdem macht Winston ungemeine Fortschritte. Er lernt schneller als jedes andere Pferd, sodass es gar nicht notwendig ist, in irgendeiner Weise Druck aufzubauen. Er ist eben einmalig. Ein echter Superstar. *Mein* Superstar!

***

Heute ist der erste Tag, an dem es regnet und nicht schneit. Es ist knapp über Null Grad und schon frühlingshaft warm, im Vergleich zu den Temperaturen der letzten Monate. Der Weg zur Akademie gestaltet sich kompliziert, denn die oberen Erdschichten sind getaut, regendurchtränkt und rutschig, während die unteren Schichten noch tiefgefroren, glatt und eisig sind. Der Weg ist eine einzige Schlitterpartie.

Theorie. Heute: Abmessung von Hindernissen in den verschiedenen Kategorien und Schwierigkeitsgraden. Mindesthöhe und Höchstabmessungen für freie Hochsprünge, freie Hochweitsprünge, Stellweite der Sprünge in Kombinationen in Bezug auf Höhe und Art der Sprünge. Steilsprünge, also Hochsprünge, werden anders bemessen als Oxer, also Hochweitsprünge. Abstand von Hindernis zu Hindernis in einem Parcours, größte Wassergrabenbreite, erlaubte Abweichungen,

Gesamtlänge eines Parcours, erlaubte Mindest- und Höchstzahl der Hindernisse in einem Parcours, Zweifach-, Dreifach- und Mehrfachkombinationen, Geschwindigkeit, Umlauf und erlaubte Zeit. Nach der Unterrichtsstunde brummt mir der Schädel. Vor meinem inneren Auge sehe ich Zahlen in allen Variationen und Farben. Gott sei Dank ist jetzt Reiten angesagt. Das pustet den Kopf frei.

„Geht mit den Pferden erst mal eine Runde raus", beschließt unser Lehrer die Stunde.

„Raus?", frage ich provokativ, „draußen ist es glatt wie auf einer Rutschbahn."

Herr Ritzerfeld wirft mir einen verächtlichen Blick zu und verlässt den Klassenraum. Ich fasse es nicht! *Spinnt der?*

Dominik guckt mich fragend an. Sonja ist wie immer still und enthält sich jeglichen Kommentars.

„Ich gehe nicht raus", beschließe ich lauthals.

Dominik ist voll auf meiner Seite. Ob es allerdings tatsächlich an mir liegt oder vielmehr an der Tatsache, dass Dorian mit seiner unbändigen Hektik eine echte und viel größere Gefahr auf glattem Boden darstellt, als Manja oder Camaro, weiß ich nicht und es ist mir auch egal. Hauptsache, ich stehe nicht alleine da und bin mal wieder die einzige, die sich gegen die Anweisungen von Herrn Inkompetent auflehnt. Keiner von uns macht, was er gesagt hat.

Manja kann ich heute nicht reiten. Der Schmied ist gerade da und sie bekommt neue Eisen. Als ich in den Stall kam stand sie gerade seelenruhig neben dem Amboss, auf dem einer der Männer mit festen Schlägen ein glühendes Hufeisen bearbeitete, und guckte mich mit ihren Mäuseaugen vertrauensvoll an, als würde sie mir mitteilen:

„Alles in Ordnung. Brauchst Dir keine Sorgen zu machen."

Für ein paar Momente begegnen sich unsere Blicke, bevor ich mich dran machte, Gina zu satteln.

Gina ist ein alter Hase, was den Schulbetrieb betrifft. Sie ist ähnlich gelassen wie Manja, treu, ruhig, voller Vertrauen, in die Menschen. Sonja ist schon in der Halle, als ich reinkomme. Dominik folgt dicht hinter mir.

Herr Ritzerfeld kocht vor Wut, weil wir uns alle seinen Anweisungen widersetzt haben. Und das allein wegen mir.

Er weist uns an, mit der Lösungsarbeit zu beginnen und beginnt, wahllos ein paar Sprünge aufzustellen. Auch hier in der Halle ist der Boden heute merkwürdig glatt. Gina rutscht ein paar mal leicht in den Ecken weg.

„Heute gehen wir auf Höhe", schreit er laut genug, dass es auch die Leute vor der Halle noch hören können.

„Herr Ritzerfeld, der Boden hier ist rutschig. Vor allem dort hinten in der Ecke", ich zeige auf die hintere, linke Ecke. Der Hallensand hat sich beiseite geschoben und unser Lehrer müsste einfach nur eine Harke in die Hand nehmen und sich kurz mal dazu herablassen, die Ecke gerade zu machen. Er tut es natürlich nicht.

„Bekommst Du Angst, oder was ist los?"

„Ich habe keine Angst, aber der Boden ist rutschig. Und wenn Sie heute vor haben, die Hindernisse hochzuziehen, ist das keine gute Voraussetzung, meinen Sie nicht?", versuche ich ihn zu überzeugen, doch er lacht nur. Er reagiert nicht auf meine Bitte, weil es ihn innerlich zerreißt und gleichzeitig freut, dass ich mich gegen ihn auflehne.

„Dominik, fang an", schreit er. Er hat einen kleinen Sprung aufgebaut und eine Galoppstange davor gelegt. Zum Lösen für Pferd und Reiter. Dominik reitet an. Ihm fällt es unheimlich schwer, in dieser feindlichen, angespannten Atmosphäre Ruhe zu bewahren. Dorian ist wie immer aufgedreht. Zum ersten Mal kommt mir ein Gedanke: Es ist gar nicht Dominik, der Dorian verrückt macht. Mein Blick wandert zu unserem Lehrer. *Es ist er.* „Juna!", fordert er mich auf.

Gina bleibt ruhig. Ich klopfe sie und gehe sanft mit meiner Stimme auf sie ein, während ich angaloppiere. Ich reite an, passe ab und springe. Einwandfrei. Wie Manja. Trotzdem bin ich unsicherer, als bei meiner Stute. Obwohl ich weiß, dass Gina eine ganz Zuverlässige ist und ich sie schon ein paar mal geritten bin, so kenne ich sie doch nicht so gut Manja. Ein wenig mulmig ist mir schon. Und ganz so sicher wie sonst, fühle ich mich auch nicht.

„Gut. Camaro!"

Er nennt Sonja nie bei ihrem Namen. Als wenn sie keinen hätte. Als wenn sie als Person gar nicht existieren würde. Mit jedem Durchgang zieht er den Lösungssprung etwas höher.

„Gut, Parcours!", gibt er uns in voller Lautstärke zu verstehen. „Vier Sprünge. Das ist die Linie."

Er zeigt mit dem Finger, in welcher Reihenfolge die Hindernisse anzureiten sind. Der hat tatsächlich einen Hochweitsprung so gestellt, dass man direkt in die rutschige Ecke einspringt! Und wenn er diesen Sprung jetzt hochzieht, keine Chance, dass man genug Tempo raus nehmen kann, um nicht auf die Nase zu fliegen.

Ich nehme meinen ganzen Mut zusammen:

„Die Ecke hinten ist glatt", genau wie er zeige auch ich mit meinem Finger, anstatt weitere Erklärungen abzugeben.

„Dann müssen Sie eben aufpassen, junge Dame", grinst er selbstgefällig. Jetzt beginnt es in *mir* zu kochen. Ich atme ruhig und tief. *Nur nicht aufregen!* Ich sage nichts weiter und füge mich in die Situation.

„Dominik!"

Oh je! Dominik soll anfangen. Ich mag gar nicht hingucken. Er reitet an, erst Trab, dann Galopp. „GUCK HIN!", brüllt unser Lehrer.

Dominik schwitzt trotz der Kälte, bleibt aber bemerkenswert ruhig. Er hat Dorian besser im Griff, als sonst. Die beiden sind natürlich ziemlich schnell, aber sein Pferd rennt ihm nicht unter dem Hintern weg, wie sonst so oft. Ich bin beeindruckt und überrascht zu gleich.

Die hintere, linke Ecke. Ich kneife meine Augen zusammen, als er den Oxer anreitet. Gleich fliegt er hin. Dorian springt ab und landet. Sofort dirigiert Dominik ihn nach links, er rutscht leicht hinten weg, fängt sich jedoch gleich wieder, stößt sich vom Boden ab und galoppiert weiter, als wenn nichts gewesen wäre. Erst jetzt merke ich, dass ich die Luft angehalten habe und atme erleichtert aus.

Dominik und Dorian sind durch. Kein Fehler, kein Abwurf, nicht zu schnell. Na gut, für ihre Verhältnisse jedenfalls. Alles in allem: Ein guter Ritt. Sein bester bisher, wenn ich das beurteilen würde.

„Super", flüstere ich ihm zu, nachdem er zum Schritt durchpariert hat und an mir vorbeireitet. Er lächelt mich erleichtert an. Dominik ist überglücklich. Seine Augen überstrahlen sogar die schlechte Laune unseres Lehrers, der mit der heutigen Stunde unbedingt seine Autorität unter Beweis stellen will.

„CAMARO!"

Er lässt mich mit Absicht schmoren. Camaro ist zwar nicht so schnell, aber dafür behäbig. Wenn der da hinten ankommt, kann es auch für ihn eng werden.

Wie immer hat Sonja Probleme, ihn vorwärts zu reiten, aber auch sie ist heute unerwartet gut drauf. Camaro geht flüssig, flüssiger als sonst. Vielleicht liegt das an der Höhe der Sprünge. Da sind alle besonders konzentriert.

Außerdem braucht man bei der Höhe ein wenig mehr Tempo, sonst schaffen es die Pferde nicht, abzuspringen. Wieder diese furchtbare Ecke. Camaro rutscht hinten weg. Mit einem dumpfen Knall haut sein Huf gegen die Bande, die ein gänzliches Wegrutschen verhindert. Mit einem Ruck wird der Bewegungsfluss der beiden unterbrochen, Camaro fällt vor Schreck in den Trab und Sonja hat große Probleme, ihn wieder anzugaloppieren.

„GALLOPPIERE WEITER!"

Ich verdrehe die Augen. Zum Glück kann nur Dominik, und nicht Herr Ritzerfeld, es sehen. Als wenn Sonja aus Spaß durchpariert hätte.

Als sie fertig ist, pariert sie mit gesenktem Kopf zum Schritt durch.

„KOPF HOCH", schreit Herr Ritzerfeld noch. Warum lässt sie ihn wohl hängen?

„So, Juna!" Ich habe das Gefühl, sein Tonfall ist extra scharf. Natürlich wissen wir alle, warum. Jetzt ist seine Chance, sich an mir zu rächen.

„Sie wissen aber, dass die Ecke hinten rutschig ist?"

„HALT DEN MUND UND REITE!", brüllt er mich an.

Ich galoppiere an. Gina ist erstaunlich ruhig. Sogar, als oben auf der Tribüne eine Tür ins Schloss fällt. Nicht einmal Manja wäre jetzt so gelassen. Ich klopfe sie. Mann, bin ich aufgeregt! Was wäre ich nur ohne Ginas engelsgleiche Geduld?

„NICHT SO ZAGHAFT!", schreit der Ritzerfeld, als ich über den ersten Sprung bin.

Ich will die Ecke hinten meiden. So vorsichtig es geht reite ich den gefürchteten Hochweitsprung an. Es sieht gut aus. Gina landet. Doch es passiert, was passieren musste: Sie rutscht weg. Allerdings sind wir noch zu weit von der Bande entfernt, als dass sie uns auf den Beinen halten würde, so wie Camaro.

Wir fallen. Sie rutscht mit allen vier Beinen nach vorne weg, ich falle nach hinten, berühre den Boden und höre noch im Aufschlag, wie ihre Beine mit einem lauten Krach gegen die Bande schmettern. Ich bin benommen und habe das Gefühl, keine Luft zu kriegen. Es dauert ein paar Sekunden, bis ich die Orientierung wieder erlangt habe und sehe Gina über mir. Sie liegt im kalten Hallensand und springt nicht auf. Oh nein!

„Juna!", ich höre eine vertraute Stimme auf mich zukommen. Beim Blick nach oben sehe ich Sylvia. Wo kommt die denn her?

„Ich", will ich sagen, aber bekomme kein Wort heraus, „ich … habe doch gesagt", mein Husten hindert mich am Sprechen, „die Ecke ist glatt."

„Ich weiß, mein Schatz, ich habe es gehört."

Hat sie eben mein Schatz gesagt? Hat sie gerade gesagt, dass sie gehört hat, dass ich meinte, der Boden hier ist glatt. Träume ich?

„Gina!", höre ich sie wispern. „HOLT DEN TIERARZT!", schreit sie aus voller Kehle.

Ich bin hellwach. Greife in Ginas Mähne, reiße mich hoch. Mein Bein klemmt unter ihr fest. Ich schreie auf vor Schmerz.

Dominik kommt angerannt. Wo hat er denn Dorian verstaut?

„Nicht bewegen!", ordnet Sylvia an.

„Los, grab' sie frei", Domink beginnt hektisch, den Sand um mein Bein mit seinen bloßen Händen wegzuschaufeln. Sylvia hilft ihm. Der Ritzerfeld steht da und hat keinen Plan. Seine zwanghafte Autorität hilft ihm jetzt auch nicht weiter.

„HOLEN SIE DEN TIERARZT!", schreit Sylvia erneut, doch sie wartet nicht auf ihren unfähigen Angestellten, sondern zückt selbst ihr Handy und ruft Henrik an.

„Ist schon auf dem Weg", schreit ein Pfleger aus dem Stall.

Sylvia und Dominik buddeln wie verrückt und tatsächlich ist mein Bein nach ein paar Minuten frei und ich kann es unter Gina wegziehen.

„Ah", wimmere ich. Es tut schrecklich weh! Der Schmerz zieht sich bis hoch in meinen Brustraum. Erst jetzt kann ich einen Blick über Ginas Körper werfen, unter dem ich festgeklemmt war. Mich durchfährt ein Schock, der mich augenblicklich alle Schmerzen vergessen lässt. Ich starre auf ihren Körper. Ihre Beine! Ihre Beine sind so verdreht, sie können nur gebrochen sein.

Henrik hastet durch die Halle. Er wirft einen Blick auf das Tier.

„LOS, ICH BRAUCHE ZWEI STARKE MÄNNER!"

Zwei Schmiede kommen angerannt. Sie schickt der Himmel.

„Los, anfassen", befiehlt Henrik. Ohne zu zögern greifen die Männer unter das schwere Tier und schaffen es tatsächlich, die Stute von der Bande wegzuziehen. Unvermittelt springt sie auf. Sie humpelt auf drei Beinen, das vierte setzt sie gar nicht erst auf. Sylvia ringt mit den Tränen. Sie ist kurz davor, die Fassung zu verlieren. So aufgelöst habe ich sie noch nie gesehen.

Henrik tastet Ginas Beine ab. Sylvia senkt den Kopf und schlägt ihre Hände vors Gesicht. Sie kennt Henrik. An seinem Blick sieht sie, was dieser Unfall für Gina bedeuten wird. Ich dagegen weiß es nicht. Noch nicht.

Sylvia verlässt die Halle. Henrik, Dominik und ich versuchen behutsam, Gina dazu zu bringen, aus der Halle zu humpeln. Sie tut keinen Schritt.

Sonja kommt angelaufen. *Sie* war es, die sofort den Tierarzt gerufen und die Pferde versorgt hat. Sie nimmt geistesgegenwärtig Gina den Sattel vom Rücken und hat sogar eine Decke mitgebracht. Still wie sie ist, arbeitet sie im Hintergrund und tut, woran keiner sonst denkt. Zum ersten Mal fällt sie mir auf.

Schweigend geht sie mit dem Sattel und der Decke zurück in den Stall. Gina macht keinen Schritt. Sonja kommt zurück, diesmal mit einem Halfter, gefolgt von Sylvia, mit einer Schachtel Zucker. Zucker ist eigentlich für Pferde verboten. Genau wie bei uns Menschen gehen auch bei den Tieren mit der Zeit die Zähne davon kaputt. Aber manche Pferde lieben Zucker, nicht alle, aber manche. Gina gehört zu den Süßschnäbeln. Woher weiß Sylvia das? Woher kennt sie ausgerechnet die alte Gina so gut?

Nach einer geschlagenen Stunde haben wir es tatsächlich geschafft, Gina in ihre Box zu bugsieren. Sie steht immer noch auf drei Beinen. Und schwitzt wie verrückt.

„Das sind die Schmerzen", flüstert Henrik mir zu, leise genug, dass Sylvia es nicht hört. Die steht da und streichelt Gina mit einer Liebe und Hingabe, als wäre sie ihr Kind.

„Kriegt sie keine Schmerzmittel?", frage ich Henrik, selbst mit schmerzverzerrtem Gesicht.

„Sie darf keine Schmerzmittel bekommen."

Mein verschrockener Blick richtet sich ihm zu:

„Warum? Das ist doch Tierquälerei, oder nicht?"

„Wenn sie jetzt Schmerzmittel bekommt, wird sie möglicherweise anfangen, umherzulaufen, weil sie ihre Verletzungen nicht mehr spürt. Und wenn es wirklich das sein sollte, was ich glaube, dann wird ein Umherlaufen so viel Schaden anrichten, dass kein Tierarzt der Welt sie wieder reparieren kann."

Ich verstehe, auch wenn ich mir gar nicht ausmalen mag, wie es der Stute jetzt geht und wie schlimm die Schmerzen sein müssen, die sie verdammt ist, zu ertragen.

„Was jetzt?", frage ich mit zittriger Stimme.

„Ich nehme die Röntgenbilder mit in die Praxis und werte sie aus. Solange kann und will ich nichts sagen."

Henriks beruhigende Stimme verrät mir, dass die Situation sehr ernst ist. Er sieht, dass ich seine unausgesprochenen Worte verstanden habe, nickt, packt seine Tasche und verlässt den Stall.

Mein Blick gleitet von Dominik über Sonja hin zu Sylvia. Keiner weiß, was er sagen soll. Sylvia verlässt die Box und schließt die Tür hinter sich. Die Bestürzung, die im Raum steht, ist so intensiv, dass ich das Gefühl habe, man kann sie mit einer Schere zerschneiden. Sogar die Pferde in den umliegenden Boxen sind still. Sie spüren genau, was los ist.

Das einzige, was zu hören ist, ist das stetige Hämmern des Schmiedehammers draußen vor dem Stall. Es klingt wie die mächtigen Schläge eines gigantischen Uhrwerks, das ungefragt in die Welt hinaus schreit und uns alle wissen lässt, dass unsere Zeit langsam und stetig abläuft.

47

Mühsam waten wir durch den Schlamm. Dominik, ich und Sonja sind alle reichlich benommen. Sonja war noch nie dabei, wenn wir unterwegs waren, hat sich noch nie an Unterhaltungen beteiligt, war noch nie ein Teil von uns. Doch jetzt ist sie da und es ist, als wäre es nie anders gewesen. Plötzlich kann ich mir kaum noch vorstellen, wie es gewesen ist, als sie mit ihrem stillen Wesen noch nicht dabei war.

Unwillkürlich führt uns unser Weg zu Frieda in die Küche, obwohl keiner von uns vor hatte, hierher zu kommen. Sie steht am Herd, wo auch sonst. Es ist warm und es duftet nach Essen, frischem Brot und leckerer Schokolade. Hier ist immer alles gleich: Frieda ist zuverlässig da und alles geht seinen vertrauten Gang. Vielleicht ist das genau der Grund, warum uns unsere Füße hierher getragen haben. Weil hier die Welt in Ordnung ist und alles so ist, wie immer. Und es genau das ist, wonach wir uns jetzt alle still und heimlich sehnen.

„Schön, dass ihr kommt. Ich habe Euch schon erwartet."

Sogar ihre Begrüßung, ihre freundliche Stimme, ihre freudige Erwartungshaltung allem und jedem gegenüber, sind wie immer gleich, und das, obwohl sie Sonja noch nie gesehen hat. Für Frieda spielt das keine Rolle. Bei ihr ist jeder willkommen.

Natürlich gibt es Kakao, was sonst? Woher weiß sie Bescheid? Sie nimmt eine leere Tasse vom Tisch, die offensichtlich benutzt worden ist. Ich werfe ihr einen fragenden Blick zu.

„Sylvia", erklärt sie leise, ohne dass ich fragen muss.

„Was ist mit ihr?"

„Hat sie Dir jemals von ihrem Pferd erzählt? Von ihrer Stute, die sie als Jugendliche immer geritten ist und die dann irgendwann von ihrem Vater in den Schulbetrieb gegeben wurde? Angeblich, weil sie nicht gut genug für Sylvia war. Seine Rechnung ging jedoch nicht auf; Sylvia hat daraufhin jedes andere Pferd quasi boykottiert und dann komplett mit dem Reiten aufgehört. Weil Gina ihr praktisch weggenommen wurde.

Sie hat nie aufgehört, ihre Stute aus Jugendzeiten über alles zu lieben. Außerdem hat sie hinter dem Rücken ihres Vaters dafür gesorgt, dass kaum einer die Stute jemals reiten durfte. Frage mich nicht, wie sie das angestellt hat. Sowas bringt nur unsere Sylvia fertig", Frieda lächelt in sich hinein.

„Gina! Gina ist *ihr* Pferd", begreife ich.

Jetzt wird mir auch klar, warum sie überhaupt da war.

„Sie hat schon heute morgen angeordnet, dass Du Gina reiten sollst. Sie wusste ja, dass die Schmiede kommen; klar, sie hat sie ja selbst bestellt."

Ich bin platt wie eine Briefmarke.

„Es ist fast noch nie jemand anderes Gina geritten, außer sie selbst", Frieda gießt uns allen eine Tasse mit heißem Kakao ein.

„Heute ist er extra süß", erklärt sie.

„Und ich reite sie gegen die Bande und breche ihr die Beine", Tränen wollen mir in die Augen schießen, die ich nur mit Mühe herunterschlucken kann. Ich blicke hilfesuchend zu Frieda. „War sie wütend? War sie sehr böse auf mich?"

Frieda lächelt mich an und schüttelt erneut den Kopf:

„Das glaube ich nicht. Doch natürlich ist sie untröstlich. Wie würdest Du Dich fühlen, wenn Winston so einen Unfall hätte."

Diese Frage schlitzt mich förmlich von unten nach oben auf und reißt mir meine Eingeweide aus dem Bauchraum:

„Es würde mir das Herz brechen und mich für mein Leben treffen."

Frieda, die sich zu uns an den Tisch gesetzt hat, nickt mir zu:

„Dann kannst Du Dir ja vorstellen, wie es ihr jetzt geht."

Ich stehe auf, beachte weder den heißen Kakao noch meine beiden Mitschüler, greife meine Jacke und verlasse die Küche. Ich stürze vor die Tür. Die kalte Luft tut mir gut. Ich ziehe sie tief in meine Lungen. Im Gehen lege ich mir meine Jacke über und hangle mich mit den Armen in die dick-gefütterten Ärmel. Erst gehe ich, dann laufe ich, zum Schluss renne ich die Allee entlang in Richtung Stutenstall. Warum, weiß ich nicht. Vielleicht glaube ich tatsächlich, meine Beine trügen mich vom Schmerz davon, der sich schneidend einen Weg durch meinen Körper sucht.

„Juna!"
Erschrocken drehe ich mich in Richtung der geheimnisvollen Stimme um. Sylvia! Sie steht unvermittelt vor mir. Was macht sie denn um diese Zeit hier draußen? Weiß sie nicht, wohin sie sich wenden soll? Braucht sie das Alleinsein jetzt genau wie ich? Muss sie vielleicht gesehen werden, tief in ihrer Seele erkannt werden, so wie damals, als wir uns auf der Weide das erste Mal tief im Innern wirklich begegnet sind? Oder versteckt sie sich? Vor den anderen? Vor ihren Gefühlen? Vor der Welt?
Was mag diese Frau wohl empfinden? Unfähig, diese Frage zu formulieren, starre ich sie mit weit aufgerissenen Augen an. Ich will wissen, was sie denkt, was sie fühlt, wie es ihr geht, was ist und was nicht ist. Verzweifelt versuche ich in ihrem Gesicht zu lesen, als hinge mein ganzes Leben von dieser einen Antwort ab. Doch ihre Augen bleiben stumm.

48

Ich komme mit Winston in die Halle. Winston ist mindestens genauso niedergeschlagen, wie ich. Er saugt meine Gefühle in sich auf wie ein Schwamm und übersetzt sie unmittelbar in seine Körpersprache. Was seelische Schmerzen sind, hat er kennengelernt, darum weiß er sie heute besser zu deuten und auf sie zu reagieren, als noch vor einem Jahr.
Herr Furch schleicht in die Halle. Winston und ich stehen unweit vom Eingang. Wir sind beide ganz ruhig und lassen unseren Lehrer nicht aus dem Blick.

„Du bist gekommen", bemerkt der alte Rittmeister gelassen. Selbstverständlich weiß er genau, was heute passiert ist. Es wäre nicht Herr Furch, wenn er nicht über alles genauestens Bescheid wüsste.

„Ja", sage ich mit niedergeschlagener Stimme.

Er kommt auf mich zu:

„Es ist nicht Deine Schuld", seine Stimme klingt so sanft, kräftig und verständnisvoll zugleich, dass ich mich in sie einhüllen möchte und die Zeit vergessen will. Ich will hier stehen, hier sein, an diesem kleinen Fleck Erde und am liebsten nicht wissen, was ich weiß, vergessen was war und dieser schützenden Stimme lauschen, die mir so viel Kraft gibt.

„Ist es nicht?", fragend schaue ich ihn an.

„Nein, das ist es nicht."

„Aber ich fühle mich schuldig, darum macht es keinen Unterschied."

„Doch, den macht es. Und wenn Du Dich schuldig fühlst, dann hat das etwas mit Dir zu tun, nicht aber mit der Situation."

„Was meinen Sie?"

Wieder einmal ist sein Blick in die Weite gerichtet, die es hier in der kleinen Halle eigentlich gar nicht gibt:

„Du hast die Situation schon richtig eingeschätzt. Wenn es nach Dir gegangen wäre, hättet ihr weder den kleinen Parcours so hingestellt, wie euer Lehrer das getan hat, noch wärt ihr diese Höhen gesprungen. Vor allem hättest Du mit Sicherheit erst einmal die Ecke geharkt, als Du merktest, dass sie glatt war."

Er guckt mich an, als wartete er auf eine Bestätigung von mir.

„Natürlich", sage ich, „das habe ich doch auch die ganze Zeit gesagt. Doch ich wurde abgewimmelt und angeschrien."

Herr Furch blickt undurchdringlich und geheimnisvoll in meine Seele. Ich kann mich ihm nicht entziehen. Winston ist so still, dass ich das Bedürfnis habe, ihn kurz zu berühren, um zu fühlen, ob er noch atmet. Er atmet noch.

„Der einzige Fehler, den Du gemacht hast, war der, dass Du Dich nicht durchgesetzt hast."

„Aber wie sollte ich denn? Er hat mich angeschrien und ..." Mein Kehle schnürt sich zu.

Herr Furch bleibt regungslos. Der Fels in der Brandung. Man könnte ihm den Mount Everest an den Kopf schmeißen, er würde immer noch unbeirrt stehen, wo er steht, und sich keinen Zentimeter bewegen.

„Du lässt Dich zu sehr von Autorität, Schreierei und Wut beeindrucken. Doch diesen Dingen Respekt zu zollen ist kein wahrer Respekt. Denn er ist nicht aus Hochachtung geboren, sondern aus Angst."

Natürlich hat er Recht. Das wissen wir beide.

„Ich habe Angst vor Menschen, die laut schreien und keine Skrupel haben, ihre Aggressionen auszuleben. Es macht mich wütend, aber gleichzeitig traue ich mich nicht, zu reagieren und mich mit solchen Menschen anzulegen."

Mein Blick ist abgeschweift, kehrt aber beim Ende des Satzes zu Herrn Furchs zurück und bleibt an ihm haften.

„Was soll ich denn tun?"

„Lerne, Dich zu behaupten, wenn Du weißt, dass Du das Richtige und andere das Falsche tun. Du siehst, was passiert, wenn Du das nicht tust."

Er zeigt auf Winston:

„Nimm Dir ein Beispiel an ihm. Er duldet keine Gewalt in irgendeiner Form. Er reagiert darauf einfach nicht und lässt diejenigen, die ihm gegenüber gewalttätig werden, am langen Arm verhungern."

Ich gucke entgeistert meinen Schatz an und streiche ihm zärtlich übers Gesicht. Er schließt die Augen, bewegt sich aber immer noch keinen Schritt.

„Ich hätte einfach aus der Halle gehen sollen", meine Gedanken sind plötzlich glasklar.

„Was hätte Dein Lehrer denn tun sollen? Geschlagen hätte er Dich schon nicht. Also wovor hast Du Angst?"

Nebel zieht durch meine Gedanken. Wolken ziehen in meinem Kopf auf und im Nu ist es bedeckt. Die Klarheit meiner Gedanken hat sich verzogen und ich stehe im Dunkeln. Irgendetwas hat das Licht ausgeknipst. Ich weiß nicht, was ich antworten soll.

„Weil Du Angst hast, das zu verlieren, was Du liebst? Angst, Deine Heimat zu verlieren?"

Wie macht dieser Mensch das bloß? Er scheint meine tiefsten Gefühle besser zu kennen und zu sehen, als ich selbst. Mein Atem stockt. Winston reckt mir seine Nüstern über die Schultern und bläst mir liebevoll ins Gesicht.

Mein Blick weicht von seinem und fällt auf den Boden.

„Ja", meine Stimme ist kaum wahrnehmbar.

„Das wird nicht passieren. Nicht mehr."

Ich reiße meinen Kopf hoch. Da steht er, der Alte, Unscheinbare, Geheimnisvolle, und sagt mir Worte, die ich gierig in mich aufnehme, in mich hineinziehe, nach denen ich gehungert habe. Wie lange, weiß ich nicht. Wahrscheinlich schon immer.

„Woher wissen Sie das?", frage ich zweifelnd.

„Ich weiß es einfach. Das muss Dir im Augenblick genügen."

Auch wenn ich ihn nicht verstehe, spüre ich doch, dass ich ihm vertrauen kann. Seine Worte geben mir Kraft. Er sieht so sicher aus, so klar, so echt, so vertrauensvoll.

Die Wolken, die sich über meinen Geist gelegt haben, verflüchtigen sich, der Nebel zieht ab, meine Angst verfliegt.

„Steige auf und reite Winston heute einfach nur Schritt am langen Zügel und dann stelle ihn wieder rein. Was ist die Lektion?"

Ich bin mal wieder ratlos.

Herr Furch lässt mich nicht lange hängen und erklärt mit tiefer Stimme:

„Es wird nicht jedes Mal, wenn er in die Halle kommt und ich auftauche, von ihm verlangt, sich zu konzentrieren. Das ist wichtig für sein Bewusstsein. Wenn er immer denkt, hier in der Halle wartet Arbeit und Anspannung auf ihn und er diesen Ort unterbewusst mit dieser Anspannung verbindet, stört das auf Dauer seinen Bewegungsfluss und die Arbeit wird sich zunehmend schwerer gestalten."

Das leuchtet mir ein.

Herr Furch dreht sich um und verlässt die Halle.

Ich steige auf und reite Schritt, so wie es mir gesagt wurde. Meine Gedanken hängen noch lange seinen Worten nach. Sogar beim Einschlafen habe ich noch seine Stimme im Ohr, die es mir erlaubt, für kurze Zeit die bedrängenden Ereignisse des Tages zu vergessen.

49

Es ist später Samstagvormittag. Ich schleppe mich schweren Herzens zur Akademie. Trotz des aufbauenden Gesprächs mit Herrn Furch fühlte ich mich heute morgen krank. Krank vor Sorge und krank vor Angst, was nun mit Gina ist; wie die Diagnose wohl ausfällt und vor allem, was sie bedeuten wird? Mir ist schlecht.

Hanna ist draußen. Ich konnte mich also unbemerkt anziehen und fertig machen, konnte ungesehen mein Zimmer verlassen, die Treppe hinunter gehen und heimlich den Hof verlassen. Sie hat nicht mitbekommen, dass ich mich davongestohlen habe.

Einerseits will ich wissen, was los ist, andererseits auch wieder nicht. Eine Hälfte von mir würde am liebsten losrennen und zu Gina in die Box stürzen, die andere würde sich lieber im Bett verkriechen und die Decke über den Kopf ziehen.

Das Wäldchen tut sich vor mir auf und das rote Backsteingebäude kommt zum Vorschein. Die große Weide sieht mit ihren kahlen, herunterhängenden Zweigen aus wie hageres Gestrüpp. Der Boden ist matschig und kalt, sogar der Stall sieht traurig aus. Ein Jeep steht vor der Tür. Ich halte kurz inne. Es ist Henrik. Er ist hier.

Meine ohnehin schon langsamen Schritte verlangsamen sich noch einmal und ich schleiche in den Stall. Es herrscht Totenstille. Niemand ist da. Außer der Tierarzt.

Henrik kauert auf dem Boden vor Ginas Box und kramt in seiner Tasche. Ich bin so leise, dass ich selbst glauben könnte, ich wäre gar nicht da.

„Juna", Henrik dreht sich um als er mich bemerkt. Er ist weiß wie Kalkstein. „Was machst Du hier? Solltest Du nicht in der Fohlenaufzucht beim Füttern sein?"

Ich antworte nicht. Natürlich sollte ich in drüben sein. Offiziell. Doch irgendein Gefühl sagt mir, dass es heute morgen wichtiger war, hierher zu gehen. Mein Gefühl hat mich, wie immer, nicht getäuscht.

Ich werfe einen Blick zu Gina in die Box. Erst jetzt sehe ich, dass Sylvia ebenfalls heute morgen ihren Weg hierher gefunden hat und neben ihrer Liebe aus Jugendtagen im Stroh sitzt.

Gina sieht elend aus. Sie schwitzt immer noch und hat ihren Kopf an Sylvias Seite gelehnt, ihre Augen halb geschlossen, und atmet schwer. Ihre Schmerzen sind zu groß, als dass sie sich auf den Beinen halten kann.

Sylvia schaut zu mir auf und erst jetzt fallen mir zum ersten Mal ihre warmen, gütigen Augen auf. Flehentlich ist ihr Blick, und traurig. Sie sieht ganz echt aus, ohne falsche Vorwände, ohne Fassade, ohne alles. Das erste Mal kann ich erkennen, wie schön sie eigentlich ist. Es ist eine ganz kindliche Schönheit, die fast schon etwas Zartes ausstrahlt und durch ihr Leben und den Zwang, funktionieren zu müssen, verschüttet war und nicht einmal mir auffiel. Die ganze Zeit nicht, bis heute. Auch Gina schaut mich kurz an, wendet ihren Blick jedoch gleich wieder ab; als wenn sie wüsste, wie es um sie steht.

Dabei fällt mir ein, dass nicht einmal ich selbst es weiß. Oder weiß ich es längst und erlaube es meiner Hoffnung nur, dieses Wissen zu verdrängen? Meiner Hoffnung, falsch zu liegen, nicht Recht zu haben und mich zu irren?

Ich irre mich nicht. Henrik zeigt mir die Röntgenbilder und das Ergebnis ist vernichtend. Im wahrsten Sinne des Wortes.

Es wird ein Leben vernichten. Hier, jetzt und gleich.

Beide hinteren Beine sind gebrochen, eines angebrochen, von dem anderen ein großes Stück Knochen abgesplittert. Vorne links ist ein Band gerissen und die untere Haltesehne so drastisch gezerrt, dass diese Verletzung allein ein Weiterleben in Frage stellen würde.

Ich bin froh, heute morgen noch nichts gegessen zu haben. Mir wird schwarz vor Augen, doch eine erlösende Ohnmacht folgt nicht. Ich bin und bleibe bei vollem Bewusstsein.

„Ich bin extra früh hergekommen. Ich wollte nicht, dass Du davon etwas mitkriegst."

Henrik hält eine Spritze in der Hand. Das war es, was er aus seiner Tasche gekramt hat. Er zieht sie mit einer Flüssigkeit auf und steht auf.

Die ganze Situation kommt mir so unwirklich vor, dass sich mein Blick verzerrt. Die Stallwände schwanken und kommen abwechselnd auf mich zu und schnellen wieder von mir weg. Der Boden hebt und senkt sich, wie die Dünung des Meeres auf offener See.

„Was jetzt?", frage ich, obwohl ich die Antwort genau kenne.

„Es war ein Unfall." Henrik schaut erst mich an, bevor sein Blick zu Sylvia wandert, die regungslos neben ihrer Stute sitzt und sie ununterbrochen streichelt. Sie hebt ihren Blick und trifft Henriks. „Gibt es Dir Frieden, wenn Du sie erlöst?"

Ich starre die beiden entgeistert an. Das kann nicht sein Ernst sein. Doch Sylvia greift zögernd nach der Spritze. Irgendeine Kraft in ihr, die stärker ist als sie selbst, lässt das Unabwendbare geschehen, ohne Widerstand.

Gina schaut sie mit ihren süßen, dunkelschwarzen Augen an und senkt dann den Kopf; als würde sie Sylvia bitten, ihre Schmerzen von ihr zu nehmen.

Ich schließe meine Augen. Ist das alles echt? Es ist echt.

Mein ganzes Leben auf diesem Gestüt rast in Bruchteilen von Sekunden an mir vorbei. Michael, der denkende Kopf der gesamten Anlage, streng und doch mit einer gütigen Seite, die er nur allzu selten zeigt. Sylvia, die ich ernst, streng, freundlich, zart, ausgelassen, lachend und weinend zugleich sehe; alles Eindrücke, die sich über die Jahre hinweg einen bleibenden Platz in meinem Herzen gesucht haben. Hanna, die Hilfe in der Not, die jetzt nicht helfen kann und Frieda, die gute Seele des Hauses, deren wohlwollende Absichten jetzt nichts auszurichten vermögen. Dirk, der immer fleißig ist und nur allzu gerne schimpft, es aber nie so meint, Dominik und Sonja, die mir beide irgendwie ans Herz gewachsen sind. Sogar Peer und René schnellen als undeutliche Erscheinungen an mir vorbei, die einzigen Zeitzeugen meiner Ankunft und meines Abschieds aus dem Heim und der großen Wende meines Lebens. Und Marek, der immer lächelt und für alles eine Lösung hat. Diesmal kann nicht einmal er etwas ausrichten, selbst wenn ihm alle guten Ideen, die es jemals gegeben hat, gleichzeitig einfielen.

Ich öffne meine Augen und Gina liegt unverändert mit gesenktem Kopf im Stroh.

„Du weißt, wie?", flüstert Henrik.

Ja, sie weiß, wie. Sylvia streichelt ihr sanft über die Augen, über den Hals, und wagt es kaum, sich zu bewegen, denn sie will Gina nicht aus Versehen noch mehr Schmerzen zufügen, als sie ohnehin schon hat. Ihre Finger wandern zu der großen Halsschlagader unterhalb der Luftröhre. Vorsichtig drückt Sylvia sie ab, setzt die Spritze an, durchsticht die Haut und dringt in die Ader ein, ohne dass es blutet. So sacht wie möglich drückt sie die Spritze zu, bis sie leer ist und zieht sie wieder heraus. Dann versinkt die Welt in ein tiefes Schwarz.

Gina hat nicht noch einmal die Augen geöffnet. Als ihr Kopf fiel, fing Sylvia ihn auf und legte ihn behutsam neben sich ins Stroh. Eine Decke, um Ginas warmen Körper abzudecken, lag schon bereit.

***

Als ich den Stall verlasse, spüre ich meinen Körper nicht mehr. Ich schwebe, ich gleite, habe keinen Boden mehr unter den Füßen. Es existiert keine Kälte, kein Winter, keine kahle Weide mehr. Nur noch mein leeres Herz und mein um Fassung ringendes Bewusstsein, das von jetzt an bis, ans Ende meiner Tage, dieses Erlebnis als einen der dunklen Albträume meines Lebens in seiner Erinnerung abspeichern wird, ob ich will oder nicht.

Meine Füße tragen mich über die Anlage, durch das kleine Wäldchen, über die hölzerne Brücke und den kleinen Bach, vorbei an leeren Koppeln, dem Gestütsfriedhof, dem riesigen Außengelände, hin zum Stutenstall.

Der Stall ist leer. Hanna ist nirgends zu sehen. Ich gehe durch die Gasse, öffne die hintere Tür, gehe raus, laufe rüber in die Aufzucht und stolpere auf dem kleinen Weg, den ich zum zehntausendsten Mal entlanglaufe; ich ziehe den Riegel zum Eingang weg und gehe in die große Laufbox. Jorafina liegt im Stroh. Winston sieht mich, stutzt für einen Moment, erfasst sofort die Situation und kommt augenblicklich zu mir. Ich vergrabe mein Gesicht in seiner Mähne, halte mich an ihm fest und umklammere seinen Hals.

Er drückt mir seinen Kopf behutsam auf die Schultern und reibt ihn mir zärtlich über den Rücken. Erst jetzt gebe ich mich meinen Gefühlen hin und lasse meinen Tränen freien Lauf.

Er alleine darf sie sehen.

***

Epilog

Sylvia hat nie über Gina gesprochen. Wie so vieles in ihrem Leben hat sie auch den Tod ihrer Stute aus Jugendtagen ganz mit sich allein ausgemacht. All die Jahre, bis heute. Dennoch hat sie mir Winston übereignet, den ich auf der ersten, auf dem Gestüt stattgefundenen Hengst-leistungsprüfung vorstellte. Mit Erfolg.

Herr Ritzerfeld ist gleich nach dem Unfall rausgeflogen. Dirk hat die Ausbildung der Schüler in der Akademie übernommen. Er hat seine Meisterprüfung mit Bravour bestanden und bildet einige seiner Nachwüchsler mittlerweile ganz allein bis in die hohen Klassen aus.

Winston ist seit Langem ein gekörter Hengst und mittlerweile als das Highlight jeder Show des Gestütes bekannt. Allein unter mir. Nie wieder wurde er von jemand anderem geritten, nie wieder als Verkaufspferd präsentiert. Herr Furch hat Recht behalten.

Herr Furch starb kurz vor meinen Abschlussprüfungen zum Berufsreiter, weswegen meine Ergebnisse nicht ganz so gut ausfielen, wie erwartet. Trotz allen Erfolgen und der täglichen Nähe zu Winston hat sein Tod eine Lücke in meinem Leben hinterlassen, die sich nie schließen wird.

Marek ist heute Jurist und hilft Michael von Barnstedt mit der Gestütsverwaltung, arbeitet aber trotzdem immer mal im Stall, wenn Not am Mann ist. Er ist sich für keine Arbeit zu schade und hat bis heute gute Laune. So ist er immer gewesen und so wird er immer sein.
Ohne ihn, ohne seine Unterstützung und seinem konsequenten, guten Zureden hätte ich meine Abschlussprüfungen zu dem angesetzten Termin vielleicht sogar gar nicht absolviert, so sehr hat mich der Tod des alten Rittmeisters getroffen.

Der Gestütsfriedhof ist längst kein fremder Ort mehr für mich. Nicht nur Herr Furch, sondern auch die gute Seele des Hauses, die immer für Wärme sorgte und für jeden ein offenes Herz hatte, unsere liebe Frieda, fand vor Kurzem dort ihre letzte Ruhestätte. Die Küche unten am Haupthaus ist seitdem leer und unbewirtschaftet.

Hanna und Henrik haben sich nie getrennt. Sie sind nach wie vor zusammen. Die Barnstedts haben ihnen eine Wohnung am Stutenstall zugesprochen.

René hat nicht nur den Sprung auf die Realschule, sondern später tatsächlich den Sprung aufs Gymnasium geschafft. Seine Lehre bei der Polizei hat er wie erwartet erfolgreich abgeschlossen und beginnt kommendes Semester mit seinem Studium der Kriminalistik.

Peer wusste lange Zeit nicht, was er tun soll. Selbst, als sich das letzte Schuljahr schon dem Ende neigte, schien sein Leben noch immer leer und seine Zukunft ohne Perspektive. Vor lauter Unentschlossenheit absolvierte er ein freiwilliges soziales Jahr und entdeckte währenddessen seine Liebe zur Pflege. Er machte im Anschluss eine Ausbildung als Krankenpfleger und bemüht sich gerade um einen Weiterbildungslehrgang zum Rettungsassistenten.

Dominique ist nicht bei uns geblieben. Ihn hat es zurück in seine alte Heimat gezogen, wo er sein Abitur nachholte und heute, nach mehreren Wechseln von Studiengängen, Architektur studiert. Ich weiß das allerdings nur vom Hörensagen. Der Kontakt ist schon lange abgebrochen.

An kühlen Novembertagen, wenn die Sonne ihre ersten, spärlichen Strahlen durch den Dunst schickt und die Welt fast mystisch wirkt, bin ich immer noch tief ergriffen und berührt. Wenn alles ganz still ist, und im Herbst nur die Schreie der letzten Kraniche über die

Mark hallen, wenn im Frühjahr die Welt zu neuem Leben erwacht und wenn in lauen Sommernächten der Himmel klar und die Weite des Kosmos ganz nah ist, dann weiß ich, dass die Welt - trotz allem - auch schön sein kann.

Nie habe ich in solchen Augenblicken aufgehört, mir meines großen Glückes gewahr zu werden, das ein Leben auf diesem Gestüt für mich mit sich brachte. Dennoch ist der Glanz dieses Lebens, der in den ersten Jahren alles überstrahlte, auch für mich ein Stück weit verblasst. Zu viel habe ich vom oft unerbittlichen Lauf der Dinge mitbekommen, zu tief und fürs Leben mich Verluste und Abschiede, die ich durchleben musste, getroffen.

***

Wie tausende Male zuvor schiebe ich auch heute mein Fahrrad die alte Allee entlang und erreiche den Jungpferdeberitt. Leichtes Scheppern und die ewig quietschenden Pedalen kündigen mich schon von Weitem an. Winston hört mich, wiehert und tritt gegen die Boxentür. Mittlerweile habe ich sogar Dirk davon überzeugt, dass Winstons lautstarke Begrüßung keine Unart, sondern lediglich ein Ausdruck seines starken Charakters ist. Dirk hat seit der Auktion und Winstons Martyrium nie wieder ein Wort darüber verloren.
Winston schwebt mittlerweile durch die Dressurlektionen der Klasse S und fliegt über die Sprünge der Mittleren Klasse, dass jedes Mal ein begeistertes Raunen durch die Menge geht, wenn wir uns wieder einmal als Highlight einer Präsentationsshow oder Auktion zeigen. Doch er wird nie an andere Menschen herangeführt, nie fremden Kunden gezeigt. Auch der entschlossenste Kaufinteressent wird nicht an

zu ihm gelassen und auch der meistbietende Käufer ohne Aussicht auf Erfolg weggeschickt. Denn Winston erlaubt alleine mir, ihn zu sehen und zu erkennen. Und es wird niemals jemand anderes geben als mich, dem Winston je erlauben würde, den geheimen Garten seines berührbaren und verletzlichen Wesens zu betreten. Nie.

Es war Winston, *der* Winston - *mein* Winston - der über eine Auktion verkauft werden sollte, sich als unreitbar erwies und vom damals ausführenden Auktionsteam in den Stallzelten auf der Anlage der Landesreitschule am Olympiastadion zurückgelassen wurde. Wie dies im einzelnen genau ablief, weiß ich nicht. Doch ich weiß, dass er an einem Sonntag Abend 'gefunden' wurde, ohne dass jemand darüber informiert wurde, dass er noch dort war. Er wurde Rudolf Trost, dem ehemaligen leitenden Landestrainer des Modernen Fünfkampfes in Berlin, im Anschluss daran geschenkt.

Die Fünfkämpfer trauten sich nicht, Winston zu reiten, da er schnell bockte, durch die Bahn raste und ganz gezielt die Reiter abwarf. Er galt als unberechenbar und nicht für den Sport einsetzbar. Daran, ihn für Wettkämpfe einzusetzen, war nicht zu denken. Sogar in der Führmaschine bekam er Panik, steckte einmal seinen Kopf durch die Streben und zog ihn erst weg, nachdem sich die Maschine wieder in Bewegung gesetzt hatte. Eine Narbe, die von der Verletzung quer über den Kopf zeugte, war bis zum Schluss sichtbar.

Doch Winston war nicht unreitbar. Er hat einfach keine schlechte, grobe, raue Behandlung geduldet. Er hat Druck nicht ertragen. Er hat Härte in keiner Weise toleriert. Beherzigte man jedoch die Worte von Herrn Trost und liebte ihn einfach, öffnete er einem sein Herz und übergab sich dem ihn liebenden Menschen vorbehaltlos.

Winston lehrte mich mehr über Menschlichkeit, Charakterstärke und Unduldsamkeit gegenüber Lieblosigkeiten aller Art, als jedes andere Wesen, dem ich bis dahin begegnet bin.

Fünf Jahre ist es nun her, dass er die Regenbogenbrücke überquerte und nun den Himmel mit seinem einmaligen, sensitiven und zugleich unbeugsamen Charakter bereichert. Möge er in diesen, nach ihm benannten, Büchern weiterleben und möge die Botschaft seines Lebens nie verhallen.

***

*Unterer Springplatz in der Landesreitschule am
Olympiastadion Berlin*

***

***

*Der ehemalige leitende Landestrainer, Herr Rudolf Trost,
beim Training mit den Fünfkämpfern, Landesreitschule*

***

***

Es ist nicht nur eine Phase,
es ist ein Leben.
Es ist nicht nur ein Hobby,
es ist die Erfüllung meiner Sehnsucht.
Es ist nicht nur ein Pferd,
es ist mein bester Freund.

Emma Care

***

***

*Das Schild zum Gestütsfriedhof an der großen Allee
in Neustadt an der Dosse*

***

Heilbehandlungen
für Dich
und Dein geliebtes Tier

Erinnere Dich
an Deine verborgenen Fähigkeiten

Heilende Fähigkeiten wohnen in uns allen. Nicht nur in wenigen Auserwählten, sondern auch in Dir. Dieses Buch ist eine Erinnerung an all das, was Du kannst. Es beschreibt unterschiedliche Möglichkeiten, wie Du Deine heilenden Fähigkeiten nutzen und in Form von Heilbehandlungen einsetzen kannst - zum höchsten Wohle von Dir, Deinem geliebten Tier und Deinem geliebten Nächsten.

Antonia Katharina Tessnow studierte ganzheitliche Naturheilmedizin für Mensch und Tier, erlangte ihre internationale Heilerlaubnis an der int. Universität in Colombo und ist Doctor of Acupuncture und Homeopathy des Medicina Alternativa Institutes der Devi Clinic und Faculty of Integrated Medicine. Sie absolvierte eine mehrjährige Ausbildung am Institut für Emotionale Prozessarbeit, deren wesentliche Inhalte aus psycho-energetischen Prozessen, direktem Channeling und der Arbeit mit Informationsstrukturen im morphogenetischen Feld bestand. Während ihres 3-jährigen Indienaufenthaltes spezialisierte sie sich auf das Auslesen karmischer Lebensaufgaben und leitete Rückführungen in frühere Leben.

Kommunikation mit Tieren

ein Essay

Tierkommunikation ist keine Kunst, die nur wenigen Auserwählten vorbehalten ist, sondern eine Fähigkeit, die in jedem von uns schlummert und uns allen innewohnt. Es ist nichts, was man lernen muss, sondern es ist etwas, woran man sich erinnern kann, wenn man dafür bereit ist. Dieses kleine Büchlein beschreibt in kurzen, aufeinander aufbauenden Abschnitten die Kommunikation mit Tieren. Es soll dabei helfen, sich an seine ursprünglichen Fähigkeiten zu erinnern und sie wieder nutzbar zu machen; es soll ein Wegweiser sein und zeigen, dass jede Begegnung eine Aufgabe für uns bereit hält, für die es immer eine Lösung gibt und an der wir wachsen können. Alles hat einen Sinn und es lohnt sich, darauf zu vertrauen. Selbst wenn wir ihn manchmal nicht gleich verstehen.

Textauszug: 'Jede Kommunikation ist individuell. Jede Verbindung, jedes Karma einmalig. Manchmal sind die Tiere überhaupt erst dafür da, um dem Menschen die gefühlte, intuitive Wahrnehmung und Kommunikation zu erschließen. Es ist ein Gewinn für alle, wenn der Mensch beginnt, eine Verbindung zu seinem Tier und damit zu sich selbst herzustellen, sich seinen Themen und deren Botschaften zu öffnen und von ihnen zu lernen. Wenn du dazu bereit bist, das Tier in seiner Ganzheit zu erkennen und als gleich-wertig zu schätzen, wenn du dich auf dein Ganz-Sein einlässt und dem Tier genauso erlaubst, es selbst zu sein, wie es das Tier dir erlaubt, dann entsteht wahre Verbundenheit. Wenn du über die weit verbreiteten Trainingsmethoden der Dominanz und der autoritären Kontrolle hinauswächst und dich dem tieferen Sinn einer Begegnung zuwendest, wenn du versuchst zu erkennen, was dein Gegenüber dir beibringen will, dann beginnt die Kommunikation mit deinem Tier.

Die Botschaft der Tiere

Der Weg zurück zu uns selbst

Ein Wegweiser durch unsere Zeit

Es ist ganz und gar möglich, den Weg nach Hause zu finden. Wir brauchen nicht zu warten, bis wir diese Welt verlassen und zurück in unsere Seelenheimat gehen, um in den ewigen Gefilden Frieden und Liebe zu erleben. Wir können uns unser Zuhause, das Paradies, auch hier auf der Erde, auf diesem Planeten erschaffen. Es ist tatsächlich möglich, uns in ein neues, anderes Bewusstsein hineinzuentwickeln, von dem nicht nur die heiligen Schriften und die Erleuchteten im Laufe unserer Erdgeschichte berichtet haben, sondern von dem uns auch die Tiere erzählen, indem sie es uns Tag für Tag vorleben.

Wir Menschen können noch umkehren. Wir müssen diese Welt nicht zerstören. Es muss nicht alles so weitergehen wie bisher. Es ist möglich, den Weg zurück ins Paradies zu finden, doch können ihn uns nur diejenigen weisen, die ihn kennen.

Wenn wir den Tieren erlauben, uns den Weg zu weisen, werden wir ihn finden. Wenn wir ihre Botschaft ernstnehmen, sie verinnerlichen und versuchen, sie zu entschlüsseln, werden wir sie verstehen. Die Tiere haben das Paradies nie verlassen. Wer, wenn nicht sie, könnten uns diesen Weg weisen?

Winston

*Der große Sammelband
mit allen 3 Bänden*

Ein Fohlen erblickt die Welt

Die große Show

Nichts ist unmöglich

Madras

Zauber der Palmblätter

Die Palmblattbibliotheken: Tausende Jahre alt und bis heute ein ungelöstes Rätsel. Das Geheimnis dieses Ortes ist das Thema dieses Buches. Die Geschichte dreht sich um eines der größten Rätsel der Menschheit.

Eine Reise führte mich dort hin. Ich habe meine kleine Heimatstadt verlassen um der sagenumwobenen Legende auf den Grund zu gehen, die besagt, dass dort alle Lebensgeschichten aller Menschen niedergeschrieben sind; allerdings nur von denjenigen, die sich aufmachen, um danach zu suchen.

Eben das habe ich getan. Und dies ist es, was ich gefunden habe.

Dieses Buch liegt in deutscher und englischer Fassung vor.

Menschen, die dieses Buch gelesen haben:

"Ein interessantes Buch. Wer will, findet die Antwort auf die Frage: Wie viele Leben hat ein Mensch?"
Günther Prinz, Publizist, ehemaliger Chefredakteur der 'Bild', Deutschland

"Da steht also mein ganzes Leben auf einem Palmenblatt in Madras. Dieses Buch hat mein Verständnis von Raum und Zeit grundlegend verändert."
Fritz Bloomberg, Ex-Vizepräsident Burda Media, New York

"Ein außergewöhnliches Lesevergnügen, das meine Sicht auf die Welt verändert hat."
Gregor Tessnow, Schriftsteller und Drehbuchautor

CD s von Antonia Katharina Tessnow **ausschließlich**
erhältlich über *amazon.com*

Bücher sind in jedem Buchhandel erhältlich

Der Hund -
Das unbekannte Wesen

Was Sie tun können,
damit Ihr Tier Sie liebt

Ein Leitfaden zur Eingewöhnung
des Hundes in ein neues Heim

Nach langjähriger Erfahrung als Hundezüchterin, Hundefriseurin, Youtuberin und Autorin sind mir viele Menschen und noch mehr Fragen begegnet, aus denen dieser Ratgeber entstand.

Nach bestem Wissen und Gewissen habe ich viele Antworten auf die mir begegneten Fragen sowie meine Erfahrungen und Erkenntnisse aufgeschrieben - *für Menschen wie Sie.* Für Menschen, die sich wagen, das große Abenteuer einzugehen, einer Hundeseele ihr Herz zu öffnen.

So hoffe ich inständig, dass ich Ihnen mit diesem Büchlein helfen kann, das Richtige zu tun, eine gute Fühlung zu Ihrem neuen Begleiter aufzunehmen und einen Beitrag zu mehr Verständnis zwischen der Menschen- und der Tierwelt leisten zu können. Meine tiefste Sehnsucht ist eine friedliche und tierliebende Welt, in der wir Menschen unserer Verantwortung den Tieren und der Natur gegenüber gerecht werden, die uns in diesem einen, wohl wichtigsten Leitsatz überliefert ist:

'Seid niemandem etwas schuldig, außer, dass ihr euch untereinander liebet. Denn wer den anderen liebt, der hat das Gesetz erfüllt.'

aus dem Römerbriefen 8, 13

Bolonka Zwetna

Von der Empfindsamkeit der Hundeseele
und der Liebe,
die sie schenkt

Dieser kleine Ratgeber soll nicht nur zum allgemeinen Verständnis der Beziehungen von Hunden zu uns Menschen beitragen, sondern vor allem den Menschen in seiner Seele berühren. Neben kurzen Überblicken über Rassestandard, Ernährung, Fellpflege und Haltung führt die Autorin den Leser in die facettenreiche Welt der Hundeseele, die voll tiefer Empfindsamkeit ist und niemanden unberührt lässt, der die Fähigkeit besitzt, zu fühlen.

Antonia Katharinas Liebe gilt seit jeher den Tieren. Viele Jahre war sie hauptberuflich in der Reiterei tätig bevor sie Heilpraktik, ganzheitliche Psychologie und Tierheilpraktik studierte. Seitdem widmet sie ihr Leben den Kleinhunderassen im Allgemeinen und dem Bolonka Zwetna im Speziellen. Neben ihrer schriftstellerischen, musischen und tierheilpraktischen Arbeit hat sie sich auf die Auftragsmalerei von Tierfotos spezialisiert und betreut ihre kleine Rassehundezucht der 'Zarenhunde aus dem Alten Jagdhaus'.

CD s von Antonia Katharina Tessnow **ausschließlich**
erhältlich über *amazon.com*

Bücher sind in jedem Buchhandel erhältlich

Celtic Spirit

Eine Reise in die Tiefen zeitloser keltischer Weisheit

In den Kulturen aller Zeiten findet man Spuren von der ursprünglichen Verbundenheit zwischen Mensch, Welt und Universum. Nicht nur bei den Kelten, sondern überall schien der Geist des Einklanges in der einen oder anderen Weise wirksam zu sein. Das *Einssein mit Allem*, woraus auch der Keltische Spirit hervorging, schien in uriger Zeit auf der ganzen Welt präsent und Grundlage jeder Form der Wahrnehmung.

Möge 'The Celtic Spirit' eine Idee davon geben, wie man über das Erfühlen der Bäume eine Verbindung zum Leben herstellt, wie sich die einzelnen Bäume anfühlen, warum sie bestimmten Zeitabschnitten im Jahr zugeordnet wurden und was sie mit diesen unterschiedlichen Zeitqualitäten gemein haben.

Und möge dieses Büchlein Inspiration für all diejenigen sein, die sich nicht nur ein ganzheitlicheres Verständnis mit der Natur wünschen, sondern sich auch nach einer tieferen Verbundenheit mit dem Leben sehnen.

Weißt Du, was Du mit Dir trägst?

Eine Entscheidungshilfe
für Tattoo und Motiv

Was für Wirkungen auf Dich und welche Auswirkungen auf Dein Leben kann eine Tätowierung haben? Wie weitreichend können Veränderungen, wie tief Seelenschmerzen sein, die eine unbedachte Tätowierung möglicherweise mit sich bringt? Wie wichtig sind die Auswahl des Motivs und des Tätowierers?

Antonia Katharina Tessnow ging durch die dunkle Erfahrung einer vorschnellen Entscheidung und obendrein eines schlecht gestochenen Tattoos. Fast zwei Jahre ihres Lebens kostete sie die Wiederherstellung ihres Armes, für den sie sich täglich schämte. Ihre Leidensgeschichte beschrieb sie in dem ersten Teil des Buches 'Tattoo - Laser - Cover Up - Wenn der Traum zum Albtraum wird'. Für alle, die hoffentlich nicht vor dem Lasern und Covern stehen, sondern vor der einmaligen Entscheidung zu einer neuen Tätowierung, veröffentlicht sie nun den erweiterten und überarbeiteten zweiten Teil und bietet damit allen Tattoo-Freudigen einen Ratgeber und eine Entscheidungshilfe.

‚Frage Dich, was Du mit Dir tragen willst, bevor Du Dir mit einer falschen Entscheidung eine Bürde auflastest, die Du zu tragen nicht vermagst.‘

Tattoo – Laser – Cover Up

Wenn der Traum zum Albtraum wird

Sowohl das Tätowieren als auch das Lasern ist nicht nur ein Eingriff in deinen Körper, sondern auch in deine Persönlichkeit und dem daran gekoppelten Gefühl, dir selbst gegenüber. Tätowieren verändert einen Menschen; mitunter hat diese Veränderung weitreichende Folgen und hinterlässt tiefe Spuren in deiner Seele. Festzustellen, dass dir das langersehnte Tattoo nicht gefällt oder gar misslungen ist, ist zudem eine schmerzliche Erfahrung, für die es wenig Helfende und Mitfühlende gibt.

Dieses Büchlein soll nicht nur eine Hilfestellung für Betroffene sein, sondern auch die Gedanken derer anregen, die mit der Idee spielen, sich unter die Nadel zu legen. Nicht nur meine eigenen Erfahrungen rund um das Thema Tattoo – Laser – Cover Up sind hier offengelegt, sondern es wurde auch ein Blick in all die Seelenschmerzen und inneren Qualen gewährt, die mit solchen Erfahrungen verbunden sind.

Jede Krise enthält eine Chance, weswegen die Chinesen dafür ein und dasselbe Wort verwenden. Die Chancen dieser Krise sind die daraus entsprungenen, weiterführenden und sehr hilfreichen Gedanken sowie all die wichtigen Überlegungen zum Tätowieren allgemein, die dir hoffentlich helfen mögen und die du unbedingt anstellen solltest, *bevor* du eine Entscheidung triffst, die dich in jedem Fall für dein Leben zeichnen wird.

CD s von Antonia Katharina Tessnow **ausschließlich**
erhältlich über *amazon.com*

Bücher sind in jedem Buchhandel erhältlich

Augen auf beim Welpen- und Hundekauf

Wissenswerte Tipps aus der Bolonka Zwetna Hundezucht aus dem Alten Jagdhaus

'Hätte ich es doch vorher besser gewusst' wird niemand mehr sagen können, der diesen kurzweiligen Ratgeber kennt. Er bietet Informationen zu den wichtigsten Themen, allen voran hilfreiche Fragen zu den Voraussetzungen, überhaupt einen Hund zu sich nehmen zu können, worauf beim Welpen- und Hundekauf zu achten ist sowie der Entscheidung zwischen Züchter oder Tierheim.

Weiterführend zu Themen wie Gesundheit, Krankheiten und entsprechenden Tests, Impfungen und möglichen Alternativen. Tipps zur Erstausstattung, zur Fellpflege, dem Zahnwechsel, Hundeschule - ja oder nein? Der Wichtigkeit von Papieren und der Zusammensetzung des Preises. Möge diese bündige Zusammenfassung wichtiger Erfahrungswerte Ihnen helfen, das Richtige zu tun.

***

'Wieder ein sinnvoller und inhaltsreicher Ratgeber der Autorin Antonia Katharina Tessnow. Jetzt wissen Sie alles - wirklich alles! - über Hunde.'

Günter Prinz, Publizist

'Wer überlegt, sich einen Hund zu kaufen, kommt an diesem Ratgeber nicht vorbei.'

Marc Betshire, Hundetrainer, Ausbilder und Coach

CD s von Antonia Katharina Tessnow **ausschließlich**
erhältlich über *amazon.com*

Bücher sind in jedem Buchhandel erhältlich

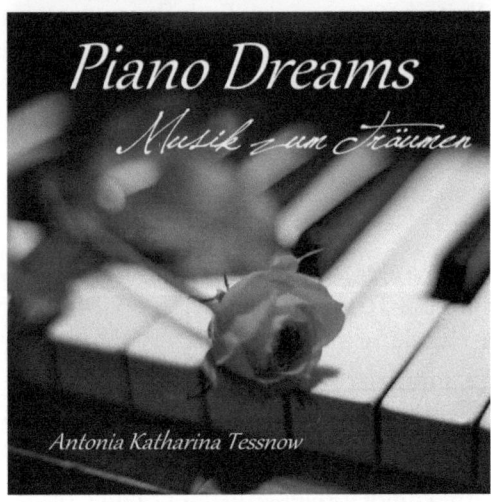

Sternenstaub am Horizont

oder

Breakable - Zerbrechlich

der Fall

zwischen Selbstwert und Zerstörung

'Es gibt Geschichten im Leben, die hätte man lieber nicht erlebt.' Diese Aussage trifft auf viele Ereignisse zu. Doch meist ist diese Aussage nur auf den ersten Blick wahr; schaut man tiefer und geht der Frage nach: *Was hat mir dieses Ereignis zu sagen?*, oder: *Was hat mich dieses Ereignis zu lehren?*, wird oft der tiefere Sinn einer Erfahrung offenbar.

Nicht nur die Geschichte, die in dem Roman **Breakable - Zerbrechlich** verarbeitet ist, war eine dieser Erfahrungen, sondern auch all das, was um den Roman herum geschah. Vordergründig ein Thriller, hintergründig eine wertvolle Lektion über Selbstwert und Zerstörung.

Was geschieht, wenn der Selbstwert fehlt? Welche Auswirkungen hat das Fehlen von rechtzeitig gesetzten Grenzen? Und wohin kann einen der Weg führen, wenn man entscheidende Lebensthemen hat lösen können?

Durch den Roman veranschaulicht die Autorin nicht nur diese Problematiken, sondern bietet im zweiten Teil eine psychoanalytische Draufsicht, Aussichten für Betroffene sowie Lösungsansätze. Ein unumgängliches Buch für jeden, der schon einmal an seinem Selbstwert zweifelte und hofft, einen soliden Weg zur eigenen, inneren Wertschätzung zu finden.

HAIR

Alles über alternative Haarpflege

HAIR - Alles über alternative Haarpflege, ist ein heilpraktisches Sachbuch. Es gibt in den einleitenden Kapiteln einen Überblick über die Inhaltsstoffe in herkömmlichen Shampoos und Duschgels und wie schädlich synthetisch hergestellte Chemikalien in der täglichen Anwendung auf Haut und Haaren sind. Des weiteren wird auf die Langzeitschäden eingegangen, die sich durch den dauerhaften und wiederholten Kontakt mit diesen Chemikalien ergeben können.

Der Hauptteil des Buches zeigt Alternativen zu herkömmlichen Produkten auf, die leicht umzusetzen und anzuwenden sind. Es wird auf komplizierte Anwendungstechniken verzichtet und ganz gezielt die Einfachheit der Methoden betont und in den jeweiligen Anwendungsbeschreibungen dargelegt. Alle alternativen Methoden zur Haut- und Haarreinigung sind von mir persönlich im Selbstversuch getestet, für jeden Interessierten leicht nachvollziehbar und die entsprechenden reinigenden Substanzen leicht erhältlich.
Im letzten Teil des Buches wird auf die Lebensweise, die Ernährung, Öle, Haarbürsten und Tipps und Tricks eingegangen, die langfristig und nachhaltig für gesunde und volle Haare sowie für gesunde, vitale und frische Haut sorgen.

Ziel dieses Buches ist es, das Bewusstsein für den Umgang mit unserem Körper, unserer Umwelt und damit unserer Gesundheit zu schärfen.

Stille Nacht, Heilige Nacht

Erinnerungen an einen Heiligen Abend in den letzten Tagen des zweiten Weltkriegs

eine Kurzgeschichte

Diese Geschichte
liegt in deutscher und Englischer Fassung vor.

Über das Buch:

1943. Es ist Weihnachten. Schon damals schrieben Kinder Tagebücher, um die unfassbaren Erlebnisse, die in Worten kaum wiederzugeben sind, festzuhalten. Die ältere Schwester von Antonia Katharinas Mutter ist neun Jahre alt, als sie durch ihre kindlichen Augen die Ereignisse einer Nacht beschreibt, die tiefe Eindrücke hinterlassen und niemanden unberührt lassen. Eine wunderbare Erinnerung daran, in was für friedlichen Zeiten wir heute leben dürfen.

Über die Autorin:

Antonia Katharina Tessnow ist die Tochter einer ehemals ostpreußischen Familie, die nach dem ersten Weltkrieg nach Deutschland kam. Ihre Großeltern ließen sich in Berlin nieder, mussten jedoch aus der Stadt fliehen, nachdem ihr Wohnhaus im letzten Jahr des zweiten Weltkrieges zerbombt und komplett zerstört wurde. Viele Jahre später kehrten sie nach Berlin zurück. Obwohl Antonia Katharina dort geboren ist, fühlte sie sich in dieser Stadt jedoch nie heimisch. Heute lebt sie auf dem Lande am Rande der Mecklenburgischen Schweiz.

Breakable - Zerbrechlich

Der Skandalroman aus Mecklenburg

Dieser Psychokrimi hat in der Region, in der es erschien, für so viel Wirbel gesorgt, dass sogar die Presse in die Geschichte eingestiegen ist. Anfeindungen, Intrigen und Klagen finden nicht nur im, sondern fanden auch um das Buch herum statt. Näheres ist einzulesen auf dem Blog

breakablezerbrechlich.wordpress.com

Klappentext:

Eine Frau aus der Stadt. Ein kleines Dorf. Eine alte Köhlerkate, traumhafte Umgebung und idyllische Umgebung. Nicolas Leben könnte nicht friedlicher sein. Eines Tages begegnet sie einem Bauern aus der Nachbarschaft. Es ist Liebe auf den ersten Blick. Als diese von dem Mann mit der unverwechselbaren Stimme auch noch erwidert wird, scheint ihre Welt perfekt.
Doch Nicolas Glück ist nur von kurzer Dauer. Trug und Lüge lauern hinter jeder Ecke. Gerade als sie beginnt, das Ausmaß des Bösen zu entdecken, tun sich Abgründe auf, in die sie niemals hätte schauen dürfen.

Nach einer wahren Begebenheit.

'In ihrem spannenden Roman voller überraschender Volten und psychologischer Abgründe begegnet der Leser Figuren, die er seit Langem zu kennen glaubt.'

Henrik Leschonski, Lektor

Nichts geschieht umsonst auf dieser Welt

der Fall

Breakable - Zerbrechlich

die Anhänge

Zwar gilt schon der Roman *Breakable - Zerbrechlich* als psychologisches Lehrstück, doch erst die Anhänge machen die ganze Bedeutungstiefe der Geschichte erfahrbar. Wie wichtig Selbstwert für das eigene Leben ist wird kaum irgendwo deutlicher als im Buch Breakable. Wie wichtig die Liebe zum eigenen Leben und zu sich selbst ist, kaum irgendwo nachvollziehbarer als in diesem Buch.

Antonia Katharina Tessnow gibt mit den Anhängen nicht nur Einblicke in die Hintergründe, sondern offenbart auch die psycho-logischen Zusammenhänge zwischen fehlendem Selbstwert und der daraus resultierenden Zerstörung des eigenen Lebens. Warum erlauben wir anderen das permanente überschreiten unserer Grenzen? Und warum ist es lebens-wichtig, unsere Grenzen zu wahren, den eigenen Wert zu erkennen und unser Potential zu entfalten?

Nichts geschieht umsonst auf dieser Welt eröffnet ganz neue Perspektiven, zeichnet Lösungswege und gibt Hoffnung. *'Liebe deinen Nächsten **wie dich selbst'** bleibt somit kein leerer Satz, sondern wird zur gelebten Realität, sobald Deine Liebe nicht mehr nur die anderen, sondern auch Dich selbst meint.

Kelten Kalender

Terminplaner
mit Baumkreis und Mondstand

jedes Jahr neu!

Das Keltentum ist seit jeher Quelle geistiger und seelischer Inspiration. Jeder, der sich zu der Geschichte, den Philosophien und der Lebensweise unserer Urahnen hingezogen fühlt, spürt in sich meist auch eine tiefe Verbundenheit mit der Natur. Immer mehr Menschen spüren eine große Sehnsucht nach eben dieser Verbundenheit, die über die Jahrhunderte hinweg, durch Überlagerung moderner Glaubenssätze, verloren ging.

Dieser Kalender soll dazu beitragen, dass das wunderbare Gefühl der Naturverbundenheit wieder zum Leben erwacht und sich weiter vertieft. Aus diesem Grund wird hier auf die alten keltischen Feiertage und den keltischen Baumkreis zurückgegriffen und damit auf uraltes Wissen, das aus einer Zeit hervorging, in der sich die Menschen noch als einen Teil der Natur wahrnahmen. Möge dieser Kalender ein wenig von dem alten, geheimnisvollen Wissen unserer Urahnen wachrufen und in unsere Erinnerung zurückholen; und wir damit in der Lage sein, das ursprüngliche Wissen unserer Vorväter, der Kelten, anzuzapfen.

CD s von Antonia Katharina Tessnow **ausschließlich**
erhältlich über *amazon.com*

Bücher sind in jedem Buchhandel erhältlich

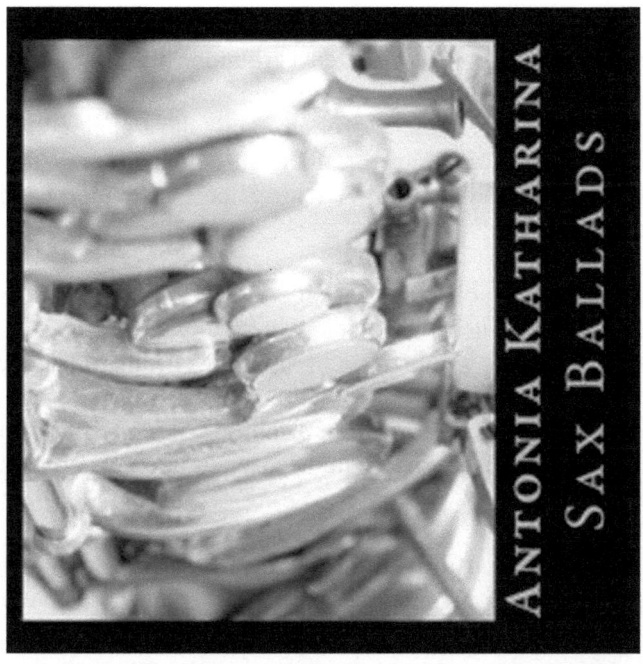

Bolonka Zwetna Kalender

Terminplaner

Jedes Jahr aktuell!

Jeder Mensch, der sich Hunden verbunden fühlt, spürt in sich meist auch eine tiefe Verbindung zur Natur, denn die Vierbeiner tragen einen großen Teil dazu bei, dass wir Hundemenschen uns viel draußen aufhalten, dem Wind und Wetter trotzen und auch unter widrigsten Umständen das Haus verlassen.

Dieser Kalender soll dazu beitragen, dass sich das wunderbare Gefühl der Naturverbundenheit noch weiter vertieft. Aus diesem Grunde wird hier nicht nur auf die neu-christlichen, sondern auch auf die alten, keltischen Feiertage zurückgegriffen und damit auf uraltes Wissen, das aus einer Zeit hervorging, in der sich die Menschen noch als ein Teil der Natur wahrnahmen.

Des Weiteren sind die Mondstände in den einzelnen Zeichen angegeben, die Sonnenzeichen, d.h. die Sternzeichen, vermerkt und 12 kleine Themen umrissen. Es ist jeweils der genaue Tag des Übertritts der Sonne in das neue Zeichen angegeben, wie er in den Sternzeitberechnungen angegeben ist und der von Jahr zu Jahr ein klein wenig variieren kann.

Möge dieser Kalender jedem Hundebegeisterten ein paar neue Einblicke geben, sowohl in den praktischen Umgang mit dem Hund, als auch in die Seele dieser wundervollen Wesen, die ein jedes Leben um ein vielfaches bereichern.

Bildkalender

*Jeder Kalender ist jeweils als Tischkalender
und in den Größen
DIN A4, DIN A3 und DIN A2 erhältlich*

Bolonka Zwetna Wandkalender

Die kleinen Bolonka Zwetna, auch Zarenhunde genannt, erfreuen sich immer größerer Beliebtheit. Nun gibt es neben Büchern, kleinen Ratgebern und Terminplanern endlich auch einen Bildkalender, auf den schon so viele Bolonka-Fans gewartet haben.

Bolonka Zwetna Baby-Kalender

Neben den beiden Bolonka Zwetna Bildkalendern und den informativen und liebevoll gestalteten Terminplanern, vervollständigt Antonia Katharina Tessnow ihr Repertoire nun mit einem Bolonka Babykalender. Der Kalender ist ebenso liebevoll, bezaubernd und anrührend gestaltet, wie ihre vorhergehenden Publikationen, womit sie ganz ihrem Stil treu bleibt.

Impressionen aus Indien

Seit je her Faszination, Anziehung und Mystik in der reinsten Form. Ob die Schönheit der Landschaft, die geheimnisvollen Zeichen an historischen Bauwerken oder die uralte, herausragende Architektur des Landes - ein paar Blicke lohnen sich; die Eindrücke, die sie im Herzen hinterlassen, bleiben. Für immer.

Momente der Vergänglichkeit

Manche Momente möchte man gern festhalten, einige Augenblicke nie loslassen und für immer in unser Gedächtnis einbrennen. Dieser Kalender ist eine Sammlung wundervoller, feuriger und mystischer Momente, wie sie das Jahr uns schenkt.

Teltow, Abseits der Straßen

Teltow ist nicht nur ein Ort von Kunst und Kultur, moderner Innovationen und außergewöhnlichen Veranstaltungen; Teltow ist mehr! Dort, wo der Lärm aufhört und die Stille einkehrt, tun sich malerische Landschaften auf, die - je nach Tageszeit - in stimmungsvolles Licht getaucht, den Betrachter jedes Mal aufs Neue in seinen Bann ziehen.

Natur-Paradies Mecklenburgische Schweiz

Die Nostalgie der vorpommernschen Landstriche, die immer ein wenig Sehnsucht weckt, spiegelt sich ganz besonders in der Mecklenburgischen Schweiz, von der gesagt wird, es sei eines der letzten Paradiese unserer Zeit. Hier gibt es sie noch: die unberührte Natur und die ursprünglichen Landschaften, über denen der Himmel endlos erscheint.

Astro Kalender

Terminplaner mit

Planetenumlaufbahnen, Mondstände und Blanko-Chart
für das eigene Horoskop

jedes Jahr neu!

Der Astro-Kalender dient als Wegweiser durch das Jahr und spricht nicht nur Astrologen, sondern auch alle Naturverbundenen an, die zu den Gezeiten und dem Umlauf der Gestirne eine Verbindung spüren. Somit dient dieser Kalender sowohl Hobby-, als auch professionellen Astrologen, die in ihrer Arbeit auf die Planetenstände und Sternzeitberechnungen der Ephemeriden zugreifen, als Leitfaden durch das Jahr. Zu Beginn ist ein Blanko-Radix eingefügt, um die persönlichen Sternstände oder ein entsprechendes Wunsch-Horoskop eintragen zu können. Weiterführend sind die Verläufe der einzelnen Planeten graphisch dargestellt und somit visuell auf einen Blick einsehbar. Zudem sind vor jedem Monat die entsprechenden Ephemeriden gelistet, sodass man den astronomischen Jahresverlauf immer bei sich hat. Der Übertritt der Sonne sowie des Mondes in die einzelnen Zeichen ist direkt an den entsprechenden Tagen im Kalender eingetragen. Möge dieser Kalender Hilfe und Erleichterung sein und all jenen nützen, die rund ums Jahr die planetarischen Einflüsse, denen wir unterworfen sind, im Blick haben möchten, um ihr Gespür auf diese Weise noch mehr zu verfeinern suchen und bisher auf umständliche Methoden der Sternzeitberechnungen zurückgreifen mussten.

Copyright der Originalausgabe by
Antonia Katharina Tessnow

ALL RIGHTS RESERVED. No part of this book may be reproduced in any form or by any electronic or mechanical means including information storage and retrieval systems without permission in writing from the publisher, except by reviewers who may quote brief passages in a review.